百年经典

歌词赏析

陈煜斓 著

中国言实出版社

图书在版编目（CIP）数据

　　百年经典歌词赏析 / 陈煜斓著 . -- 北京：中国言
实出版社 , 2022.12
　　ISBN 978-7-5171-4345-1

　　Ⅰ . ①百… Ⅱ . ①陈… Ⅲ . ①歌词—文学欣赏—中国
Ⅳ . ① I207.22

　　中国国家版本馆 CIP 数据核字 (2023) 第 005483 号

百年经典歌词赏析

- -

责任编辑：李　岩
责任校对：薛　磊

- -

出版发行：中国言实出版社
　　　　　地　　址：北京市朝阳区北苑路 180 号加利大厦 5 号楼 105 室
　　　　　邮　　编：100101
　　　　　编辑部：北京市海淀区花园路 6 号院 B 座 6 层
　　　　　邮　　编：100088
　　　　　电　　话：010-64924853（总编室）　010-64924716（发行部）
　　　　　网　　址：www.zgyscbs.cn 电子邮箱：zgyscbs@263.net

- -

经　　销：新华书店
印　　刷：三河市华晨印务有限公司
版　　次：2022 年 12 月第 1 版　2023 年 2 月第 1 次印刷
规　　格：710 毫米 ×1000 毫米　1/16　16.75 印张
字　　数：280 千字

- -

定　　价：88.00 元
书　　号：ISBN 978-7-5171-4345-1

绪　论

惊鸿一瞥：百年歌词流变

中国现代歌词的产生与发展，大体上讲，它经过了创建（二十世纪二十年代前）、崛起（二十世纪二十年代）、确立（二十世纪三十年代）、拓展（二十世纪四十年代）和辉煌（新中国建立后）五个阶段；到二十世纪八十年代，才建立多元的、具有现代品格的歌词格局。从其发展轨迹看，歌词的每一次变革，不仅呈现出一种新的形态，同时又呈现出思想内容的主体走向。

一、但开风气不为师

"以旧风格含新意境"的"诗界革命"，为新旧世纪转折时期产生的现代歌词注入了新气象。康有为的《爱国歌》、黄遵宪的《出军歌》、秋瑾的《勉女权》等，形式虽然没有脱尽旧衣衫，内容方面却已经展开了新旧对垒，那强烈的变革意识，那由狭隘的忠君思想向近代民主转变的爱国主义价值观念，那慷慨激昂、令国人振作奋发的豪情壮志，远非过去任何文字可比。而且，广大民众以及他们的生活也逐步成为歌词直接反映的对象。刘大白、刘半农这些新文化运动的先驱，作品大多是取材于底层劳动人民生活的"瓦釜"之声："嫂嫂织布，哥哥卖布，小弟裤破，没布补裤"，吟唱民众的疾苦，表现了对社会不公的愤慨；陶行知的《自立立人歌》："滴自己的汗，吃自己的饭，自己的事，自己干，靠人靠天靠祖上，不算是好汉"，将民主意识反映得更为鲜明强烈；陈啸空、沈醉了、缦纶、汪馥泉、汪静之、索非等词人以自由恋爱为题材的抒情歌曲，对爱情的描写已不再拘泥于旧体，也无须躲闪于辞藻章句之中，如索非的《曲》："我要唱唱唱，唱出你的爱情"，直抒胸臆，坦吐心声，体现了当时个性意识的觉醒；而早期共产党人瞿秋白的《赤潮曲》则直接喊出了"解放我殖民世界的劳工"。这一时期，词人很敏锐地反映民族大动荡、大变革的新质，所以百年歌词一起步就非同凡响，表现出参与社会政治变革和文化启蒙的主体走向。

"五四"以来的新诗、新歌词的创作，是与新音乐创作共生的结果。其传统可追溯到中国文学的依声填词，而学堂乐歌的兴起，使这一传统发扬光大。李叔同的《送别》、刘大白的《卖花女》是依照外来曲调填词的成功之作，但"长亭外，古道边，芳草碧连天。晚风拂柳笛声残，夕阳山外山"的语言形式仍明显给人古意盎然的感觉，所以，我们只能把它看成本世纪初外来音乐形式与中国歌词艺术相结合所烙下的文化印记。新词无成法可依，但旧词体的形式与要求逐渐不适宜乐歌的要求。胡适认为"若想有一种新内容和新精神，不能不打破那些束缚精神的枷锁镣铐"①，他的《四烈士冢上没字碑歌》留下"放脚后的鞋样"，显示出新词的自由。刘大白、刘半农等诗人，当时到各处采集民歌，因为民歌更接近于口语表达的自然和清新，在经过一番提炼之后，有意地使自己的诗歌语言风格，带上民歌、民谣和民谚的特色。同时基于对音乐美的要求，这种白话诗或词既适宜于白话的声韵和意义，又顺应诗人或词人思想感情的自由表达。郭沫若、徐志摩等诗人的不少新诗当时也被谱曲而成为歌词，虽非有意为词，但这些作品中具有歌词的质素，如语言的浅易通俗、自然的节奏，并且都是彻底摒弃了旧体诗的五言、七言或者词调的句式，没有严格的平仄对仗和诗行限制，适合于外来音乐的表现。换言之，外来音乐促成了旧词的改造、新词的诞生。这种新诗（或词）与音乐结合后，更易于交流、传播，而新诗（或词）所传达的新的时代精神和思想感情，也释放出更大的能量。

依曲填词，没有能完全脱离旧体词的痕迹；依词作曲，也只是与新诗同质同构，这都算不上完整意义的现代歌词。总的来说，当时的歌词没有统一的句法和格式，也没有建立经典模式，但不容置疑的是那一代词人开了风气之先。首先，是使人们获得一种陌生而新鲜、粗糙而健康的审美经验，尤其体味到新旧文学之间在审美情趣和风格基调方面的差异。中国歌词由旧而新的过程中，通过语言的重新选择，挣脱旧体诗词格律的束缚是最为要紧的，至于对白话新词形式美的要求，既无成法可资借鉴，就需一代代词人的共同探索与积累经验了。其次，无论是学堂乐歌的依曲填词，还是白话新诗的依词谱曲，虽然方式不尽同，但无不是中国语言文字与外来音乐曲调的结合。在这个创作或嫁接过程中，呈现出中国音乐文学日趋成熟的一面。尤其是创作实践中对词曲关系的认识，促成了词体的改造和词的艺术性的加强，这为二十世纪三十年代歌词文体地位的确立作了技术准备。

二、红霞万朵百重衣

二十世纪三四十年代是中国现代歌词诞生以来的崛起时期。当时，几乎全世界都知道中华民族是一个歌咏的民族；而中国，也确实是"有人烟处，皆有抗战的歌声"。这一时期的歌词创作既是沿着"五四"时期开启的方向发展的，同时又显出了主题的重大转变。前一个时期由刘大白、刘半农等词人开源的现实主义词风，到田汉、塞克、光未然、孙师毅、安娥为代表的"抗战歌手"的手中，大放异彩。他们自觉地与民族的使命紧紧拥抱，与聂耳、冼星海为代表的革命音乐家相呼应，创作出《义勇军进行曲》《心头恨》《黄河大合唱》《开路先锋》《抗敌行军歌》等具有鲜明时代精神和民族气魄的作品。于是，为民族呐喊和不屈不挠的抗争、重振民族精神成为抗日战争时期歌词创作的主体走向。

抗日救亡运动的开展，不仅改变了词人的外部生存环境，同时也改变了词人的心理建构、感情内涵和文学观念。即使像丰子恺那样"纯情"而又"禅味十足"的"缘缘堂"主人，也在日本帝国主义的炮火中站了起来，放声高唱"我们四百兆人，互相亲，团结强于长城。以此图功，何功不成！民族可复兴。以此制敌，何敌不崩！"②一贯与现实有一定距离感并充满梦幻色彩的"词人派"，在血与火、生与死的搏斗中，也写出了"好男儿报国在今朝"的词句。总的来说，他们的词作或是向现实靠拢，或是与现实合流，都自觉地以反映民族情绪和精神的歌词，担负起唤起民众、鼓舞民众，同敌人进行殊死斗争，拯救中华民族的使命。二十世纪四十年代后，由于国内阶级矛盾再度激化，歌词的主体依然是沿着承负社会的历史使命前进，只是使命的要求有所不同。

应该指出的是，不管是二十世纪三十年代还是四十年代，歌词所表现出的使命感，都不是靠文艺领域的政治运动来体现，而是靠自身的先进性和影响力。真正建立了现代歌词艺术体式的是田汉，他努力实践的新型的进行体形式，成为了后来歌词创作的典范。从形式上看，他的词作完全不同于以往以韵文为主的唱词。他的歌词是自由体，字数行数都不固定，有的甚至相差十分悬殊，一切以情感的律动为原则。与现代新诗相比，在语

言上，他追求的不是独特性和不可仿效性，而是提炼的口语化；在旋律上，他追求的不是情感流程的曲折婉转，而是可唱性。他既要注意语气的自然节奏，又要考虑音乐本身的节奏。他不以词作为终极目的，而是要为音乐形象的塑造提供空间。他那"诵之行云流水，听之金声玉振"的歌词，真正地既突破了传统模式，又摆脱了对白话新诗的依附，获得了与世界文学相通的品性和鲜明的现代性特征。

到了二十世纪三十年代后期，受当时社会环境影响，歌词创作也由此前的以现代性为主过渡到以民族性为主。这次艺术上探索主要是中国通俗文学的融合。在词艺方面，带有中国老百姓喜闻乐见的通俗性特征。这方面有突出贡献的是贺敬之。他以独到的眼光发现了传统文学、民间文学中具有现代性和生命力的部分，并与之沟通交流，使传统的小曲、曲艺等唱词与伴随着新学而兴起的学堂乐歌在嬗变中整合，创作出了《南泥湾》《五枝花》《北风吹》等极具民族特点的歌词。这充分体现出他的创作朝民族化、大众化发展的态势。

三四十年代的歌词以一种新的文体形式凸现了它的表现力和魅力，并获得了极其广泛的传播和深远的影响。因此，这一时期的歌词不仅以前所未有的形象树立了自己的里程碑，而且以自己广泛的社会影响，迅速获得承认，并以其审美价值和社会价值奠定了自己的文体地位。它给我们提供的历史性启示是：（1）三十年代无论是政治性、生活性，或者区域性的歌都服从或消融于战时性之中，呈现出一种总体的皈依与认同的精神指向和审美趣味。表现抗日民族运动的磅礴气势，赞颂中华民族内在的伟力，以及正义战争必胜的前景等这样的内容，需要借助情感的"物化"，或者说"思想的知觉化"的表现手法。而当时抽象的主观概念，表现雷同情绪的口号等泛滥于歌词，以至于很多歌没有了人们口头上生动的、有血有肉的语言，而沦为标语口号和政治术语的罗列。这种过度膨胀的功利目的和简单化的图解，不利于歌词艺术的健康发展。（2）以贺敬之为代表的词人所走的融合发展的道路，比较好地调和了现代歌词与语言之间的关系，最大程度地消解了新文学创作主体与接受主体之间的壁障，使新文学与民间文学之间两股潮流第一次真正找到了汇合点。至于如何使这条路更为宽广，还有待词人不断去努力。

三、大珠小珠落玉盘

建国后五十多年的歌词创作，经历了从高歌到沉寂、由复兴到繁荣的过程。从总体上大致可分为四个阶段：二十世纪五六十年代的热情高歌；六十年代末至七十年代中期的沉寂；七十年代末到八十年代初心灵抒唱的复兴；八十年代中期到九十年代末的不拘一格、多元发展的繁荣。歌词是变革着的社会实践的产物，词人与时代同步，歌与时代同在。当新中国以亘古未有的雄姿和气势诞生在东方这块古老的大地上时，那奋发昂扬的时代精神对新中国的词人在心理和气质上所造成的影响给词作带来巨大的活力。词人们怀着无限欢欣，放声高唱民族的新生、人民的解放，放声高唱我们伟大的祖国、壮丽的山河。革命胜利的喜悦感支配着所有参与支持或同情革命的人们，祖国的现实与未来如同一幅充满无穷魅力的画卷，"非长歌何以骋其情"。那种新中国的神圣感与建设富强祖国的激情融为一体，全国范围内出现的各行各业的专业歌词队伍和业余词人，按捺不住内心的极大喜悦，谱写了一曲曲以昂扬奋进为主旋律的新中国的颂歌。无论是磅礴的《祖国颂》、高昂的《歌唱祖国》、清新的《我的祖国》，还是悠扬的《人说山西好风光》，都是词心如火，词情荡漾。乔羽是这一时期的词作家。他的"一条大河波浪宽，风吹稻花香两岸"，唱了几代人，仍充满艺术生命力。他目睹了华夏大地沧桑风雨，他在倾诉对祖国的一腔情怀之时，显出一种凝重感。同时他那具有浓郁生活气息和民族特点的歌词，也为日后的创作也积累了丰富的经验。他的歌词每句顿数基本相等，保证了整体的和谐，而且节奏性强；韵脚的要求虽不那么严格，但每一节押大致相同的韵。他不仅创立了副歌与正歌中的歌词对比，以此表现一种反复回旋、一唱三叹的抒情气氛，尤其值得注意的是他意识到了歌词与小说等其他艺术门类塑造形象的手法不同。比如《我的祖国》里的"一条大河"，就是"美丽的祖国""辽阔的土地""明媚的风光"的形象化，他把"英雄的祖国""古老的大地""青春的力量"，用花朵般的姑娘和心胸宽广的小伙子加以典型概括，显得别致并且充满刚柔相济的魅力。乔羽主要是勾勒、捕捉最有特征的地方，一笔传神，以利于明确地显现客观对象的主要特征和象征意义。

二十世纪五六十年代的颂歌有三个显著的特征：一是内容充满前所未有的明朗性；二是各行各业有了自己的专业词人，题材也扩充到社会生活的各个方面；三是现实主义的传统从五四新词反映生活，发展到眼前的直接地作用于生活，而且，在权力话语的覆盖下，作为抒情主体的个人话语在逐渐走向消失。

二十世纪六十年代末至七十年代中期形成了常用歌词二百句的局面，那是特殊时期艺术过分具有依附性的产物。一方面，以阶级斗争为纲的政治运动，首先窒息了"百家"，也就不可能有"百花齐放"了；另一方面主流意识形态非常重视对歌词的改造，但在歌词史上也有闪光的几笔：一是以肖华的《长征组歌》为代表的对中国革命历史回顾与总结的创作；二是与革命战争时期有一定联系，和中华人民共和国成立初期的创作有一定延续性的《战地新歌》，其中尽管应用了一些当时的特有词汇，也确实表达了人民群众对共产党的感谢、热爱、崇敬的真情；三是流行于地下的"知青歌曲"，尤其是后期的歌曲，是一种真实情感的流露或宣泄，有着非常重要的史料价值。

二十世纪八十年代后，改革开放的政策使中国文学又迎来了一次中西文化撞击的机会。在这种文化重构中，由过去单一的西方文化参照体系，走向西方、拉美等多元的文化参照系统。对于歌词而言，更主要的是受港台的影响，这种影响由形式流派的横向移植，走向观念、意识上的深层启迪和暗示。无论是"黄土高坡"还是"黑土地"，抑或是"江南采莲曲"或"摇滚乐"，都可以明显看出，主体参与意识加强了，娱乐性的要求加强了。这种蔚为壮观的景象，不是像前三十年那样，靠在文艺领域搞政治运动来体现，而是社会现代化过程的必然产物。首先，现代科学技术的直接成果使电影、广播、出版、音响迅速现代化，卡拉 OK、镭射影碟、MTV 等改变了歌词制作和传播的传统方式。其次，现代科学技术的发展和产业结构的变化，使社会闲暇时间增多，工作之余，人们必然普遍追求文化精神生活，唱唱歌不失为一种很好的娱乐活动。最后，从文化自身发展的趋势看，歌词创作逐步成熟，词人文化观念不断更新，越来越多的大众广泛参与。商品大潮的迅猛涌动，开始把词人从原来的政治话语中心地带毫不留情地冲击到生活的边缘。阵痛与反思之后，随着词人创作观念的调整，新时期歌词的整体格局发生了新的裂变与组合。一部分从单一的社会政治层面开始向历史文化的纵深掘进，乔羽、阎肃、王健、陈涛等为电影、电视剧写了主题歌或插曲，对传统文化的优劣做出了自己的判断。一部分向民间传说、地域风情中吸取精神资源，如张千一的《青藏高原》、陈小奇的《九九女儿红》、张和平的《故事就是故事》、佘致迪的《辣妹子》、陈哲的《黄土高坡》等，其民间色彩和意味暗示着词人创作立场的转移，在一定程度上淡化与消解了来自主流意识形态的政治激情与价值判断。一部分始终关注社会变革、自觉地介入现实生活，如蒋开儒的《春天的故事》《走进新时代》，张藜的《亚洲雄风》《命运不是辘轳》《不能这样活》《山不转水转》等，用民间话语写出了词人独有的情感世界与精神气韵。一部分军旅歌词从以往的窘境中冲杀而出，如陈哲的《血染的风采》、石顺义的《一二三四歌》、贺东久的《我们是带刺刀的爱神》、马金星的《军港之夜》、石祥的《女兵之歌》、瞿琮的《都是一样的男子汉》，等，"摆脱了纯粹教化作用的限制，从历史和现实的文化背景下，做出了新的选择"，③既突出了当代军人乐观、豪迈的品质，也审视了军人的内心世界。

其时无论是词人队伍的广大，还是歌词题材风格的多样，确实是"千树万树梨花开"，让人应接不暇。但在这种繁荣背后，我们也清楚地看到，庸俗化、堕落化的趋势越来越明显，特别是在二十世纪九十年代后期更是愈演愈烈，一个突出现象是迷失在泛滥的"爱河"而不能自拔，爱、被爱、失去了爱，几乎占据流行歌坛。而《为爱疯狂》《爱最大》《谁爱谁》《爱我》《人见人爱》《至爱吾爱》《爱很简单》《拍拍屁股去恋爱》……，单从1999 年流行歌曲的这些歌名就知道流行歌曲正在经历着由量到质的蜕变。人们在满足对消遣和闲暇的精神需求时，感觉不到类似《义勇军进行曲》《黄河大合唱》那样的激情，听不到那种充满着时代精神、代表民族气魄的声音。

四、歌词文化的思考

站在新时代的今天，回顾歌词创作，我们应从百年歌词创作的经验和教训中，更深刻地认识与更熟练地掌握歌词的艺术规律，从而在新的世纪才更具有驾驭规律和运用规律的本领。反思现代歌词创作的发展走向与嬗变，以下几点尤其应引起我们的注意。

一、歌词创作需要从简单的政治的传声筒到呼唤和表现自我的超越。从二十世纪五十年代到七十年代中期，由于受环境影响，艺术片面地强调崇高与英雄主义，使歌词的内容逐渐走向单一，失去了它的丰富性、多样性。词路越来越窄，技巧、手法也都不讲究了。开展"真理标准"的讨论之后，情况大有好转。人们的情感需要安慰，港台歌曲又送来一阵清风，于是《小花》《军港之夜》《在希望的田野上》等一首首以平实、舒缓、抒情为主要特征的歌代替了那充满火药味的呼喊。在题材选择上也比较广泛，尤其注重贴近普通老百姓日常生活、情感。歌词绝不能远离人民大众的生活，否则就失去了生命力。党的十一届三中全会之后，有些词人在创作时逐渐从关注民族、大众的命运转向关注个体的心绪和生命感悟，融入了更多个人的情感，而且其影响力也逐渐由思想上的觉悟感召，鼓舞人们为民族为国家奋斗转向侧重人们的现实生活，鼓励人们踏实生活，积极进取，勇敢面对生活中的困难险阻。诸如我们很熟悉的《血染的风采》《十五的月亮》《望星空》《说句心里话》等，这些有"大我"也有"自我"的优秀词作，率先向人们传递了文艺复兴的珍贵信息。乔羽先生从五十年代的《我的祖国》《让我们荡起双桨》，到九十年代的《夕阳红》《岁月如流》，几十年始终如一地对"自我"与"大我"，"言志"与"载道"的辩证关系把握得恰到好处，人格力量和艺术魅力无不含蕴其中。

二、在手法技巧、语言创新上还有待提高。八十年代后歌词创作普遍存在语言乏味的弊病，主要表现为三个方面。其一是有些作者把"语言优美"，误解为堆砌形容词，有些作品没有鲜明的主题、深刻的思想、浓厚的生活气息和独特的艺术构思，只是不分青红皂白地乱写"蓝天、绿树、小桥、青春、爱情"，使歌词苍白无力，令人生厌。其二是作品中充斥着未经提炼的口号化词句，使歌词枯燥无味。其三是形成几种固定的写作模式，如"我愿××""看见××""想起××""敬礼××""春雨××"等等，节奏相似，构思雷同，致使词作刻板、单调，使音乐无法出新。乔羽、阎肃、王健以及新时期以王晓岭为代表的几位军旅词人在这方面的努力和成就是较大的。《敢问路在何方》《牡丹之歌》《历史的天空》《军营男子汉》等歌，看得出词人古典文学、民间文学、外国文学的文化功底，铸词炼句，词体的熔裁，章回起伏的安排，都十分讲究，特别是他们创造的意境和警语更是耐人寻味。这说明歌词不是分行排列的顺口溜，不下苦功是出不了精品的。

三、歌词创作要提高格调，不能"失魂"。所谓歌词的"魂"，可以从三方面去理解：（1）现实生存的层面，即对人的生存状况的揭示，对自由、平等、民主、正义等人的生存权利的呼唤。（2）价值原则层面，即对人的生命、命运、追求的关注和尊重，对人的主体意识和生命意义的张扬。（3）终极关怀层面，即对生与死、爱与恨、信仰与幸福、孤独与隔膜等人的本体存在与困惑的哲理思考。八十年代中期以来，歌词创作给人绚丽多彩的印象，但绚丽中又潜隐着危机，并导致最后的困境。确实，我们创作了《我的未来不是梦》《真心英雄》《壮志在我胸》《相信自己》《从头再来》

等有着一定的鼓舞和感召力量，可以激励人们超越失败直面风雨勇往直前的优秀歌词。但也有的词人鉴赏眼光有局限，对社会现象缺乏本质的分析和认识，把一部分青年一时对港台流行歌曲的喜好，当作主流，甚至把它当作创造新的时代声音的主要参照，因而也影响了歌词的健康发展。歌词向大众靠拢，追求抒情性无可指责，问题在于追求大众化、娱乐性的同时，要避免平庸化甚至低俗倾向。让猪八戒"去妇产科检查大肚子"（《摩登济公》）；将"性"公开化，"你的每个动作让我尴尬但是舒坦"（《投机分子》）；失去人生意义的"任凭那风吹雨打我不醒的梦"（《阳光照不到的角落》）等等，宣泄了个人的情绪，但没有了崇高和悲壮，也失去了引导大众的责任。也有些词人从单纯地反映客观世界到反映自己的内心世界，即向内宇宙延伸。这不是走向一种狭隘或封闭。勇于袒露自我灵魂，凸现自我本色，是一种有我的艺术，心灵的艺术，它对于五四歌词传统的回归和超越具有十分重要的意义。但仅仅表现自我还不够，还要表现时代与社会。既要言个人之志，抒一己悲欢，又要载社会之道，显时代风云。只有这样，词才能拥有广阔的天地，获得更健康的发展，而那种盲目突出"小我"，乃至发展到淡化思想甚至思想颓废的地步，如《太阳》《不是我不明白》《自己的天堂》这些歌，从张扬"自我"开始，最后竟落得个不知"我是谁""我从哪里来""我到哪里去""抛弃一切走进天堂"的虚无和空幻结局。"'自我'绝不是一种脱离千百万人实践性的存在，如果强调'自我'到了与外部世界对立的程度，那'自我'就变成了与时代无关，与他人无关。……人性之光不能仅局限于个人幸福与身边琐事的方寸之地，而应当向更阔大深邃的时空领域实施全方位投射。"④过分强调"自我"，那么其作品也将会变得更为功利化、肤浅化，其艺术生命不会长久。

音乐可以"移风易俗""以善民心"，教育家孔子早就指出音乐具有政治上的教化功能，能提升人的道德修养、思想情操。与音乐相伴而生的歌词，来自于生活中方方面面的启迪和感悟，也具有改变人生观和价值观的教化功能。丰子恺先生曾回忆当年在学校唱《勉学》歌的情形："先生费了半个小时来和我们讲解歌词的意义。慷慨激昂地说，中国的政治何等腐败，人民何等愚弱，你们倘不再努力用功，不久一定要同黑奴红种一样。先生讲时声色俱厉，眼睛里几乎掉下泪来。我听了十分感动，方知道自己何等不幸，生在这样危殆的祖国里"。⑤这足以说明，学堂乐歌在当时对国人有着多大的震撼力和感染力。歌词艺术在遵循发展内在规律的同时，爱国情愫和民族意识是不能摒弃和遗忘的。在走向人类命运共同体的今天，国家综合国力竞争更为激烈，我们更需要洋溢时代精神，展现时代气势的歌声。

注释：

①胡适：《谈新诗》，陈金淦：《胡适研究资料》[M].北京出版社，1989年，第371页。

②丰子恺：《"我们四百兆人"附说》[J].《文艺阵地》（创刊号），1938年。

③张黎华：《新时期军旅歌词浅论》[J].《词刊》，1992年，第2期。

④陈煜斓：《终结与启始——80年代歌词创作的历史审视》[J].《文艺理论与批评》，2004年，第6期。

⑤丰子恺：《艺术趣味》[M].港青出版社，1934年11月，第114-115页。

目 录

第一章　家国情怀：遥远的东方有一条龙

　　历史上，诗歌和音乐一直联系密切，辛亥革命以来，中国歌词经历了蜕变、崛起、拓展的变革，以及以田汉、贺敬之为代表的两次整合过程，到二十世纪四十年代后期完成了它的第一次自律运动。新中国成立后，经过从乔羽、王莘、庄奴，到黄霑、罗大佑、张藜、王健、王晓岭等海峡两岸几代词人的努力，到二十世纪后半叶已基本建立了多元的、具有现代品格的歌词体系。百年来，歌词的每一次变革，都呈现出不同意识形态下的价值取向，但有一点百年不变，那就是"我的中国心"——对祖国的爱。这种最广博、最宏大的爱，既有对祖国庄严、神圣、厚重的挚爱，又有对故乡、慈母、亲朋的委婉细腻、依依眷恋的骨肉亲情，更有对祖国山川河流、自然景色心旷神怡的陶冶喜爱。这种爱配以"感人也深，化人也速"的曲调，更鲜明地展示了国家的形象，体现了民族的精神与意志，增强了民族的趋同感与凝聚力。百年来，中华儿女唱着这些歌自强不息，奋发向上。在我们唱着《七子之歌》迎回澳门游子之时，在我们企盼台湾早日回到母亲怀抱之时，在我们纪念辛亥革命一百一十周年之时，回顾这些爱国歌词的创作，无疑有着非同寻常的意义。

　　爱我家国，爱我中华，百年来留下无数悲壮优美的词章。产生于学堂乐歌时期的《祖国颂》《爱国歌》《黄河》《中国男儿》等，洋溢着振兴中华的信念和抱负；产生于二十世纪三四十年代抗日救亡时期的《义勇军进行曲》《黄河大合唱》《大刀进行曲》《长城谣》《松花江上》等发出的是民族的怒吼和抗争；产生于五十年代百废待兴时期的《歌唱祖国》《我的祖国》等张扬了新中国人民的自豪感和自信心；产生于八九十年代改革开放时期的《我爱你，中国》《龙的传人》《我的中国心》等展现了一种中华文化的回归与骄傲。百年来，这一题材的佳作，都呈现出强烈的家国情怀。

　　家国之情是亲情、爱情及友情的延伸和放大。抒写思乡爱国之情，也是歌词永恒的主题。只是歌中吟唱的家国之情，有时属于人生之情，有时属于社会之情：当我们羁旅异域，家国只在回望之中，作为游子的精神家园，作为灵魂的皈依之所，故乡故国被诗化被美化时，歌中吟唱的往往是人生之情。当我们面对的是现实的家园，是与之同呼吸共命运的现实的社会存在时，歌中所吟唱的往往是社会之情。

一、义勇军进行曲：血肉长城

义勇军进行曲

田汉　词

起来！不愿做奴隶的人们！
把我们的血肉，
筑成我们新的长城！
中华民族到了最危险的时候，
每个人被迫着发出最后的吼声。
起来！起来！起来！
我们万众一心，
冒着敌人的炮火，前进！
冒着敌人的炮火，前进！前进！前进！进！

《义勇军进行曲》是电影《风云儿女》的主题歌。由于它既有达意明晰而准确的歌词，又有铿锵、激动人心的曲调，能更鲜明地展示国家的形象，体现民族的精神，激发人民的爱国之情，增强民族的趋同感与凝聚力，具有强大感染力与振奋作用，所以，新中国成立之后，将其定为国歌。

1935年，正是日本帝国主义继侵占我国东北及热河省之后穷凶极恶地向我中原挺进之时。面对疯狂至极的日寇，全世界人民都在关注着、担心着中国的前途命运。在此背景下，上海电通电影公司拍摄了影片《风云儿女》，塑造了二十世纪三十年代处于深重的民族危机之下的知识分子，冲出象牙之塔，奔赴抗日前线的形象。电影主题歌的歌词，是田汉在狱中利用香烟锡纸衬底的背面写出的。歌词辗转到音乐家聂耳手里，聂耳被其中如火的激情所感染，国恨家仇刺激着他一夜就谱出了这首具有划时代意义的杰作。正如当时《申报》的一则广告所说：这是一首中华民族铁蹄下的反抗歌！悲壮、哀愁，让你悲喜，让你感奋，让你明白对祖国的责任和使命，是初夏中国影坛上一阕胜利之歌。

这首歌似冲锋的号角，号召"不愿做奴隶的人们"为挽救民族危亡而英勇斗争。"我们万众一心，冒着敌人的炮火，前进！"既抒发了中国人民的心声，又形象地展现了我们中华民族不屈的精神，并向全世界宣布了中华民族的坚强信念和热情向上的蓬勃生机。"把我们的血肉，筑成我们新的长城！"既形象又十分警策，一下子能抓住人心。"筑城"一般用砖石土木，这里却用"血肉"，写出了半殖民地人民抵抗外侵争取自由的艰苦。长城，几千年来是我国用来防御外侮的，也是中华民族坚强意志的象征，"新的长城"就是新的国防线。"血肉长城"的比喻既是那个年代价值观念话语，又添了些诗意，把一个严肃的主题隐藏在诗意中。歌词经过聂耳天才的再创造，成为一首声震寰宇的雄壮战歌，在任何时候任何地点，人们唱着它都能感受到中华民族的坚强斗志和不屈精神。

《义勇军进行曲》自诞生以来，在人民群众中广为流传，对激励中国人民的爱国主义精神起了巨大的作用。太平洋战争爆发后，马来西亚华侨抗日游击队将一句歌词改为"马来亚民族到了最危险的时候"，遂成《马来亚义勇军进行曲》；反法西斯同盟国各广播电台，尤其是民间广播电台，都将《义勇军进行曲》视为中国国歌。

1949 年春，在布拉格召开"保卫世界和平大会"，中国代表团应邀出席。大会规定：开幕式那天各国代表团进入会场时，都要奏唱本国国歌，得知这一情况后代表团有些为难，因为当时新中国还没有成立，没有代表新中国的国歌。于是，大家在一起研究，决定以演唱《义勇军进行曲》来代替。但是，对歌曲里"中华民族到了最危险的时候"这句歌词有争议。有人说"现在北平已经解放，新中国即将成立，怎么能这样唱呢？"最后，郭沫若决定把这句词改成"中国民族到了大翻身的时候"。代表团回国之后，汇报了这一情况，引起有关方面对制定国歌问题的重视。

1949 年 6 月，第一届全国政协筹备会正筹备新中国成立的一些事项，感到制定一首新中国国歌已迫在眉睫。1949 年 9 月 27 日，中国人民政治协商会议第一届全体会议通过《关于中华人民共和国国都、纪年、国歌、国旗的决议》，并规定"在中华人民共和国的国歌未正式制定前，以《义勇军进行曲》为国歌"，以体现中国人民的革命传统和居安思危的思想。

1978年3月5日，中华人民共和国第五届全国人民代表大会第一次会议通过集体填词的《中华人民共和国国歌》。不久，党中央为田汉平反昭雪。1982年12月4日，第五届全国人民代表大会第五次会议通过《关于中华人民共和国国歌的决议》，撤销1978年3月全国人民代表大会通过的歌词，恢复田汉作词、聂耳作曲的《义勇军进行曲》为中华人民共和国国歌。2004年3月14日，第十届全国人民代表大会第二次会议正式将《义勇军进行曲》作为国歌写入宪法。

二、教我如何不想她：深情的表白

教我如何不想她

刘半农　词

天上飘着些微云，地上吹着些微风。

啊！微风吹动了我头发，教我如何不想她？

月光恋爱着海洋，海洋恋爱着月光。

啊！这般蜜也似的银夜，教我如何不想她？

水面落花慢慢流，水底鱼儿慢慢游。

啊！燕子你说些什么话？教我如何不想她？

枯树在冷风里摇，野火在暮色中烧。

啊！西天还有些儿残霞，教我如何不想她？

刘半农自铸新词，自创格律。《教我如何不想她》充满柔情与恋情，思而不怨，忧而不伤，以七言为主，节奏匀称，押韵和谐，重章叠句，回环反复。韵押得好，读起来唱起来就韵味十足。韵味就是回味，它久久地在你心头回荡，能勾起人的无限情思。深知歌中三昧的赵元任先生，为造乐章，长叹短诉，慢放急收，参差而错落，一唱又三叹，文字上无增无减，却更托出了一颗"微风"一样飘逸，"月光"一样清澈，"野火"一样热烈，"西天""残霞"一样挚热的心，使之成为一首脍炙人口的经典歌曲。

　　这首抒情诗是现代著名文学家刘半农先生1920年9月在伦敦创作的。当时他身处异国，借爱情诗的形式表达出对祖国的一种思念。此诗还有一个小典故：刘半农先生在二十世纪二十年代写了很多脍炙人口的诗歌，因此很多年轻人极为仰慕他。但是与他见面之后才发现此君原来是"矮身躯，方头颅，憨态可掬"的人，不禁非常失望，于是有人模仿此诗作了一首打油诗："教我如何不想她，请来共饮一杯茶，原来如此一老叟，教我如何再想她？"

　　这首《教我如何不想她》共四段，每段都以写景起兴，以歌曲的题名作结。这首歌可以说是在抒发对昔日情人丝丝不断的思念，也可以说是一个海外游子对生于斯、长于斯的祖国的深情眷恋和生生不息的怀念。不过，在采用"兴"的时候，又多包含了"比"的寓意，使之更加含蓄有致，还勾画出优美的意境。四组词仿佛四组电影的蒙太奇画面，让人联想到爱的不同况味。"微云、微风"，似乎在昭示着爱的温柔。微风吹发，更是情人在相抚，款款柔情的体现。"月光""海洋"之相恋，象征着爱的安宁永恒。"这般蜜也似的银夜"更是营造出一派宁静、甜蜜的氛围。"水底鱼儿"和"燕子"则带有明显的寓意，使爱情在如胶似漆的缠绵之中灌注了活泼轻快的生气，这一切都使爱的表达显得委婉多姿。

　　"教我如何不想她"这一直白的话语，不仅带有浓烈的情感色彩，还留有悬念。它那不完整句子的上面分明留着"此情此景"的空缺，人们一听歌名，自然就期待着它的答案。在接受美学中，此之谓"召唤结构"，简单地说就是艺术表达的"不说破"。"不说破"必然降低"意义"传达的明晰度，但与此同时，它却大大增强了"意味"的强度。由此，由语言构筑起来的"意义"空间便有了一重醉态朦胧的浮动感，它宛若一面模糊的"铜镜"，有镜像却难以明辨，有意蕴却难以确指。但是越不说破，它越动人，恰如古人所言："不知蕴藉几多时，但见包含无限意"。谁能说得清"她"代表"恋人"还是"祖国"？它蕴含的情感是飘忽的，这样艺术的想象力才能更驰骋开来。

　　和许多艺术歌曲曲高和寡的命运不同，这首歌是"曲高和众"的，它不仅在当时广受青睐，而且还在大众的层面上流传至今——很多卡拉OK厅都可以找到这个曲目。对于一首创作于二十世纪二十年代的作品来说，这份历史的回报似乎显得有些"奢侈"了，但其中所包含的艺术经验是值得我们好好思索的。

三、七子之歌：掏出一颗赤子之心

七子之歌——澳门

闻一多　词

你可知"妈港"不是我的真名姓，
我离开你的襁褓太久了，母亲！
但是他们掳去的是我的肉体，
你依然保管我内心的灵魂。
那三百年来梦寐不忘的生母啊！
请叫儿的乳名，
叫我一声"澳门"！母亲！
我要回来，母亲！

《七子之歌》最初发表在《现代评论》第二卷第30期，于1925年7月4日出版。全诗由《澳门》《香港》《台湾》《威海卫》《广州湾》《九龙岛》《旅顺，大连》七节组成。这首诗和闻一多的其他爱国诗歌一样，真切地反映了那个时代中国人民的心声，在中国现代文学史上具有重要意义。第一节《澳门》在电视剧《澳门岁月》（1998年12月20日首映）中作为主题歌被演唱后，在社会上引起了强烈的反响。歌曲之所以能够穿越历史的时空，震撼当代亿万中国人民的心灵，除了它表达了对祖国统一的强烈渴望之情外，它的一切表现形式都非常符合歌词的要求，这就为音乐翅膀的腾飞提供了有利的条件。

诗中感情真挚深沉，格调沉郁顿挫。闻一多一贯强调，诗歌的真精神真价值最重要的内在质素是情感和幻象。他注重诗的感性，但是又要求在想象中加以提炼。他写诗往往不成于初得某种感触之时，而成于感触已过，历时数日，甚或数月之后，这时候印象已经模糊，表现在文字上，其结果往往失之于空疏，然而刻露的毛病绝不会有了。空疏的作品读者看了不会产生印象，刻露的作品，往往叫读者产生坏印象，所以与其刻露，不如空疏。

诗中想象丰富，引人入胜。在这首诗中，诗人充分展现了其想象才能，幻想特别丰富，并且极富艺术感染力。他把被帝国主义侵略者侵占的土地比喻为肉体，澳门是七子之一，澳门是祖国的，儿子总是想着祖国母亲。这些比喻，既生动地揭示了澳门与祖国不可分割的血缘关系，又把受众引入到一个既充满屈辱和痛苦，又充满激情和希望的艺术境界，以此激发人们的想象。

语言质朴，音韵和谐。闻一多作诗强调情感的内敛，用字的简洁。这首诗中他描写和抒情都选取最能体现其本质特征的方面加以刻画、表述，"妈港""真名姓""澳门""生母""母亲"不仅文字质朴简练，而且意象丰富，把无限的情感融汇在一声"母亲"上。句尾用 in 韵，这样使全诗音调更为调和，音乐美也更为突出。

诗与歌是同源异流。今天新诗与歌词也绝非是互不相干的两种文体。新诗自产生以来，胡适、刘大白、刘半农、郭沫若、徐志摩、艾青等很多诗人的诗歌被谱曲传唱了。但这并不是说诗就是歌词，或者说歌词就是诗，而是说它们之间有相通相融的地方。诗要追求歌的音乐性，歌要追求诗的文学性。这两者的高度结合就是歌词的完善和拓展，诵之为诗，唱之为歌。

四、我的祖国：土地与家园意识

我的祖国

乔羽　词

一条大河波浪宽，
风吹稻花香两岸，
我家就在岸上住，
听惯了艄公的号子，
看惯了船上的白帆。
这是美丽的祖国，
是我生长的地方，
在这片辽阔的土地上，

到处都有明媚的风光。

姑娘好像花儿一样，

小伙儿心胸多宽广，

为了开辟新天地，

唤醒了沉睡的高山，

让那河流改变了模样。

这是英雄的祖国，

是我生长的地方，

在这片古老的土地上，

到处都有青春的力量。

好山好水好地方，

条条大道都宽敞，

朋友来了有好酒，

若是那豺狼来了，

迎接它的有猎枪。

这是强大的祖国，

是我生长的地方，

在这片温暖的土地上，

到处都有和平的阳光。

　　《我的祖国》是电影《上甘岭》的主题歌。每当我们唱起它，心中总是热血沸腾，有说不出的激动。这首走进千家万户的经典歌曲，典型地表现了乔羽在捕捉生活题材中所表现出的一大艺术特点，即在过滤生活现象的过程中，善于透过生活的表层去传达出一种自己对人民群众心灵深处的情感、意趣的感应。

　　《我的祖国》的可贵之处，首先得力于别开生面的开始，"一条大河波浪宽，风吹稻花香两岸。"便打开了与众不同的生动具体的艺术层面，让每一个人都会联想起生养自己的依依乡土。而这是什么地方？"这是美丽的祖国，是我生长的地方。"这是母亲宽坦无边、温热可人的胸膛，这是实实在在、可触可摸的生养自己的祖国。然而这又不是一般意义上的祖国，而是"到处都有明媚的风光"的获得新生的、人民当家做主的共和国。乔羽就是这样在貌似平凡的事物中，通过对人内心深处浓烈情感的准确把握，实现了对时代精神的艺术超越，体现出对时代精神与人们社会心理情态总体的概括。其高明之处在于他牢牢抓住了这种"人人心中有"，但"个个笔下无"的话语，来表达对祖国的一往情深，使情感汪洋恣肆般倾泻而来，从而奠定了这篇作品成功的雄厚基础。

这首歌共三段，每段又分主副两部分。第一段由一种浓烈的乡土情结伸展到对祖国美丽的讴歌；第二段又由人民自身智慧与力量的开掘而引发出对祖国古老的礼赞；第三段则由爱憎分明的民族性格，凝聚成誓让祖国不断强大的崇高信念。这样在层层递进、环环相扣之中，使"这是我的祖国"成为一种必然的升华。

主歌部分（前五句），描写祖国的田园风光，既富于民族风味，又有吞纳山河的襟怀；副歌部分（后四句），壮美浓烈，充分表达了志愿军战士热爱家园、热爱和平、热爱祖国的激情和革命乐观主义精神。

从写作技巧看，它是举重若轻，以两拨斤。偌大的祖国，上下五千年，纵横一万里，如何表现她？乔羽不去写往昔中的祖国，而去写现实中的祖国；他不去写遥远的祖国，而去写咫尺间的祖国；他不去写梦幻中的祖国，而去写触摸到体温的祖国。"一条大河波浪宽，风吹稻花香两岸，我家就在岸上住，听惯了艄公的号子，看惯了船上的白帆。"一个严肃而凝重的主题，就这样被他表现得洒脱、轻松和自由。"朋友来了有好酒，若是那豺狼来了，迎接它的有猎枪"，庄重中又带几分幽默，幽默中更显严肃。作者怀着爱国爱乡的赤子之情，心灵与生活碰撞出一串串绚丽的火花。于是，一个"这是美丽的祖国""这是英雄的祖国""这是强大的祖国"的构思，被画上圆满的句号。

五、我的中国心：深情的眷恋和热爱

我的中国心

黄霑 词

河山只在我梦萦，
祖国已多年未亲近。
可是不管怎样也改变不了，

我的中国心。

洋装虽然穿在身，

我心依然是中国心。

我的祖先早已把我的一切，

烙上中国印。

长江，长城，黄山，黄河，

在我心中重千斤。

无论何时，无论何地，

心中一样亲。

流在心里的血，

澎湃着中华的声音，

就算生在他乡也改变不了，

我的中国心。

    这是一曲海外游子对祖国的真情告白，它以朴实而深情的语言道出了游子的心声。歌曲中饱含的是民族的情感，记录的是中国人的心灵，展现的是华夏儿女对祖国，对故乡一往情深的眷恋和热爱。但是在歌词中，作者并没有把这种情感像黄河之水那样毫无保留地奔流直下，或像火山一样喷发而出，而是如清泉汩汩地流淌，沉稳大气，形成了词作沉郁顿挫的风格。

    歌词是以一个游子的口吻来抒写对祖国的眷恋之情，展现了一个漂泊者心中那份无法割舍的故土乡思。"山河只在我梦萦，祖国已多年未亲近"，未能亲眼见到祖国的山河，虽然在生理上不能与祖国亲近，"可是不管怎样也改变不了"，"我"在心理上对祖国的相连相依。"洋装虽然穿在身，我心依然是中国心。"洋装只是一种外观，它的文化意义稀薄。穿上洋装，并不改变洋装下的一副中国人心态。生在异国，只是一种偶然性的自然选择。生在异国，精神并没有异化。虽然"我"已经适应了外国的生活习俗，接受了外国文化，但是扎根在内心深处的是亘古不变的民族意识。为什么？就因为"流在心里的血，澎湃着中华的声音"，遗传基因是中国文化。这是最强健的生命原质，无论何地、无论何故，都改变不了这一基本事实。而长江、长城、黄山、黄河就成为这些情感意识的载体，成为承载着中华民族五千年历史文化底蕴的原始意象群。这些意象对于中华民族来说具有无穷的心理能量，它以其独特的情感强度再次激活了早已存在于我们心中的力量，而这种力量就像是流淌在我们体内的血液。每当我们看到这些意象，每当这些意象在我们脑海中浮现，我们会突然感到一种不同寻常的轻松感。在这一瞬间，我们不再是个人，而是整个族类，全部人类的声音一齐在我们心中回响。因为它是一个民族的记忆，并且将随着一个种族的繁衍而形成文化上的遗传。

在 1984 年中央电视台春节联欢晚会上，香港歌手张明敏为十亿电视观众演唱了《我的中国心》，一下子打动了无数炎黄子孙的心，引起了中华同胞的强烈共鸣。近四十年来，这首经典老歌始终给人一种亲切感，以至于我们每次听到它的时候就像是听到了自己的心跳。无论在何时，无论你身在何处，只要你是黄皮肤、黑眼睛的华夏儿女，只要你的鼓膜一触碰到那熟悉的旋律，你就会振奋，感动，热泪盈眶。

六、中国人：自豪的宣言

中国人

李安修　词

五千年的风和雨啊，藏了多少梦。
黄色的脸，黑色的眼，不变是笑容。
八千里山川河岳，像是一首歌。
不论你来自何方，将去向何处，
一样的泪，一样的痛，
曾经的苦难，我们留在心中；
一样的血，一样的种，
未来还有梦，我们一起开拓。
手牵着手不分你我，昂首向前走，
让世界知道我们都是中国人！

由陈耀川谱曲、刘德华演唱的歌曲《中国人》，1997 年获得香港电台年度十大中文金曲，1998 年又获得香港 TVB 最受欢迎国语歌曲金奖。《中国人》在诸多的爱国歌曲中独树一帜，它像是一只号角，只要吹响它，你的心就会不由自主地向它靠拢。不可否认，它就是有这样的号召力，这不在于文字的新异，也不在于音乐的新潮，当然更不在于演唱者是谁，一切都只因为"我们都是中国人"。

从内容上看，《中国人》将个人的命运和国家的兴衰紧密地联系在一起。歌词打破了惯有的"国"与"人"之间的界限。"国"与"人"成了一个整体，个体既没有超越整体而独立存在，整体也没有掩盖个体而霸道出现。歌词将"中国"的丰富内涵融进了"人"这个概念，赋予人以深厚的历史文化内涵，让它成为一个具有特殊代表性的的群体。这是一个你中有我，我中有你的整体，不论是在何时何处，只要我们听到"中国人"这三个字，就产生一种被包容的归属感，被纳入了一个拥有庞大的人数和悠久的历史的生生不息的族群。当我们说出"中国人"时，我们感到这并不是一个人的声音，而是一群人发出的穿越时空的呐喊。"五千年的风和雨"和"八千里山川河岳"是中国人共同的民族记忆，"一样的血，一样的种"是祖先在炎黄子孙身体里留下的永远不可磨灭的烙印。共同的伤痛梦想和亘古不变的民族信仰，让散落的天涯海角的中国人走到了一起，为了共同的梦想"一起开拓"。

中华民族是一个隐忍、顽强，始终对未来怀有美好希望的民族。这样的民族不会沉溺在历史的苦难之中无法自拔，也不会逃避变幻莫测的"未来"。这首歌在回顾历史的同时，也在召唤炎黄子孙担负起振兴中华民族的历史使命。歌词始终流淌着对历史沧桑的感慨和对未来勇敢开拓的激情，它极力地捍卫着中华民族的尊严和信仰，展示了中华民族的坚定信念和奋发向上的精神状态。

七、我和我的祖国：血脉相连的相依相托

我和我的祖国

张藜　词

我和我的祖国，一刻也不能分割；
无论我走到哪里，都流出一首赞歌。
我歌唱每一座高山，我歌唱每一条河，

袅袅炊烟，小小村落，路上一道辙。

我最亲爱的祖国，我永远紧依着你的心窝，

你用你那母亲的脉搏和我诉说。

我的祖国和我，像海和浪花一朵，

浪是那海的赤子，海是那浪的依托。

每当大海在微笑，我就是笑的旋涡，

我分担着海的忧愁，分享海的欢乐。

我最亲爱的祖国，你是大海永不干涸，

永远给我碧浪清波，心中的歌。

歌曲《我和我的祖国》是一首深受人们喜爱的经典之作。这首歌曲抒情和激情相结合，将优美动人的旋律与朴实真挚的歌词巧妙结合起来，表达了人们对伟大祖国的由衷依恋和真诚歌颂。

歌词以一种特殊的方式在寻求着"我"与祖国之间"一刻也不能分割"的关联。这种关联是不论我走到哪里，"哪里都流出一首歌"。祖国的每一座山，每一条河流甚至是山村的袅袅炊烟和田间小路上的一道辙，在"我"的心中都是美妙的歌，都是母亲与"我"的温婉耳语。将内在的情感外化为具体可感的事物，而这种情感就像是脐带相连，流淌的热血，跳动着生命的火焰。

歌词把"我"的命运和"祖国"的命运交织在一起，形成了一个双向互动的情感结构，加强了抒情主体和客体之间的对话交流，拉近了主客体之间的距离。"我的祖国和我像海和浪花一朵，浪是那海的赤子海是浪的依托，每当大海在微笑我就是笑的旋涡"，一方面体现了祖国在"我"生命中的意义，另一方面又表达了"我"作为一个个体对于祖国的价值，展现了"我"与祖国相融相生的关系。

同样是爱国歌曲，这首《我和我的祖国》少了豪言壮语，多了个体真实的情感体验，在爱国的情感中融进了生活的"微笑"或是"忧愁"，让我们看到更为丰富的情感世界。它向我们传达出的爱国情怀就像是普普通通的生活，它像是散落在日常的生活中，俯拾皆是。而真正的爱国行为也并不是非要做出什么惊世创举不可。如果你热爱脚下这片土地，则看山秀美，观水风流，你愿意用最美的文字，最动听的歌喉，甚至用你的生命来书写它，歌唱它，捍卫它。

八、龙的传人：传统文化的皈依与认同

龙的传人

侯德建　词

遥远的东方有一条江，

它的名字就叫长江。

遥远的东方有一条河，

它的名字就叫黄河。

虽不曾看见长江美，

梦里常神游长江水。

虽不曾听见黄河壮，

澎湃汹涌在梦里。

古老的东方有一条龙，

它的名字就叫中国。

古老的东方有一群人，

他们全都是龙的传人。

巨龙脚底下我成长，

长成以后是龙的传人。

黑眼睛黑头发黄皮肤，

永永远远是龙的传人。

百年前宁静的一个夜，

巨变前夕的深夜里。

枪炮声敲碎了宁静夜，

四面楚歌是姑息的剑。

多少年炮声仍隆隆，

多少年又是多少年。

巨龙巨龙你擦亮眼，

永永远远地擦亮眼。

这首简单而又壮丽的歌词，把中国精神和意志通过"龙"这个光辉形象展现了出来，给"龙的传人"以民族认同感和自豪感，也反映了广大台湾同胞和海外侨胞对祖国锦绣山河及传统文化强烈的热爱。

　　歌词的第一段，推出了两个巨大的形象——黄河和长江。它们象征着中华民族源远流长的文化，象征着中华民族灿烂辉煌的历史，象征着中华民族的激情、壮志和凝聚力。词人用中华文化的母体——长江和黄河，向人们呈现了尘封已久的跳动的爱国情愫。长江的壮阔和黄河的汹涌激起了雄浑豪迈的气魄，常在"澎湃汹涌"的梦里"神游长江水"，表露了作者对祖国河山深沉的向往，"神"字更突显了对祖国大好山河的深深眷恋。

　　第二段写"龙的传人"的人类学特征：黑眼睛、黑头发和黄皮肤。这一群有着特殊生物学标志的人就在黄河长江的怀抱里成长，长成之后又在世界各地传播和弘扬中华民族的文化。尽管他们穿着不同的服装，讲着不同的语言，但是他们的基本的人类学特征并没有改变。他们的身体里流淌的是炎黄子孙的血，他们永远是龙的传人。词人用集结了各种美德和优秀品质的"龙"延续着这流动的澎湃。前段用"黄河"和"长江"代表着祖国，而后段直截了当地点出了"古老的东方有一条龙，它的名字叫中国"，词人的爱国情感发展到了高潮，也得到了进一步的宣泄。随后又从自然景象过渡到了人文景象。"古老的东方有一群人，他们全都是龙的传人"，而"巨龙脚底下我成长"则从对祖国的赞叹过渡到对祖国的感激，而且"永永远远是龙的传人"，表明萌生的归属感、认同感和自豪感。

　　第三段写"龙的传人"的抗争与觉醒。中国这条古老的龙，曾经长时间翘首于世界的东方，为全球文明作出过巨大的贡献。但由于历史和文化方面的多重原因，在近一个世纪里，它的步履显得滞重和艰难。于是外国列强乘虚而入，蹂躏它，欺侮它；后来龙的传人觉醒了，震怒了，他们勇敢地站起来维护自己的地位与尊严。词人的爱国情感转移到了中华民族不屈不挠的斗争经历中，这不仅是惨痛的记忆，也是民族自强不息优良传统的历史见证。"四面楚歌是姑息的剑，多少年炮声仍隆隆"，鸦片战争以来民族的精神风貌和生存状况浓缩其中；"宁静夜"里的巨变也让我们想象和窥见了社会经济、政治在炮火中的重大变化，然而社会的变革和历史的沧桑并没有压抑住"龙的传人"。"巨龙巨龙你擦亮眼，永永远远地擦亮眼"，则把炎黄子孙的斗争形象表现了出来，也寄了词人对"巨龙"恳切真诚的希望——永远擦亮眼睛以自立于世界民族之林！

词人从空间（遥远）入手，再从时间（古老）升华，最后时空结合叙述。其中最值得注意的是其强烈的文化回归意识。空间上的"遥远"反而促成心灵上的接近。唯其心灵上的亲近，所以"梦里常神游长江水"，并且感觉到黄河"澎湃汹涌在梦里"。代表中华民族最初文明的黄河文化，代表创新、进取、开放特质的长江文化，以英勇善战、聪明自强为象征的龙的精神，囊括了中华民族的人文景观和人文精神。这种回归，不仅仅是回归到黄河长江的壮美的怀抱里，更是回归到由它们的乳汁所哺育中华文化的氛围里。无论是追溯它的辉煌历史，缅怀它的丰伟功绩，还是认同它的文化人类学特征，都表现了一种文化上的深深依恋。"永永远远是龙的传人"，既以龙的传人为骄傲，也愿意以此而自励自勉。整首歌词，有着相当广阔的地理背景和相当深厚的文化底蕴，它讲述着历史，更突出了精神，由"龙的传人"统率着爱国情结和家园意识，再加上悠扬与刚劲相融的曲调，使之成为爱国思想题材中的标志性作品，也成为通俗歌曲中的经典之作。

九、故乡的云：那份飘浮的情愫

故乡的云

小轩　词

天边飘过故乡的云，
它不停地向我召唤。
当身边的微风轻轻吹起，
有个声音在对我呼唤。
归来吧归来哟，
浪迹天涯的游子，
归来吧归来哟，
别再四处飘泊。

踏着沉重的脚步，

归乡路是那么的漫长。
当身边的微风轻轻吹起，
吹来故乡泥土的芬芳。
归来吧归来哟，
浪迹天涯的游子。
归来吧归来哟，
我已厌倦飘泊。

我已是满怀疲惫，
眼里是酸楚的泪，
那故乡的风和故乡的云，
为我抹去创痕。
我曾经豪情万丈，
归来却空空的行囊，
那故乡的风和故乡的云，
为我抚平创伤。

　　这是一首归意浓郁的思乡曲。全曲以敏感多思、悠远绵长的情愫触动听者的心弦，仿佛是滴入水中的浓墨，只一点便迅速地渲染开来。那飘浮的云，那沉重的脚步，那疲惫的身心，无不使人联想到"感时花溅泪，恨别鸟惊心"的意境。身处异乡的流浪之人，思乡情切不免感慨万分，所见之物皆成为勾起乡思的缘由。天边飘过的云，轻轻吹起的风在游子的眼中也都带有故乡的颜色，故乡的回响。

　　陶渊明曾在《归去来兮辞》中写道："云无心以出岫，鸟倦飞而知还。"这似乎在一定程度上照应了这首歌词中所要传达的思想情感。渴盼归乡的游子的心境就如同无心出山的云朵，倦飞思还的鸟儿，从"豪情万丈"的决心出走，到几经颠沛流离落魄而归，经历肉体的疲乏和心灵的磨难后，才明白故乡才是真正的心灵归属。"归来吧，归来哟，浪迹天涯的游子"的词句，是来自故乡充满关切深情的呼唤，同时也是发自游子内心深处苦苦追寻的归宿感。每个人都有归属的需要。小而家庭，大而民族，有归属，精神上才有依托，才有信心，才有人生的基点。这种回归不是一般意义上的家园故国之恋，而是一种情感和理智相交融的文化的皈依，一种无怨无悔的坚定的抉择，一种价值取向的认同。"归来"一词给人以时间的纵深感，将归乡这一古朴厚重的情思贴切地演绎出来。

　　歌词中"云"与"风"的意象皆给人一种漂泊无定、变幻无形的印象，或许恰恰是因为如此，使得风、云成为与归乡主题紧密相联系的意象群，而这种联想性关系似乎也是自古有之。如《易水歌》中"风萧萧兮易水寒，壮士一去兮不复还"，又如汉高祖刘邦《大风歌》中"大风起兮云飞扬，威加海内兮归故乡"，皆是取目之所及之物与内心现时之情相结合，虽是随意吟唱之作，却无斧凿之痕，也少刻板的匠气，成为流传千古的佳作。

十、东方之珠：蕴藏在字里行间的文化

东方之珠

罗大佑　词

小河弯弯向南流，
流到香江去看一看。
东方之珠我的爱人，
你的风采是否浪漫依然。

月儿弯弯的海港，
夜色深深灯火闪亮。
东方之珠整夜未眠，
守着沧海桑田变幻的诺言。

让海风吹拂了五千年，
每一滴泪珠仿佛都说出你的尊严。
让海潮伴我来保佑你，
请别忘记我永远不变黄色的脸。

船儿弯弯入海港，
回头望望沧海茫茫。

东方之珠拥抱着我，

让我温暖你那苍凉的胸膛。

《东方之珠》始创于 1986 年，歌词凝练，字字珠玑，添一笔嫌多，去一笔嫌少，每一个字每一个词的位置，都是坚不可摧的，非如此，不足以表达作者复杂且深厚的情感。透过作品的意象，剖析作品营造的意境，体会作者的思想感情，才能更好地理解这首歌。而典型的罗氏风格，就在这里凸现。

罗大佑在表现矛盾情思的转折上是颇显功力的。若说第一段还是以"爱""荣""赞"为主线的话，那么第二段我们听到了一个语义双关的信号："夜色深深灯火闪亮，东方之珠整夜未眠。"这是在承续前一段赞赏香港这个不夜城的美丽夜色吗？是，也不是。其实，"整夜未眠"四个字的潜台词是：就表层形象而言，这似乎在描绘香港彻夜通明的繁华景象；但就深层底蕴来看，它分明在告示着"香港"内心郁积的痛苦。这种负面情感，在后面紧接而来的主题歌词中得到了淋漓尽致的宣泄——原来"东方之珠""整夜未眠"是因为"守着沧海桑田变幻的诺言"，它在殷切地期盼着历史的重新改变，渴望着有朝一日重回祖国的怀抱。接下来作者如放开了心灵的闸门，一口气喊出了惊天动地的民族心声："让海风吹拂了五千年，每一滴泪珠仿佛都说出你的尊严；让海潮伴我来保佑你，请别忘记我永远不变黄色的脸！"它流泪，因为它渴望回到属于自己的"家"，回到母亲的怀抱里，同时，这回归也昭示着中国人的尊严。"让海潮伴我来保佑你"一句，则深深地表达了炎黄子孙对香港的爱恋之情。而"请别忘记我永远不变黄色的脸"，深刻揭示了香港同胞同为炎黄子孙，渴望回归祖国怀抱、渴望统一的爱国之情，一颗炽热的赤子之心苍天可鉴。最后作者表达出想要温暖它"苍凉的胸膛"，以"小我"的抒情方式，唱出整个民族"大我"的心声——誓死捍卫主权和维护祖国领土的完整。

从艺术上讲，歌词极富张力。表面看，它明朗浅显，具有当代流行歌曲共有的通俗晓畅、亲切可人的长处。细细品味，几乎每一句都曲折含蓄，寓意深厚，余韵不尽。而且，作者把我国古典诗歌传统同当代意识融会贯通，巧妙运用，而不留痕迹，如"明月""沧海""泪珠"等意象的组合，显然脱胎于李商隐《锦瑟》诗中"沧海月明珠有泪"之意境；而让"海潮"相伴，则又使人想起古诗中"早知潮有信，嫁与弄潮儿"的典故。作者在此活用经典并萌生新意："海潮"之定时涨落、永恒不变，不正表达了中华儿女对祖国矢志不渝的深情吗？这一切，都使《东方之珠》这首歌洋溢着浓郁民族神韵和华夏风采。

十一、大海啊，故乡：心灵皈依的港湾

大海啊，故乡

王立平　词

> 小时候，妈妈对我讲，
> 大海就是我故乡，
> 海边出生，海里成长，
> 大海啊大海，是我生活的地方，
> 海风吹海浪涌，随我飘流四方，
> 大海啊大海，就像妈妈一样，
> 走遍天涯海角，总在我的身旁。

这首歌是电影《大海的呼唤》的主题曲，作者以叙事化的文字述说了我与大海难舍难分的情缘。从歌词的整体结构上来看，其篇幅短小，句与句之间的节奏舒缓，情感随着文字缓缓地流动，纯挚的情感与舒缓的文字相得益彰，带领着我们走进作者的记忆和情思。

歌词以"我"童年有关大海的记忆作为情感的出发点，以思乡之情作为贯穿整首歌曲的生命线，在记忆的回溯中寻求情感的皈依和生命的依托。正所谓"情动于中，故形于声"，作者根据自己独特的生命体验构筑了一个无可复制的艺术空间。歌词通过对妈妈、大海和故乡三个意象的塑造，以时空的流动性营造出具有蒙太奇效果的画面感：第一幅画面是母亲带着儿时的"我"在海边讲述关于家乡的古老故事；第二幅画面则直接跳跃到成年的"我"独自望着波涛汹涌的大海沉思。这两幅极具跳跃性的画面在接收者的视域中形成了巨大的空白，因此我们忍不住会想象、猜测和感慨。这种跳换或转切所达到的艺术效果就像是中国水墨画创作中的"留白"，它既做到了惜墨如金，又留给我们得以天马行空的想象空间。

歌词沿着"我"与母亲、"我"与大海、"我"与故乡三条情感线索展开，而这三种情感并不是相互孤立开来，而是相交相融。就像歌词中写的那样，"大海啊大海，就像妈妈一样，走遍天涯海角，总在我的身旁。""我"就像是一叶在茫茫大海中漂流的小船，海浪就像母亲宽容的怀抱，海风就像母亲温存的耳语。大海就是故乡，大海就是母亲，这样大海、故乡和母亲三个意象相融为一，作者把对大海的热爱，对故乡的思念，还有对母亲的依恋这三种情感融合在一起，共同构筑了一个让漂泊的心灵得以皈依的港湾，谱写了一曲恋家、恋海、恋乡的绝唱。

十二、弯弯的月亮：乡愁是古老的歌谣

弯弯的月亮

李海鹰　词

遥远的夜空，有一个弯弯的月亮，
弯弯的月亮下面是那弯弯的小桥。
小桥的旁边，有一条弯弯的小船，
弯弯的小船悠悠，是我童年的阿娇。

阿娇摇着船，唱着那古老的歌谣，
歌声随风飘啊，飘到我的脸上。
脸上淌着泪，像那条弯弯的河水，
弯弯的河水流呀，流进我的心上。

我的心充满惆怅，不为那弯弯的月亮，
只为那今天的村庄，还唱着过去的歌谣。
喔，故乡的月亮，你那弯弯的忧伤，
穿透了我的胸膛。

在文学作品中，月亮常被当作宇宙的象征，作为短暂的人生对照物使

用，加上月悬中天，无所依傍，更容易引起人们的孤寂感。所以常常通过月亮来寄托个人的沧桑感，表达物是人非的忧伤心理。在这首歌词中，作者写月新颖别致，语言质朴、凝练、简洁，通过弯弯的月亮来写月亮与世事变化的关系。同是一轮幽静的明月，却反衬出世事的沧桑变化，社会的发展日新月异，而故乡一如往昔，毫无变化，作者的内心怎能不感到忧伤？李海鹰在谈到这首歌的创作背景时，虽笑说"我并不是一个想家的人"，但这首歌传递的浓郁乡愁却得到了广大听众的共鸣。

歌词分为三段。第一段用顶真手法，把记忆中的故乡景物用由远及近、由上到下的慢镜头，缓缓地展示给观众。"月是故乡明"的愁思，"海上生明月，天涯共此时"的感伤都是家乡带来的"弯弯的"思念。作者先点明时间空间，把它们一起重现于记忆的隧道，故乡的轮廓被具象地描摹了出来，然而故乡的美绝不止于那现实中的物，更多的是维系着那山那水那人的一片情怀。借着景物"弯弯的"特征引发自己心底对家乡的思念，将自己残缺的心展示出来。"遥远"使景物染上了回忆的色彩，把脑海里的无形的思念化成有形的景物，不仅使思念具体化还奠定了全词的感伤基调，是"景语"成功地转化成为作者所要表达的"情语"，虽然只是简单的粗笔勾画，却清晰地描绘出了作者思念的感伤面庞。

接着，作者把描绘思念的笔调转向了怀人。由景及人的转向不仅使过渡自然有序，而且让人感觉思想更为深刻。"阿娇"是广东话对少女的别称，是作者美丽的爱情梦，一种纯朴和真挚感情的寄托和慰藉，这种寄托虽有温情和抚慰，但更多的是苦涩。词中反复提及，道出了这样的青涩的爱的味道。第二段作者用"阿娇"开头，以她为中心人物，由她引领全段，轻轻描出她在"我"心中的中心地位，将自己内心对她的喜爱之情蕴含其中，"欲说还休"的含蓄表达与少年初开的情窦相一致，阿娇的古老歌谣飘向"我"的脸，像摘了一把虎耳草放在"我"的手心也放在了"我"的心，很轻很柔，甜蜜的感伤充斥着这样的一颗"欲诉无人能懂"的心。这是作者的小我感情。再后来，作者放掉小我的情感转向对家乡的感伤情怀。"我的心充满惆怅"使小我的形象变大形成大我的外观，这种外观在作者"不为那弯弯的月亮，只为那今天的村庄还唱着过去的歌谣"的忧郁的灵魂补充下活灵活现，表现自己对故乡的关切却因不能参与它的建设而滋生了忧愁，展现了关心家乡建设，企盼自己能为家乡的建设做出贡献，形成高大的抒情主人公形象。同时也升华了第一段"弯弯的"缺憾，作者向往故乡的宁静、和谐，却又希望它能摆脱过去而得到新的发展，同时又不知如何面对变化，无限惆怅。"你那弯弯的忧伤，穿透了我的胸膛"用双关的手法，使第二段的结尾收拾自如意蕴深远，意犹未尽。

最后，作者首尾呼应，像旅行的人出去一定要回家一样，又带回到回忆的画面，将感伤的情调推向极致，让人久久不能释怀，虽不是余音绕梁的三日不绝，但也不是喊出的"死了都要爱"，它含蓄但有深远的内涵。乡愁在词人笔下既是甜美的又是苦涩的，两种心理的交织成了思乡的羁绊，但也为情感提升了高度，这种既有"纯粹的距离"又有"沧桑"的乡愁不是单薄的，它寄寓的是游子"月是故乡明"般对家乡"崇高"的热爱。

整首歌词立意在对美好的乡村生活的甜美回忆和对理想明天的张望与期待。不为过去抒爱国情，唱民族声的旧观念、旧模式所左右，没有那种壮志情怀，而是在凡人凡事的细节情感刻画上落笔，着重追求的是作品的意味和趣味。词人先以平和冷静略带感伤的口吻叙述一段娓娓动人的故事。在那弯弯的月亮下面，粼粼波光掩映出弯弯的小桥，小桥旁边是一只弯弯的小船，船上有位少女唱着童谣。多么甜柔静谧，又是多么的诗情画意。尤其是那弯弯的月亮，给这幽静的小村庄增添了朦胧之感，一切都影影绰绰，静静流淌的小河，倒映着弯弯的小船；小船上的阿娇也依稀可见。有人有物，有动有静，这组物象构成了一幅图画，把人带进一个既亲切又陌生的梦幻般境界里。而在这里，我们又分明听到了作者的脉脉心声，感受得到作者浓烈的思乡之情。

但这首歌不是一般的乡恋曲，它渗透着强烈的忧患意识。歌词的后半部分情绪转为苍凉凄恻：表面看作者是那么的平淡而又平静叙说着，实际上一系列"弯弯的"景物，反复叠印到他的艺术视野与艺术思维之中，便被他久久积聚于胸中那条系在中华历史、祖国命运、民族忧患、百姓疾苦以及对复兴大业的渴望及责任感这根红线串起来了。开始只觉得是走入一片宁静秀美的田园水乡而怡情陶醉着；而后却随着艺术的灵翅飞入一个广远的领域：河水、月亮、小船、小桥、歌谣、故乡不再是词汇本身具有的表面释义，经过与作者同步的联想，它们被提升、超越、扩展成具有象征意味的基础形象了。最浓的情思以平淡的格调表达，最沉重的情怀以抑制而不迸发的状态完成词的结构与面貌。

十三、我想有个家：中国人的家庭观念

我想有个家

潘美辰　词

我想要有个家，
一个不需要华丽的地方，
在我疲倦的时候，
我会想到它。
我想要有个家，
一个不需要多大的地方，
在我受惊吓的时候，
我才不会害怕。
谁不会想要家？
可是就有人没有它。
脸上流着眼泪，
只能自己轻轻擦。
我好羡慕他，
受伤后可以回家。
而我只能孤单地，
孤单地寻找我的家。
虽然我不曾有温暖的家，
但是我一样渐渐地长大。
只要心中充满爱，
就会被关怀。
无法埋怨谁，
一切只能靠自己。
虽然你有家什么也不缺，
为何看不见你露出笑脸？
永远都说没有爱，
整天不回家。

相同的年纪，

不同的心灵，

让我拥有一个家。

　　台湾女歌手潘美辰在二十世纪八十年代凭借《我想有个家》红遍了大江南北。"我想有个家"，这样一句朴实平白的话语，道出了多少人的心声。在"家"这一情感符号的贯穿下，既表达了抒情主体的渴望与期盼，也透露出中国家庭现状的客观性，并从无家可归人群的忧伤，有家无爱人群的失落，社会之家的企盼等三个层面来展现。

　　"我"心中这个"家"，不是"华丽的地方"、不是"多大的地方"，而是"在疲倦的时候""在受惊吓的时候"的依靠。很显然，词人要寻的"家"是精神的依托，是心灵的栖息场所，并反复表达对这种精神支撑的强烈需要和诉求。然而，"可是就有人没有它"。没有它的人无奈而又无助地"流着眼泪""轻轻擦"。这种失落，似涓涓细流从心坎流淌而过，没有痕迹，却留下了"回味无穷"的忧伤。这种忧伤悄无声息地袭击心底那片柔软的地方，激荡起无数的涟漪，情到深处，再回首，早已泪流满面。平凡的歌词唱出了不平凡的曲调，哀婉却也发人深思：它让无家的人们激起了伤感的共鸣——"孤单地寻找我的家"；让有家的人们醒悟着——"虽然你有家什么也不缺，为何看不见你露出笑脸？"难道是"永远都说没有爱？"这也折射出了家的悲剧，无家可归的人的悲剧与有家无爱的人的悲剧交织着，升华出了词人埋在字底下的警醒的呐喊——让我拥有一个"温暖"的家。呐喊的同时词人也不忘聊以自慰："只要心中充满爱，就会被关怀"，一束善良的人性之光照射着"家"这个社会的体系，也反映出了词人对社会真挚的关怀和纯洁的期望。希望这份"爱"滋养着"家"，继而推动着大社会，反之也希望社会关爱游子孱弱的心灵，成为无家人心中真正美好的"家"。有爱的家似一个温暖的巢，是可以让像候鸟一样，随季节迁徙的外乡游子不论什么境遇或情景，也想要回来的小小地方。不需要有华丽做外表的装饰，不必要是很大很宽敞的地方，只要有一个可以让心得到休息，让爱充满整颗心灵就可以了。

　　词人在"立象衍情"的拓展下，用本色、呼唤式的语言对家的三种情感进行了淋漓尽致地渲染，并遵循着"渴求—无奈—自慰"的心理曲线，诉诸于大众而非个体的追求，使受众沉浸于浓郁的民族家庭气息和厚重的生命意识里。

十四、前门情思大碗茶：浓郁的乡土情怀

前门情思大碗茶

阎肃　词

我爷爷小的时候常在这里玩耍，
高高的前门仿佛挨着我的家，
一蓬衰草几声蛐蛐叫，
伴随他度过了那灰色年华，
吃一串冰糖葫芦就算过节，
他一日三餐窝头咸菜就着一口大碗茶。
啊，世上的饮料有千百种，
也许它最廉价，
可谁知道它醇厚的香味饱含着泪花。

如今我海外归来又见红墙碧瓦，
高高的前门几回梦里想着它，
岁月风雨无情任吹打，
却见它更显得那英姿挺拔。
叫一声杏仁豆腐京味最美，
我带着童心带着思念再来一口大碗茶。
啊，世上的饮料有千百种，
也许它最廉价，
可为什么它醇厚的香味直传到天涯。

　　这是一首具有浓郁的老北京风格的现代歌曲。它通过归国华侨回忆儿时在北京生活的往事及对大碗茶的情思，表达了远方游子对祖国、对故乡北京的无限爱恋之情。

　　歌词带有明显的叙事性，叙事的目的最终还是为了抒情，"情"始终是歌曲的灵魂和核心。此歌思乡主题的表现，全凝聚在前门的"一口大碗

茶"上。"大碗茶"是老北京平民百姓常喝的廉价饮料，是过去贫苦生活
的一种标志。它既可以使人抚今追昔，忆苦思甜，产生新旧时代悲欢对比
的联想；同时，茶水又是中国老百姓所喜爱的饮料，对于海外游子来说，
它仿佛又是一种思乡思亲的纽带，可以引发美好的童年梦幻和浓郁的乡土
情怀。歌曲通过"大碗茶"倾诉出华人无论走到天涯海角，祖祖辈辈都会
对祖国一往情深的意愿。

　　作者采用了"我爷爷小的时候"和"如今我海外归来"这一鲜明对照，
把时空一下子跨越了六七十年和万里之遥，最终汇合在北京的前门，既包
含了今昔对比，又蕴含了中外反差，省略了其间一切不必要的过程的交
代，显得十分干净集中。歌词的叙事不要求情节的完整性，而且必须省略
一切可有可无的烦琐细节，只需捕捉最有说服力的精彩瞬间；必须压缩时
空，以跳跃式的构架，尽量简化事件发展的过程，如陆机所说的"观古今
于须臾，抚四海于一瞬"。爷爷在衰草蓬生的北京喝着大碗茶度过了灰色
年华，而我在英姿挺拔、红墙碧瓦的北京，带着童心想再喝一口大碗茶，
心情与爷爷大不一样，不用细说，一听就懂。

　　这首歌京味浓郁。所谓"京味"，就是以纯正的北京话语写出北京的
地理环境和人文特色，写出北京人特有的心理气质和风土人情，即人们常
说的"京腔京韵"。如此词中许多发音都带北京话特有的"儿化"音，像
"大碗（儿）茶""蛐蛐（儿）""冰糖葫芦（儿）""泪花（儿）"等。还有
一些北京特有的语言规律，如"窝头咸菜就着一口大碗茶"，这"就着一
口"就体现出北京话的特点。歌词里提到的食物，更有典型的地域特色，
像"冰糖葫芦""杏仁豆腐"都是北京人爱吃的。与此相应的是歌曲的旋
律吸收了京韵大鼓的音乐素材，并借用了大量的装饰音来处理歌词，保证
了字正腔圆，声声入耳。在伴奏中使用电子合成器模仿三弦、琵琶等音
色，使歌曲京味十足，韵味无穷。

十五、在希望的田野上：歌唱美丽的新农村

在希望的田野上

陈晓光　词

我们的家乡在希望的田野上，
炊烟在新建的住房上飘荡，
小河在美丽的村庄旁流淌。
一片冬麦，一片高粱，
十里荷塘，十里果香。
哎咳哟嗬呀儿咿儿哟！咳！
我们世世代代在这田野上生活，
为她富裕，为她兴旺。

我们的理想在希望的田野上，
禾苗在农民的汗水里抽穗，
牛羊在牧人的笛声中成长。
西村纺花，东港撒网，
北疆播种，南国打场。
哎咳哟嗬呀儿咿儿哟！咳！
我们世世代代在这田野上劳动，
为她打扮，为她梳妆。

我们的未来在希望的田野上，
人们在明媚的阳光下生活，
生活在人们的劳动中变样。
老人们举杯，孩子们欢笑，
小伙儿弹奏，姑娘歌唱。
哎咳哟嗬呀儿咿儿哟！咳！
我们世世代代在这田野上奋斗，
为她幸福，为她增光。

1978 年，党的十一届三中全会召开之后，为中国农村的全面改革规划了美好的蓝图。短短几年，中国农村就发生了翻天覆地的变化，农民生活水平显著提高。这是一首三段式歌词，每一段都以明媚灿烂的意象和炽烈的情感来歌唱走向繁荣富强的祖国。"希望"一词，内涵深广，指代的不仅仅是"田野"，还包括对生活、对未来的希望，以及对自己的美好家园的希望。歌词把希望和未来巧妙地结合起来，既歌颂了改革开放以后的新变化、新面貌，又憧憬着富裕、兴旺而幸福的未来。

一、意象明媚。歌曲常常运用比喻、象征等手法创设意境，而意境，往往是由意象生成的。诗歌的意象是融入诗人主观情意的客观物象，自然界或社会生活中的客观物象如山水、草木、鸟兽、虫鱼、器物等等，经过诗人的择取、改造、提炼以后，凝注了诗人的主观情意，被艺术地反映到诗歌中时，就成了意象。在房屋上空飘荡的袅袅炊烟，在小村旁静静流淌的小河，冬天里绿油油的麦苗，秋天里熟透的红高粱，荷花飘香，成熟的果子也在向人们送出扑鼻的香气。第一层里的意象，给我们的感觉是宁静的，和谐的；第二层则主要表达在沸腾的新生活里的"动"。正在抽穗的禾苗，发育中的牛羊，纺花，撒网，播种，打场，每一个意象都给人希望。第三层，主要谈到了社会新生活的主人公——劳动人民。明媚的阳光，大变样的新生活，让人心情愉快，举杯欢庆的老人，欢笑的孩子，弹奏的小伙子，唱歌的姑娘，这一切的一切，都在诉说着"希望"！明媚灿烂的意象，营造出一个明媚灿烂的意境，让人看了舒心，痛快。

二、情感炽烈。这是一首歌唱祖国繁荣富强的歌。通过对家乡充满希望的田野的赞美，抒发了对美好生活的赞美，歌颂了新时代、新生活，又表达了对未来的憧憬之情。歌词从赞美家乡、歌颂理想、憧憬未来这三方面表现对这片土地的希望。歌词结构严谨，形式整齐，语言明快，充分抒发了劳动人民幸福、自豪和对未来充满美好希望的感情，及对生活的热爱之情，宛若一幅色彩鲜明、浓淡有致的农村风景画。同时，词人又运用叠句、排比等手法，对祖国的森林山川、春苗秋果、田园庄稼等作了形象的描绘和细腻的刻画，且词句清新秀丽，表达了中华儿女一腔炽热和真挚的爱国主义情感。

三、音韵和谐。全篇押"ang"韵，如"上""荡""淌""粱""香""旺""光"等，而"ang"韵，是开放性的，口型大开，可以把内心的欢乐完全释放出来，一切美好的想法都表露无遗。全篇有动有静，动静结合，节奏鲜明，韵律和谐，歌唱美好的生活，歌唱现在和未来。而"和谐"美是美的最高境界。早在古希腊时期，著名的哲学家赫拉克利特就说过："美在和谐。"可见，和谐美是一个古老的、至今依然熠熠生辉的美学命题。和谐体现在人身上，就造就了人的美；表现在物上，就造就了物的美；融汇在环境中，就造就了环境的美。

思考与拓展

1. 查阅以捍卫国家主权、强国富民、团结统一、振兴中华为主题的歌曲。

2. 以《我们拥有一个名字——中国》为例，分析爱国歌曲中的真情、深情与激情。

第二章　历史的天空：文明的记忆与书写

　　二十世纪的中国处在一个变革的时代。在这一百年里，中华民族遭受了压迫，忍受了屈辱，但是中华民族的儿女们，并未就此沉沦屈服，而是团结起来，前赴后继，浴血奋战，挽救了国家、民族、个人的命运，谱写了中国历史上辉煌壮丽的斗争篇章。

　　当潜心聆听那些记录历史与文明的歌曲，我们仿佛看到中华民族百年以来的屈辱史、斗争史、胜利史、繁荣史：夜半传来的凄婉歌声，和着海边传来的"渔光曲"，成为水深火热中的中华儿女苦痛生活的真实写照。但是，不屈的中华儿女们团结一心，挥扬着红旗，以狂潮般的热血"保卫黄河"，保卫祖国，誓与民族的苦难进行抗争。我们用《红梅赞》《英雄赞歌》歌颂斗争中涌现出的英雄们，他们用自己的行为诠释了生命的意义与价值，是对个体生命最壮丽的礼赞。当屈辱成为历史，面对百废待兴的中国，不同战线的人们凭借着不曾磨灭的奋斗精神，怀着满腔的热情，积极建设着新中国。工人努力生产，振兴工业；军人守卫边疆，保家卫国……新时期创作的《十五的月亮》《血染的风采》《说句心里话》等歌曲，不仅反映了这些人的伟岸与侠情，也展现了他们作为一个普通人所拥有的柔情，对家庭、妻儿、母亲等的眷恋、愧疚等复杂感情。在这漫漫的历史长河中，中华儿女凭借着"男儿当自强"的热情与豪气，将落后屈辱的中国建设成为一个崭新的繁荣的新中国，人们的生活从此"充满阳光"。

　　百年中国的发展史在一首首歌曲中呈现，关于文明的记忆与书写在旋律中流淌。清晰地认识历史，铭记历史，是每一个中国人义不容辞的责任，而忘记历史就等于背叛。历史在时间的长河里沉淀积蕴，汇聚成斗争胜利的凯歌、文明之邦的建立。在二十一世纪的今天，我们仰望历史的天空，时空变幻，刀光剑影已经暗淡，但是那一股英雄气却永远在人间驰骋纵横。

一、夜半歌声：凄风苦雨盼天明

夜半歌声

田汉　词

空庭飞着流萤，高台走着狸鼪，

人儿伴着孤灯，梆儿敲着三更。

风凄凄，雨淋淋，

花乱落，叶飘零。

在这漫漫的黑夜里，

谁同我等待着天明？

谁同我等待着天明？

我形儿是鬼似的狰狞，

心儿是铁似的坚贞！

我只要一息尚存，

誓与那封建的魔王抗争！

啊，姑娘，

只有你的眼，能看破我的平生；

只有你的心，能理解我的衷情。

你是天上的月，我是那月边的寒星；

你是山上的树，我是那树上的枯藤；

你是池中的水，我是那水上的浮萍！

不！姑娘，

我愿意永做坟墓里的人，埋掉世上的浮名！

我愿意学那刑余的史臣，尽写出人间的不平！

啊，姑娘啊，天昏昏，地冥冥，

用什么来表我的愤怒？

唯有那江涛的奔腾！

用什么来慰你的寂寞？

唯有这夜半歌声，

唯有这夜半歌声！

　　1937 年上映的《夜半歌声》，讲述的是：青年艺术家宋丹平与富家千金杜云嫣相爱，却遭到了杜云嫣父母的反对，宋丹平被毁容后藏在黑暗处用歌声来安慰杜云嫣。同名主题歌的歌词为田汉所写。全词给人的感觉是一气呵成，但谱曲后唱起来有着情绪起伏所形成的间歇。"空庭飞着流萤，高台走着狸鼪，人儿伴着孤灯，梆儿敲着三更。风凄凄，雨淋淋，花乱落，叶飘零。"这三十六字中，刻画了十几个具体形象，其中绝大部分都是显著可见的，尤其是"伴着孤灯"，更是在欣赏者视野的近处，呼之欲出。整体融成的漫漫黑夜中凄楚悲凉的意绪，表达了被摧残的歌者寂寞愁苦与愤郁的心境，由此而发出"誓与那封建的魔王抗争"的不屈呐喊，则显得情景交融、和谐自然。接着以"你是天上的月，我是那月边的寒星；你是山上的树，我是那树上的枯藤；你是池中的水，我是那水上的浮萍"，这几个感情浓烈，具有高度视觉性的形象，生动地表现了歌者对爱情的忠贞不渝和难以实现的凄楚，并为下边的感情的进一步抒发奠定了牢固的基础。整首词将形象置于苦难时代和环境之中，可视可感；将情感灌注于字里行间，荡气回肠，具有强烈的感染力。

　　具体地说，词人先是使用"空庭""流萤""高台""人儿""孤灯""梆儿""三更""风、雨、花、叶""黑夜""天明"等十多个带有地点、人物、事物、时间、自然景色属性的词语，突出镜头感和画面感。与此同时，作者又用了"飞着""走着""伴着""敲着""凄凄""淋淋""乱落""飘零""漫漫""等待着"等动态语汇，营造了忧凄、冷寂、恐怖的环境氛围。一句"谁同我等待着天明？"似无泪的呼喊，正是对如磐石般恶势力的控诉，和在精神重压下对知音的呼唤！下面的四句，既是前面情绪自我宣泄的延伸，又是情感向人倾诉的过渡。抒情主人公虽遭此厄运，但他不会屈服，只要生命存在，他将抗争到底。"形儿是""心儿是"两句有着雕刻刀般的力量。但主人公最想表白、最想倾诉的，是对咫尺天涯难以晤面的情人的内心私语。在"只有你……"两句引子之后，那三对充满浓浓诗情画意的排比句，把情感推上了顶峰。"天上的月""山上的树""池中的水"，本是平常的；而作者接以"月边的寒星"、"树上的枯藤""水上的浮萍"，三唱三叹，撼人心弦，引人同情。"寒、枯、浮"三个字正好代表了作品中的主人公宋丹平此际的身世感、孤独感与凶险未卜的危机感。他本是英俊有为的艺术家，在这黑夜深沉的环境里，被迫宣布永不见人；但他要忍辱重生，学那司马迁，用笔写下这段人间悲剧，留给后人。一句"我愿意

学那刑余的史臣，尽写出人间的不平！"既震撼心灵，又富有悲怆美。最后，在社会黑幕的笼罩下，以"用什么……唯有……"四句撕裂肺腑般的呐喊结束，长歌当哭，字字血泪。

运用排比是这首歌词贯穿始终的手法，构成了歌词风貌的特征。长短句参差交错，用韵丰富完美，作者做得收放调遣自如。

二、渔光曲：旧中国渔民苦难生活的写照

渔光曲

安娥　词

云儿飘在海空，鱼儿藏在水中。
早晨太阳里晒渔网，迎面吹过来大海风。
潮水升，浪花涌，渔船儿飘飘各西东。
轻撒网，紧拉绳，烟雾里辛苦等鱼踪。
鱼儿难捕租税重，捕鱼人儿世世穷。
爷爷留下的破渔网，小心再靠它过一冬。

东方现出微明，星儿藏入天空。
早晨渔船儿返回程，迎面吹过来送潮风。
天已明，力已尽，眼望着渔村路万重。
腰已酸，手也肿，捕得了鱼儿腹内空。
鱼儿捕得不满筐，又是东方太阳红。
爷爷留下的破渔网，小心还靠它过一冬。

《渔光曲》是 1934 年我国上映同名电影的主题歌。影片一开始，朝霞辉映着碧波，渔民们棹舟撒网，唱起了深情感人的同名主题歌："轻撒网，紧拉绳，烟雾里辛苦等鱼踪，鱼儿难捕租税重，捕鱼人儿世世穷。"凄婉怨愤的曲调，烘托出当时渔民的非人劳动和层层剥削的贫困生活，传达了他们心底的哀伤和悲愤。听此歌，人的眼前仿佛展现出波涛汹涌的大海

上，一只小船在颠簸起伏，衣衫褴褛的穷苦渔民在苦苦挣扎。两段歌词，采用白描手法，道出了旧中国穷苦渔民的哀怨与困顿。

第一段开始用两个六字句，节奏舒缓，却又透露出些许哀愁来。天空和水面的景色很美，空中有云彩飘，水里有鱼儿藏，在我们今天看来是一幅水天一色的动人画面，可穷苦的渔民是没时间欣赏这些的，他们晚上辛苦捕鱼，早晨太阳出来本想晒渔网，不料迎面吹来大海风。潮水、浪花该是多么壮观，那却是渔民的灾难，打得小船在海上颠簸漂荡，稍不小心，就会葬身大海。想起捕鱼时要轻轻地撒下渔网，生怕惊动了鱼儿；又要拉紧绳索，等鱼上钩赶快往上拉，烟雾里还要苦苦地等待鱼儿来，那是何等的辛苦！这里三字短句和八字长句交叉使用，节奏变快，大海倏忽万变，刚才还是风平浪静，一会就有狂风大浪，渔民是拿自身的性命作赌注来谋生，但鱼儿如此难捕，船租却又很重，即使捕得更多鱼儿，渔民还是世世代代受穷苦。一个破渔网，那是爷爷留下的救命物，也得小心翼翼地保养它，靠它度过这个寒冷的冬天，生存下去。

第二段写捕鱼归来。辛苦了一个晚上，当东方微明，星星也隐藏了行迹的时候，迎着轻轻的送潮风，渔船儿也在返程的途中。歌词表面看来是轻松的，实际上压抑感却隐藏其中。经过一夜的辛劳，天亮的时候，力气也用尽了，想早早回到渔村去，海上与渔村却是相隔千万重。站在船上等鱼上钩，腰也酸了；用力拉网，手也肿了，肚子也饿了，可是鱼儿还没捕满筐，时间却过得飞快，天已放亮。渔民既希望时间过得快些，好早早离开这个瞬息万变的危险之地；但同时又希望时间过得慢些，好多捕点鱼，满足生活所需，此处几句是渔民矛盾心情的真实写照。最后一句是对前段末句的重复，反复提到渔网，虽"破"却是祖辈传下来的，是一家人生存的支撑，更见其价值所在。

整首歌词用韵整齐，旋律委婉惆怅，感情真挚自然，质朴真实的歌词中饱含了渔民的血泪，写出了渔民的生活与劳动，展示了旧中国渔民的苦难生活和悲惨遭遇，同时抒发了劳动人民心中不可遏制的怨恨情绪。

三、旗正飘飘：热血似狂潮

旗正飘飘

韦翰章　词

旗正飘飘，马正萧萧，

枪在肩，刀在腰，

热血似狂潮，

旗正飘飘，马正萧萧，

好儿男，好儿男，

好儿男，报国在今朝，

快奋起，莫作老病夫，

快团结，莫贻散沙嘲，

快团结，快团结，快团结，快团结！

团结，团结，奋起，团结，奋起，团结！

旗正飘飘，马正萧萧，

枪在肩，刀在腰，

热血似狂潮，

旗正飘飘，马正萧萧，

好儿男，好儿男，

好儿男，报国在今朝，

国亡家破，祸在眉梢，

挽沉沦，全仗吾同胞，

戴天仇怎不报，不杀敌人恨不消，

快团结，快团结，快团结，快团结！

团结，团结，奋起，团结，奋起，团结！

《旗正飘飘》是词人韦翰章听到"九一八"的消息后感愤而作的，表现了"国亡家破，祸在眉梢"的悲愤情绪，以及要求抗战的炽烈深沉的爱国激情。韦翰章对现代歌词的贡献就在于突破固有的模式，跟上时代潮流，不断向新文学靠拢；自觉地突出时代性和政治性，为市民创造了高质量的精神食粮，为国统区的都市文学增添了绮丽的色彩。这首《旗正飘飘》也是通俗的文言体，但比起李叔同、沈心工时期的爱国歌曲，其气质、格调又有着不同的时代特点。面对日本帝国主义的入侵，有良知的中国人都"热血似狂潮"。歌曲中那炽烈深沉的爱国激情，像汹涌的海涛拍打着礁石，撞击着四万万同胞的心扉。"枪在肩，刀在腰""好儿男，好儿男报国在今朝。"词人将场景与心情刻画融为一体的手法，多了些感染力，少了些说教味。"挽沉沦，全仗吾同胞。戴天仇怎不报，不杀敌人恨不消"，雄壮的誓言化为勇敢的行动。"旗正飘飘，马正萧萧"，那强烈的战斗精神就是全中国人民同仇敌忾的坚强意志的体现。从拯救中华的坚强信念到横刀跃马的实际行动，是客观的需要，是时代的要求，是词人爱国主义思想的又一次升华。

歌词的语言也从生活中来，没有粉饰，像一潭深水，清澈而晶亮；像一抹云霞，自然而明丽；用韵规范又毫无雕凿痕迹。再通过反复、排比等手法有规律的运用，形成了整首歌词的结构美和音乐美，在自由中有约束，在变化中有统一，在参差中有和谐，使人感到情长意远，韵味悠长。

音乐家黄自将《旗正飘飘》谱成四部合唱，最早发表于1933年元月出版的《音乐杂志》第1期上。同年9月被故事片《还我山河》用作插曲。该曲节奏铿锵有力，音调慷慨激昂。小调式的运用增加了乐曲的苍劲深沉的悲壮。曲作者对合唱声部对位化的处理细致、合理，有较好的合唱效果。主部两次再现一次比一次更为强劲有力。两个插声部都是男声领唱、混声应和形式写成，分别通过调式和速度对比，表现出一呼百应、心心相通的抗战热情和誓死抗敌的决心。两个插部后面的连接部相同，似为急切的呼吁，具有很强的号召性。

四、毕业歌：青春情怀

毕业歌

田汉　词

同学们，大家起来，

担负起天下的兴亡！

听吧，满耳是大众的嗟伤！

看吧，一年年国土的沦丧！

我们是要选择"战"还是"降"？

我们要做主人去拼死在疆场，

我们不愿做奴隶而青云直上！

我们今天是桃李芬芳，

明天是社会的栋梁；

我们今天是弦歌在一堂，

明天要掀起民族自救的巨浪！

巨浪，巨浪，不断地增涨！

同学们！同学们！

快拿出力量，

担负起天下的兴亡！

　　这是1934年上映的电影《桃李劫》的主题歌。《桃李劫》这部影片通过讲述青年知识分子陶建平、黎丽琳他们的遭遇，从抱着"为母校争光，为社会谋福利"的美好幻想，到踏进社会后所遇到的黑暗社会的种种不平，揭露了国民党反动派的罪恶统治。"同学们！大家起来！担负起天下的兴亡！……我们今天是桃李芬芳，明天是社会的栋梁……"，旋律激昂、明快，洋溢着青年学生的青春活力，激荡着他们献身社会的伟大抱负，充满着对未来美好生活的向往。

　　这首歌富有学生时代的生活气息，成功地表现了即将离开母校、奔向社会的同学们对母校的怀念之情。在影片中，一群青年学生在毕业典礼上，满怀激情地高唱毕业歌。当时日军已侵占了我东北地区，正准备进攻华北。东北沦陷之后，浪漫诗人田汉抛弃了过去不切实际的个人幻想，积极投入到抗日救亡运动中去，拿起为真理正义而呐喊，冲上民族解放前线的笔，用自己的感情之火，去点燃读者或听众的心头之火。《毕业歌》鲜明地反映了当时最迫切的主题——人民大众反帝爱国斗争。"听吧，满耳是大众的嗟伤！看吧，一年年国土的沦丧！"这不是哀怨，而是召唤与警醒。田汉在歌词里以强烈的感情表达了当时中国人民高涨的斗争热情以及他们对反帝斗争充满了胜利的希望和信心。"我们是要选择'战'还是'降'？"战争使人思考着祖国和人民的命运，也使人对生活的体验更加内在化和深沉化。我们的热血青年毫不犹豫地做出了抉择："我们要做主人去拼死在疆场，我们不愿做奴隶而青云直上！"抗日救亡呼唤着民族意识的真正觉醒。"担负起天下的兴亡"，是时代的强音。"巨浪"的渲染，"同学们"的呼唤，都表现出一种坚决果敢的气势和激昂慷慨的情绪，以及中国人民同仇敌忾和中华民族蕴含着再生的巨大潜力。

五、黄河大合唱：民族的苦难与抗争

黄河大合唱

光未然　词

一、黄河船夫曲

朗诵：朋友！你到过黄河吗？你渡过黄河吗？你还记得河上的船夫拼着性命和惊涛骇浪搏战的情景吗？如果你已经忘掉的话，那么你听吧！

　　　　咳哟，划哟，冲上前……

　　　　乌云啊，遮满天！

　　　　波涛啊，高如山！

　　　　冷风啊，扑上脸！

　　　　浪花啊，打进船！

　　　　咳哟！划哟……伙伴啊，睁开眼！

　　　　舵手啊，把住腕！

　　　　当心啊，别偷懒！

　　　　拼命啊，莫胆寒！

　　　　咳！划哟！咳！划哟！咳！划哟！咳！划哟！

　　　　不怕那千丈波浪高如山！不怕那千丈波浪高如山！

　　　　行船好比上火线，团结一心冲上前！

　　　　咳！划哟！咳！划哟！咳！划哟！咳！划哟！划哟……

　　　　划哟！冲上前！划哟！冲上前！划哟！冲上前！划哟！

　　　　冲上前！

咳哟！咳哟！哈哈哈哈……

我们看见了河岸，我们登上了河岸，

心哪安一安，气啊喘一喘。

回头来，再和那黄河怒涛决一死战！

决一死战！决一死战！决一死战！

咳！划哟……

二、黄河颂

朗诵：啊！朋友！黄河以它英雄的气魄，出现在亚洲的原野，它表现出我们民族的精神：伟大而又坚强！这里，我们向着黄河，唱出我们的赞歌。

我站在高山之巅，望黄河滚滚，奔向东南。

惊涛澎湃，掀起万丈狂澜；

浊流宛转，结成九曲连环；

从昆仑山下奔向黄海之边；

把中原大地劈成南北两面。

啊！黄河！你是中华民族的摇篮！

五千年的古国文化，从你这发源；

多少英雄的故事，在你的身边扮演！

啊！黄河！你伟大坚强，

像一个巨人出现在亚洲平原之上，

用你那英雄的体魄，筑成我们民族的屏障。

啊！黄河！你一泻万丈，浩浩荡荡，

向南北两岸伸出千万条铁的臂膀。

我们民族的伟大精神，将要在你的哺育下发扬滋长！

我们祖国的英雄儿女，将要学习你的榜样，

像你一样的伟大坚强！像你一样的伟大坚强！

三、黄河之水天上来

朗诵：黄河！我们要学习你的榜样，像你一样的伟大坚强。这里，我们要在你的面前，献一首长诗，哭诉我们民族的灾难。黄河之水天上来，排山倒海，汹涌澎湃，奔腾叫啸，使人肝胆破裂！它是中国的大动脉，在它的周身，奔流着民族的热血。红日高照，水上金光迸裂。月出东山，河面银光似雪。它震动着，跳跃着，像一条飞龙，日行千里，注入浩浩的东海。虎口龙门，摆成天上的奇阵；人，不敢在它的身边挨近，就是毒龙也不敢在水底存身。在十里路外，仰望着它的浓烟上升，像烧着漫天大火，使你感到热血沸腾；其实，凉气逼来，你会周身感到寒冷。它呻吟着，震荡着，发出十万万匹马力，摇动了地壳，冲散了天上的乌云。啊，黄河！河中之王！它是一匹疯狂的猛兽，发起怒来，赛过千万条毒蟒，它要作浪兴波，冲破人间的堤防；于是黄河两岸，遭到可怕的灾殃：它吞食了两岸的人民，削平了数百里外的村庄，使千百万同胞扶老携幼，流亡他乡，挣扎在饥饿线上，死亡线上！如今，两岸的人民，又受到了空前的灾难：东方的海盗，在亚洲的原野生长着杀人的毒焰；于是饥饿和死亡，像黑热病一样，在黄河的两岸传染！啊，黄河！你抚育着我们民族的成长：你亲眼看见，这五千年来的古国遭受过多少灾难！自古以来，在黄河边上展开了无数血战，让垒垒白骨堆满你的河身，殷殷鲜血染红你的河面！但你从没有看见敌人的残暴如同今天这般；也从来没有看见黄帝的子孙像今天这样开始了全国动员。在黄河两岸，游击兵团，野战兵团，星罗棋布，散布在敌人后面；在万山丛中，在青纱帐里，展开了英勇血战！啊，黄河！你记载着我们民族的年代，古往今来，在你的身边兴起了多少英雄豪杰！但是，你从不曾看见四万万同胞像今天这样团结得如钢似铁；千百万民族英雄，为了保卫祖国洒尽他们的热血；英雄的故事，像黄河怒涛，山岳般地壮烈！啊，黄河！你可曾听见在你的身旁响彻了胜利的凯歌？你可曾看见祖国的铁军在敌人后方布成了地网天罗？他们把守着黄河两岸，不让敌人渡过！他们要把疯狂的敌人埋葬在滚滚的黄河！啊，黄河！你奔流着，怒吼着，替法西斯的恶魔唱着灭亡的葬歌！你怒吼着，叫啸着，向着祖国的原野，响应我们伟大民族的胜利的凯歌！向着祖国的原野，响应我们伟大民族的胜利的凯歌！

四、黄水谣

朗诵：是的，我们是黄河的儿女！我们艰苦奋斗，一天天地接近胜利。但是，敌人一天不消灭，我们便一天不能安身，不信，你听听河东民众痛苦的呻吟。

黄水奔流向东方，河流万里长。

水又急，浪又高，奔腾叫啸如虎狼。

开河渠，筑堤防，河东千里成平壤。

麦苗儿肥啊，豆花儿香，男女老少喜洋洋。

自从鬼子来，百姓遭了殃！

奸淫烧杀，一片凄凉，

凄凉，扶老携幼，四处逃亡，

逃亡，丢掉了爹娘，回不了家乡！

黄水奔流日夜忙，妻离子散，天各一方！

妻离子散，天各一方！

五、河边对口曲

朗诵：妻离子散，天各一方！但是，人们难道永远逃亡？你听听吧，这是黄河边上两个老乡的对唱。

（甲）张老三，我问你，你的家乡在哪里？

（乙）我的家，在山西，过河还有三百里。

（甲）我问你，在家里，种田还是做生意？

（乙）拿锄头，耕田地，种的高粱和小米。

（甲）为什么，到此地，河边流浪受孤凄？

（乙）痛心事，莫提起，家破人亡无消息。

（甲）张老三，莫伤悲，我的命运不如你！

（乙）为什么，王老七，你的家乡在何地？

（甲）在东北，做生意，家乡八年无消息。

（乙）这么说，我和你，都是有家不能回！

仇和恨，在心里，奔腾如同黄河水！黄河边，定主意，咱们一同打回去！

为国家，当兵去，太行山上打游击！从今后，我和你一同打回老家去！

六、黄河怨

朗诵：朋友！我们要打回老家去！老家已经太不成话了！谁没有妻子儿女，谁能忍受敌人的欺凌？亲爱的同胞们！你听听一个妇人悲惨的歌声。

风啊，你不要叫喊！

云啊，你不要躲闪！

黄河啊，你不要呜咽！

今晚，我在你面前，哭诉我的愁和冤。

命啊，这样苦！生活啊，这样难！

鬼子啊，你这样没心肝！

宝贝啊，你死得这样惨！

我和你无仇又无冤，

偏让我无颜偷生在人间！

狂风啊，你不要叫喊！

乌云啊，你不要躲闪！

黄河的水啊，你不要呜咽！

今晚，我要投在你的怀中，

洗清我的千重愁来万重冤！

丈夫啊，在天边！地下啊，再团圆！

你要想想妻子儿女死得这样惨！

你要替我把这笔血债清算！

你要替我把这笔血债清还！

七、保卫黄河

朗诵：但是，中华民族的儿女啊，谁愿意像猪羊一般任人宰割？我们抱定必胜的决心，保卫黄河！保卫华北！保卫全中国！

风在吼，马在叫，

黄河在咆哮，黄河在咆哮！

河西山冈万丈高，河东河北高粱熟了。

万山丛中，抗日英雄真不少！

青纱帐里，游击健儿逞英豪！

端起了土枪洋枪，挥动着大刀长矛，

保卫家乡！保卫黄河！保卫华北！保卫全中国！

八、怒吼吧！黄河

朗诵：听啊，珠江在怒吼！扬子江在怒吼！啊，黄河！掀起你的怒涛，发出你的狂叫，向着全中国被压迫的人民，向着全世界被压迫的人民，发出你战斗的警号吧！

　　　　　怒吼吧，黄河！掀起你的怒涛，发出你的狂叫！

　　　　　向着全世界的人民，发出战斗的警号！啊！

　　　　　五千年的民族，苦难真不少！

　　　　　铁蹄下的民众，苦痛受不了！

　　　　　但是，新中国已经破晓；

　　　　　四万万五千万民众已经团结起来，

　　　　　誓死同把国土保！

　　　　　你听，你听，

　　　　　松花江在呼号；黑龙江在呼号；

　　　　　珠江发出了英勇的叫啸；

　　　　　扬子江上燃遍了抗日的烽火！

　　　　　啊！黄河！怒吼吧！怒吼吧！怒吼吧！

　　　　　向着全中国受难的人民，发出战斗的警号！

　　　　　向着全世界劳动的人民，发出战斗的警号！

　　　　　向着全世界劳动的人民，发出战斗的警号！

　　　　　向着全世界劳动的人民，发出战斗的警号！

　　1939年3月11日，当光未然将《黄河大合唱》交给冼星海谱曲时，不是诗人吟颂黄河的诗体形式，而是非常明确的词人的整体"合唱套曲"结构。每首歌词之前冠有"说白"，它是歌曲的引子，为歌声的进入开道铺路，在前后两首歌曲之间起承前启后的衔接作用。光未然以他的原创激发了冼星海音乐创作的灵感、激情，使插上音乐翅膀的《黄河大合唱》享誉世界。

　　《黄河大合唱》是由八首各具特色、风格迥异的歌曲组成的"合唱套曲"。全曲思想主题紧紧围绕"歌颂黄河、哭泣黄河、保卫黄河"展开。《黄河大合唱》在极其壮阔的背景上，再现了我中华民族的苦难与抗争。

　　第一乐章刻画了黄河船夫在"乌云遮满天"，"波涛高如山"的黄河中"划哟！冲上前"，与狂风巨波生死搏斗的场景。它用战斗掀开了"大合唱"的序幕。在第二乐章里，面对滔滔的河水，登上高山之巅，纵览黄河，慨然兴叹，唱起庄严凝重的颂歌，通过塑造"金涛澎湃，掀起万丈狂澜"的巨大形象，表现中华民族"伟大坚强"的品格和不可战胜的力量。第三乐章是特意插进的朗诵诗，悲愤而慷慨。它咏吟黄河之水的上下与古今，灾难与反抗，从而进一步地丰富了黄河的形象。第四乐章用今昔对比的手法，控诉了日寇铁蹄的践踏，给黄河两岸人民造成的深重灾难。第五乐章既是对"灾难"情景的进一步具体化，又是从奔腾的黄河那里获得启示，受尽摧残蹂躏的人们，在走投无路的困境下，随着滚滚的黄河呼啸而下，投入伟大的民族抗日武装斗争。第六乐章通过一个妇女极悲惨的遭遇和最后痛不欲生的哭叫，呈现出一幅血迹斑斑的场面，使人不忍耳闻目睹。正是民族的血泪换来民族的觉醒，才有要报仇，要申冤，要讨还血债，要抗战到底的咆哮！第七乐章已不是河边老乡的痛苦回忆。绝境逢生的结伴同行，被损害被侮辱者的惨叫，"保卫黄河"阵阵声浪汇集一起，声震寰宇，抗日的悲愤，化为无敌的力量，使日寇和汉奸闻风丧胆。这是民族誓死自卫的大检阅，也是全曲的主题。第八乐章是大合唱的最高潮，是全部大合唱的总结。一连多次的怒吼，一连多次雷鸣般的巨响，在这震天撼地的巨浪声中，黄河这民族巨人的形象，愈来愈明晰，愈来愈显得伟大坚强，通过这一形象向全世界证明"我们中华民族有同敌人血战到底的气概，有在自立更生的基础上光复旧物的决心，有自立于世界民族之林的能力"。

光未然从黄河的前后左右，上下古今，悲欢离合，兴衰荣辱，一直写到黄河向全中国、全世界发出战斗的警报，始终紧扣黄河的形象，层次明晰，步步深入，壮观多彩。八个乐章分开看，每一乐章都是黄河的典型生活场面，也都是黄河形象的重要侧面；八大场景汇合在一起，又构成一幅英雄黄河的壮丽图画。歌词呈现出一种新鲜活泼的风格，为中国老百姓所喜闻乐见的中国作风和中国气魄，有着中国民歌和古典诗词的深厚底蕴。

歌曲要融入时代之中，与时代脉搏共振，表现出时代的气魄和精神面貌。《黄河大合唱》如实地反映了民族空前的灾情，以及人民的窒息和反抗。在这民族危亡的严重时刻，喊出了"保卫黄河"的响亮口号，并且看到了黄河的怒吼，整个民族的怒吼："端起土枪洋枪，挥动着大刀长矛"，"万山丛中，抗日英雄真不少，青纱帐里，游击健儿逞英豪"，在黄河两岸开展了英勇的激战。新中国已经破晓，四万万五千万同胞已经团结起来，誓死同把国土保。光未然或以警句洗刷平庸，或以构思出奇制胜，或以新鲜动人耳目，或以情感感人肺腑，所以《黄河大合唱》一经冼星海谱曲，不仅在当时唱遍了漫山遍野，长城内外，声震四海，直至今日，它仍然是那样地撼动人心。

六、团结就是力量：势不可挡的魄力

团结就是力量

牧虹　词

团结就是力量，

团结就是力量。

这力量是铁，

这力量是钢，

比铁还硬，

比钢还强。

向着法西斯蒂开火，

让一切不民主的制度死亡！

向着太阳，向着自由，

向着新中国发出万丈光芒。

　　1943 年，西北战地服务团深入到河北平山和山西繁峙的广大农村参加减租减息运动。为了配合这场斗争，牧虹和卢肃同志一起在三四天时间里，突击创作了小型歌剧《团结就是力量》。在这个剧的排练过程中，大家觉得剧情还可以，就是感到结束得有些突然，缺乏终止感。综合大家建议，决定由牧虹同志写词，卢肃同志谱曲，为该剧增加一个幕终曲，于是同名曲《团结就是力量》就这样诞生了。它曾成为团结中华民族抗击日本侵略的号角和心声，为全世界法西斯罪恶势力敲起了丧钟。词曲唱着上口，听着有劲，唱得人精神振奋。从问世至今，几十年历久弥新，是在群众歌曲活动中唱得最多的歌曲之一。曲作者曾经说："怎样才能把这种战争的陷于绝境放在一个不长的乐句里？我们找到了一个中心思想，这就是：团结就是力量。这是从战争中提炼的信念，提炼出的呼声。虽然是写减租减息，是写农民在农村的变化，但说的是中国民主发展的一个进程，社会发展的巨大进步。"所强调的思想意义在于：团结起来就是力量！在困难当中要依靠自己，相信自己，坚持抗战，迎接美好的明天。而与此相适应的是整首歌曲气势雄壮，句式刚健利落，有种势不可挡的魄力，充满着正义和力量。

　　歌曲一开始反复吟唱"团结就是力量"，强调了歌曲的主题，突出强化了团结的概念。接着通过比喻更加形象地描绘了"这力量是铁，这力量是钢"，而到了"比铁还硬，比钢还强"则让这一主题得到了深化。歌词从突出到界定，再到比较，三步走让"团结"这个概念得到了较为全面的阐释，简洁有力。"向着太阳，向着自由"透露出一种不可遏止的向上的力量，使歌曲更像是冲锋号，它指明了方向同时给与我们无穷的动力，其中有对团结精神的赞颂也有对自由、民主和光明的向往与信仰。

　　歌词具有很明显的口号的痕迹，如果把句子分离开来，每句都可以成为独立的口号，口号的特点就是简短有力，具有强烈的意识形态色彩，便于记忆。虽然如此，歌词层层递进的内在逻辑性，以及结构上水到渠成，还是显示着一种整体感。同时歌词句句押韵，ang韵一韵到底。元音在声韵上总是给人以浑厚洪亮、浑然一体的感受，这不仅增加了歌词气势，也加强了歌词自身的音韵美和对音乐的适应性。

　　在抗战的非常时期，迫切需要文艺来号召人民，来鼓舞士气。文艺的社会功用被摆在了首位，虽然这不可避免地忽视了艺术其他方面的美学价值，但是，顺应时代的需要，创造反映一个时代的作品是大势所趋。它不一定能超越时代，也不一定能超越国界，但是，不管是在过去还是在今天，只要有人民的地方就会有它扎根的土壤。

七、红梅赞：生命意义的诠释

红梅赞

阎肃　词

红岩上红梅开，
千里冰霜脚下踩，
三九严寒何所惧，
一片丹心向阳开。
红梅花儿开，

朵朵放光彩，

昂首怒放花万朵，

香飘云天外。

唤醒百花齐开放，

高歌欢庆新春来。

1964年，中国人民解放军空军政治部文工团将《红岩》中有关江姐的故事搬上歌剧舞台，这就是歌剧《江姐》。《红梅赞》是其主题歌。曲调旋律优美，歌词又恰如其分地表达了人物的思想感情，所以吸引了全国无数歌迷。

歌词从形态、颜色和香味来写梅花，以形写神，形神兼备。"红岩上红梅开"，这是一株生长在岩石上的梅花，而它盛开的时节是"千里冰封，万里雪飘"的隆冬时节。歌词首句写出了梅花生长土地的贫瘠和气候的恶劣。但是环境愈是艰苦，气候愈是寒冷，红梅就开得愈是繁盛。它以"昂首怒放"的姿态挑战着三九严寒，用自己的一片丹心燃烧成万朵红花呼唤着春天的来到。红梅既有"千里冰霜脚下踩"的铁骨冰心，亦有"昂首怒放花万朵"的无私奔放；既有"三九严寒何所惧"的坚忍不拔，亦有"唤醒百花齐开放"的高风亮节。它拥有美丽的形态、芬芳的气息、高洁的气质，更有无怨无悔、不屈不挠的品格。数枝梅暗香幽幽，却有着熏心染骨、"香飘云天外"的魅力。

《红梅赞》以其独特的品格，刻画了刚正不阿、刚柔相济、一身正气的"红梅形象"，在美不胜收的文字中让人产生由衷的钦佩和敬仰之情，更给人以坚定的信念和无穷的力量。歌词以花写人，通过梅花的品格来写人的品格，或者说是词作者在梅花的身上灌注了人的思想品格。它以磅礴的气势展示出在隆冬时节含苞欲放的红梅，塑造了女英雄江姐的高大形象，讴歌了她崇高的革命理想、高尚的人格情操和大义凛然的英雄气概。歌词通过赞美梅花独特的品格和独具的风采向人们诠释着生命的意义，展示着一个蓬勃的生命个体应有的生活姿态。

八、英雄赞歌：壮美生命的礼赞

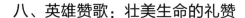

英雄赞歌

公木 词

风烟滚滚唱英雄，四面青山侧耳听，
晴天响雷敲金鼓，大海扬波作和声，
人民战士驱虎豹，舍生忘死保和平。
为什么战旗美如画？英雄的鲜血染红了它。
为什么大地春常在？英雄的生命开鲜花！
英雄猛跳出战壕，一道电光裂长空，
地陷进去独身挡，天塌下来只手擎，
两脚熊熊趟烈火，浑身闪闪披彩虹。
为什么战旗美如画？英雄的鲜血染红了它。
为什么大地春常在？英雄的生命开鲜花！
一声吼叫炮声隆，翻江倒海天地崩，
双手紧握爆破筒，怒目喷火热血涌，
敌人腐烂变泥土，勇士辉煌化金星。
为什么战旗美如画？雄的鲜血染红了它。
为什么大地春常在？英雄的生命开鲜花！

　　我们总是习惯性地把《英雄赞歌》和一部经典的电影《英雄儿女》联系在一起。只要一听到它的旋律，眼前就会浮现志愿军战士王成手握爆破筒，和去朝鲜慰问演出的演员王芳长歌当哭的场景，一股悲壮的情怀就会涌上心头，久久挥之不去。

　　这是一首充满着革命英雄主义情怀的歌曲。歌词场面宏大，气势磅礴，刻画了一个在战场上抛头颅，洒热血，敢于斗争，敢于牺牲的英雄形象。作者十分注重通过环境的描写来烘托人物的形象。歌词以烽烟滚滚的战场为背景，更有"晴天响雷敲金鼓，大海扬波作和声"，从形和声两个方面再现了战斗的场景，营造了有如立体电影的现场感。作者巧妙、大胆地将艺术结合到具体事件的描写中，将茫茫战场上的一个战士的一个动作

用慢镜头展示在我们眼前。当歌词写道"英雄猛跳出战壕"时，这样的一个人物形象仿佛是从其置身的环境中剥离出来，在我们眼中被无限放大，最后脱离歌词本身，成为一个独立的形象出现在我们的视野之中。对英雄战士跃身跳出战壕的动作，作者将它形象地比作"一道闪电裂长空"，来表现动作的迅速敏捷。"地陷进去独身挡，天塌下来只手擎"，一个顶天立地的英雄形象顿时跃然纸上。对于英雄形象的刻画，作者可谓是浓墨重彩，颇费了一番心思，除了运用夸张的手法，还用到了对比：通过"敌人腐烂变泥土"和"勇士辉煌化金星"的比较，突出了歌曲对正义力量的颂扬，有着惊天地泣鬼神的感染力。

歌词是诗意的，战争主题是严肃的。作者将残酷的战场写得非常壮美，将枪炮声冲杀声比作"晴天响雷敲金鼓，大海扬波作和声"，处处张扬着战斗豪情和英雄气概。正如在歌词每小节的曲末反复吟唱的那样"为什么战旗美如画，英雄的鲜血染红了它！"鲜艳美丽的战旗是用烈士的鲜血染红的，在柔美之中带着壮烈。

歌词以其高大光辉的英雄形象给人以崇高的审美感受，晴天和大海见证了他们的英雄壮举，而历史也将铭记他们"舍生忘死保和平"的崇高人格。虽然这是首歌词，但它却给人以电影般强烈的视觉冲击和心灵的震撼，你仿佛能看到炮火纷飞的战场，能听到枪炮声和战士的怒吼、敌人的嚎叫。显然歌词的本意并不在于宣扬战争的残酷，但是那样炙热的战争场面像是一块烧红的烙铁，在我们的记忆中留下了伤痛的同时，也在我们的心中烙下了革命英雄的光辉形象。

九、咱们工人有力量：无产阶级的雄心壮志

咱们工人有力量

马可 词

咱们工人有力量！嘿，咱们工人有力量！
每天每日工作忙，嘿，每天每日工作忙，
盖成了高楼大厦，修起了铁路煤矿，

改造得世界变呀变了样！

嘿，发动了机器轰隆隆响，举起了铁锤响叮当，

造成了犁锄好生产哟，造成了枪炮送前方！

嘿！嘿！嘿！嘿！

咱们的脸上放红光，咱们的汗珠往下淌，

为什么，为了求解放！

为什么，为了求解放！

嘿！嘿，为了全中国彻底解放！

　　1947年初夏，马可随同几名文工团员来到刚解放的东北，参加鞍山钢铁厂的恢复生产工作。他被熊熊的烈火和隆隆的机器声所感染，被工人们的劳动热情所打动，决心要创作一首另一条战线的战歌，这就是《咱们工人有力量》。歌曲以坚实有力、豪迈热烈的旋律，表现了工人们为支援全国解放而紧张劳动的战斗生活，塑造了获得解放的中国工人阶级顶天立地的英雄形象。从创作至今，《咱们工人有力量》飞越了大江南北，七十多年长唱不衰。

　　《咱们工人有力量》是一首真正属于劳动人民的歌曲，它唱出了工人阶级的心声，也展现了解放区工人阶级饱满的精神面貌。在催人奋起的歌声中，歌曲以其昂扬的斗志鼓舞了几代工人投身到祖国的建设事业当中去。这首歌具有鲜明的时代特点和阶级色彩。新中国成立以前，中国工人阶级是一个受压迫最深的阶级。在新中国成立以后，工人阶级由受压迫和剥削的阶级一跃成为国家的中流砥柱，成为现代化建设的中坚力量。在中国面临国际封锁的困难时代里，忠诚的中国工人阶级为了维持生产的正常运转，用自己的血肉之躯冲破了封锁线，奠定了中国工业文明的物质基础。

　　歌词里充满了劳动生产的激情，展现了工人阶级改造客观世界的雄心壮志。"咱们工人有力量"，体现了工人阶级崇尚力量、热爱劳动的优良品质。"每天每日工作忙"，吃苦耐劳的本性让他们蔑视一切艰辛。他们抱着"全中国彻底解放"的理想，"汗珠往下淌"却无怨无悔，他们以乐观豁达的精神状态来面对嘈杂混乱的工作环境，工地上"机器轰隆隆响"和"铁锤响叮当"在他们耳中就是劳动的交响乐，乐在其中。"改造得世界变呀变了样"是让他们引以为豪的战绩，"咱们的脸上放红光"，展现了身为

劳动者的光荣和自豪感。歌词以工人们阳刚的形象代替了对辛苦劳作的描写，塑造了我国工人阶级顶天立地的英雄形象。

从歌词的整体结构上看，句式长短不一，遣词造句也是自然随意，看似是没有什么章法可循，但是唱来却琅琅上口倒也押韵。"嘿，嘿"的劳动号子声穿插在一长一短的句式变化之间，增强了歌词的节奏感和力量感，让我们真切地感受到了一个时代前进的动力。

十、十五的月亮：一个明月两样情

十五的月亮

石祥　词

十五的月亮，照在家乡照在边关。
宁静的夜晚，你也思念我也思念。
你守在婴儿的摇篮边，
我巡逻在祖国的边防线；
你在家乡耕耘着农田，
我在边疆站岗值班。
啊！丰收果里有你的甘甜，也有我的甘甜；
军功章呵，有我的一半也有你的一半。

十五的月亮，照在家乡照在边关。
宁静的夜晚，你也思念我也思念。
你孝敬父母任劳任怨，
我献身祖国不惜流血汗；
你肩负着全家的重任，
我在保卫国家安全。
啊！祖国昌盛有你的贡献，也有我的贡献；
万家团圆，是我的心愿也是你的心愿。

1984 年 4 月，忙于大歌舞《中国革命之歌》创作的石祥，来到驻河北高碑店某集团军。一天，他看到几名战士坐在一起忘情地演唱《在那桃花盛开的地方》，就过去问他们为什么爱唱"桃花"。战士们答道："我们想家，但是不能直接唱'家'，只能唱'桃花'缓解一下心情。"这时，石祥想：真应该好好地写一写那些可敬可爱的军嫂们啊！他打算写一首《军人献给妻子的歌》。可是题目写在纸上却写不下去歌词了。因为"人称"问题不好解决：称军嫂为"妻子"太老气，称"亲爱的""心上人"又太时髦。直到晚上快熄灯的时候，他推开窗子想开阔一下思路，一眼望见明月，一下就想起了苏轼的名句："人有悲欢离合，月有阴晴圆缺，此事古难全。但愿人长久，千里共婵娟。"一轮明月在天，夫妻两地相望，你也思念，我也思念，用"你""我"解决人称难题，于是，词如泉涌，不到 10 分钟，一首《十五的月亮》写好了。

这是一首脍炙人口的抒情歌曲。歌词优美动人，写出了战士的心声，感情真挚，格调清新，具有浓郁的时代气息。歌词在艺术构思上具有独到之处。作者采用虚实结合的手法，把战士眼前的实景与臆想的虚景联结起来。在怡静的画面中，突出了边防战士思念妻子的真挚感情和以保卫祖国安全为神圣职责的崇高情怀。第一句抓住中秋之夜的典型景物——"月亮"，然后由此展开联想，把家乡和边关联系在一起。"宁静"写中秋月明之夜的气氛，"夜晚"对应"月亮"，"你"对应"家乡"，"我"对应"边关"。两个"思念"表现了思念之深，使"每逢佳节倍思亲"的气氛更加浓郁。歌词最后以"万家团圆，是我的心愿也是你的心愿"作结，以"万家团圆"和自己一家的不团圆形成对比，表现了边防战士与妻子的崇高情操。这里没有"舍生忘死"之类的豪言壮语，也不是"雄赳赳，气昂昂"的传统形象。这里只有凡人的思念之情，不舍之情。但这不是消解英雄，而是丰富英雄，还原英雄。军人思念中，不但充满对妻子的爱，而且充满对妻子的谢。在这种爱与谢中，我们还可以感到军人内心深处的一缕欣慰，以及从这种特有的欣慰中产生一种满足感和自豪感，因为自己小家的分离能换来万家的团圆。这种自我牺牲精神又融入人情的内容，从政治层次深入到伦理、人情层次，进而挖掘军人的精神，使其爱国主义精神及刚强的人格力量得到充分展现。

十一、血染的风采：另一种爱与浪漫

血染的风采

陈哲 词

也许我告别将不再回来，
你是否理解，你是否明白？
也许我倒下将不再起来，
你是否还要永久地期待？
如果是这样，你不要悲哀，
共和国的旗帜上，
有我们血染的风采！

也许我的眼睛再不能睁开，
你是否理解我沉默的情怀？
也许我长眠再不能醒来，
你是否相信我化作了山脉？
如果是这样，你不要悲哀，
共和国的土壤里，
有我们付出的爱！

　　这首洋溢着军魂、展现着军人个性的军旅歌曲，演绎着军人内心血与泪的搏斗，忠与孝的抉择，让人们领略着军人的铮铮铁骨与沉默中爆发的柔情，以及被"铁律"压抑着喷薄而出的个性。"也许我告别将不再回来"，"也许我倒下将不再起来"，作者用了两组猜测性的假设，点明军人的"前途"——为祖国献出自己的生命，表现自己的炽热的爱。然而，这"血"一样深沉的心灵并没有让词人仅停留在对结局的哀伤上，反而词人将目光定格在了结局的深远价值上："共和国的旗帜上有我们血染的风采！""共和国的土壤里有我们付出的爱！"句句扣人心弦，展现当代军人内心最深处的对祖国挚烈和真诚的爱。

　　整首词的格调是哀伤的，但透出军人的铮铮铁骨和誓死保卫祖国的决心。人固有一死，在他们眼里，祖国才是自己真正的家。为了这样的家，他们愿意"倒下不再起来"，这样的大我的情怀，这样的不顾一切的精神，是作为世界上最可爱的人——军人的胸襟。他们内心"沉默的情怀"穿透时空，传递着华夏儿女的敬意与感激——"'我'会理解，'我'会相信，'我'还会永久的期待"！响彻云霄的寄语和嘱托久久不能释怀。

歌词的自叙式表白，传达了军人的深沉的爱国情怀和不变的心志。用第一人称"我"和第二人称"你"作为抒情的主人，拉近歌者与听者的距离，使爱更深刻，把军人"血染的风采"洒脱而又崇高地展现了出来，没有豪情壮语，只有暗含着"血一样的情怀和泪一样的悲哀"，秉承着"对祖国事业的忠城、对家乡人民孝敬的决心，挖掘出了军人细腻的感情世界及鲜明的个性特征，以坚定的脚步矢志不渝地展现出了"血染的风采"！

此歌是为在对越自卫反击战中牺牲的中国人民解放军将士写的。1987年春节联欢晚会上由徐良、王虹演唱后瞬间传唱遍神州大地，在全国及海内外引起巨大反响。徐良，是中国人民解放军一级战斗英雄。在那场自卫反击战期间，他所在班的全体战友都壮烈牺牲，他孤军作战，出生入死，腿受重伤，落下终身残疾。《血染的风采》的社会意义不是一般歌曲所能比拟的，它使得中国军旅歌曲有了更深的内涵，也激发了全国人民的爱国主义精神。

十二、男儿当自强：中国的脊梁

男儿当自强

黄霑　词

傲气面对万重浪，
热血像那红日光，
胆似铁打骨如精钢。
雄心百千丈眼光万里长，
我发奋图强做好汉，
做个好汉子每天要自强。

热血男儿汉，比太阳更光，

让海天为我聚能量，

去开天辟地为我理想去闯。

看碧波高壮，

又看碧空广阔浩气扬，

我是男儿当自强。

昂步挺胸，大家做栋梁。

做好汉，

用我百点热，

耀出千分光，

做个好汉子，

热血热肠热，

热胜红日光！

　　1991年，有香港"乐坛鬼才"之称的黄霑，为电影《黄飞鸿》创作的主题歌《男儿当自强》，是在古曲《将军令》的曲谱上填词而成的。《将军令》原是一首极为流行的大型器乐曲，表现古代将军打仗时威武豪迈的精神与气魄。鼓声阵阵，将军升帐，英姿勃发，豪情万丈，极具气势。《男儿当自强》是一首让人励精图治、奋发向上的歌曲，表明了华夏儿女的心声——我们人人都要自强不息。也可以说这首歌是"男子汉"的代名词，无论是旋律还是歌词都恢宏豪迈，气势磅礴，流露出了一种"君临天下"的雄壮，让人听得热血沸腾。

　　黄霑学贯中西，古文功底深厚，与写科幻的倪匡、写美食的蔡澜和写武侠的金庸并称为"香江四大才子"。他的歌词创作，多数是为武侠影视剧的主题歌或插曲，结合情节，既能营造出有我之境，又能通俗易懂，流行乐坛，让人耳熟能详。《男儿当自强》，典出宋代汪洙《神童诗》："将相本无种，男儿当自强。"作品采用的意象，无论在空间上，还是在数量上，都无比强大，不但表达了强烈的民族自豪感，也增加了读者想象的空间。比如傲气可比万重浪，热血比日光还要红，这里的"傲气"，指的是民族精神，"热血"指的是整个民族的热血。胆气大，骨头硬，"百千丈"的雄心，"万里长"的眼光，这样的民族不会是狭隘的、偏激的，而是开放的、进取的。壮言夸饰，振奋人心，在于开阔的心胸。"海天"的空间无法想象，作者让它来为自己积聚能量，这个能量是无法衡量的。主人公要开天辟地，为自己寻求一份崭新的生活，要自强自立，像一个巨人一样——中国人站起来了！而高壮的"碧波"，广阔的"碧空"，"百点热"耀出的"千分光"，同样塑造了一个广阔无垠的空间，任凭读者的思想去驰骋，去想象。

　　二十世纪初，王国维在《人间词话》里说："词以境界为最上。有境界则自成高格，自有名句。"又说："无我之境，人惟于静中得之。有我之境，于由动之静时得之。故一优美，一宏壮也。"黄霑这首《男儿当自强》可谓是振奋民族精神的一首豪气冲天的歌，炽烈的情感完全由心底迸发出来，饱含着热情和斗志，带给人无穷的力量和希望。民族精神是一个民族赖以生存和发展的精神支撑，一个民族，没有振奋的精神和高尚的品格，不可能屹立于世界民族之林，而《男儿当自强》挺立起来的，就是中国的脊梁。

十三、沧海一声笑：感慨苍生惹寂寞

沧海一声笑

黄霑　词

沧海一声笑，
滔滔两岸潮，
浮沉随浪只记今朝。
苍天笑，
纷纷世上潮，
谁负谁胜出，
天知晓。

江山笑，
烟雨遥，
涛浪淘尽红尘俗世几多娇。
清风笑，

竟惹寂寥，
豪情还剩了一襟晚照。
苍生笑，
不再寂寥，
豪情仍在痴痴笑笑。

　　1990年，黄霑应邀为徐克的电影《笑傲江湖》谱曲，写了六稿，徐克都不满意。无奈之中，黄霑随意翻阅古书《乐志》，看到一句话："大乐必易"，心想最"易"的莫过于中国五声音阶（宫、商、角、徵、羽），就反用改成"羽、徵、角、商、宫"，到钢琴前一试，婉转动听，声色悠扬，颇具中国古曲风韵，于是就顺着这种旋律写出了今天我们所听到的《沧海一声笑》。整首曲子一泻千里，畅快淋漓，仿佛一群人白衣儒冠，泛舟泱泱江水之中，黄昏之下，琴声悠悠，于沧海中一声笑，凡尘俗世置于胸外，天地间只剩下这云山苍苍、山高水长的怡然风流。歌词分国语版和粤语版，只有几个字不同，但不管哪一版本，都犹如金庸、古龙的武侠作品，铮铮铁骨，热血肝肠，豪气吞吐风霜。这首歌仿佛在指点江山，又好似是坐观云起，潇洒豪迈之情直冲云际，感慨苍生惹寂寥，自有一番苍凉之感。

　　歌词中韵脚和谐，节奏明快，轻快的旋律唱出了坦荡的侠客情怀。苍天笑，看世间胜负；江山笑，看红尘多娇；清风笑，看人生寂寥；苍生笑，看豪情笑傲，歌词通过不同的"笑"传达了一种乐观的情怀和冲天的豪情。同时"笑"也传达出一种态度，一种有意与现实生活拉开距离，采取一种超脱的态度来解读世间百态。歌词中流露着一种隐士情结，体现了作者对风云变幻的名利场的淡薄和随意，同时也表达了对自由豁达的理想境界的追求。歌词表现出一种破名、破利、破生死的极其超脱的思想，但却不是对现实世界的绝对的疏离，而是一种消除了利害关系后的静观，从而达到一种审美境界。此生未了，心却一无所忧，只想换得半世逍遥，一人，一剑，一马，天为被，地为席，清风作伴，星辰为友，五湖四海任遨游。其豪放之风，与苏轼"大江东去，浪淘尽，千古风流人物"颇有异曲同工之妙。但是高处不胜寒，"清风笑，竟惹寂寥"，只能与寂寞相伴。最后的"豪情还剩了一襟晚照"颇有"夕阳无限好只是近黄昏"的无限感慨。

　　歌词境界超凡脱俗，"两岸潮""世上潮""烟雨遥"这些意象连缀成一幅优美的山水墨画，仿若有一个侠客荡舟于此间。回环往复的旋律下环绕的是中国千古文人的侠客梦，这种情怀映射出来的是蕴于武侠文化中的侠客历程和侠客精神。中国文人意识中，退出"官府世界"，淡出"江湖世界"往往才是真正的侠道精神。歌曲从大江东去的气势到清风寂寥的柔情，从不甘寂寞的苍生到满腔热血的豪情，配上"反弹琵琶"的回环曲调，唱出了千古文人的侠客理想和寄托。

十四、历史的天空：历史品格的建构

历史的天空

王健　词

暗淡了刀光剑影，
远去了鼓角铮鸣。
眼前飞扬着一个个，
鲜活的面容。
湮没了黄尘古道，
荒芜了烽火边城。
岁月啊你带不走，
那一串串熟悉的姓名。
兴亡谁人定啊，
盛衰岂无凭啊，
一页风云散啊，
变幻了时空。
聚散皆是缘哪，
离合总关情啊，
担当生前事啊，
何计身后评。
长江有意化作泪，
长江有情起歌声。
历史的天空闪烁几颗星，

　　　　人间一股英雄气，

　　　　在驰骋纵横。

　　《历史的天空》是电视剧《三国演义》的片尾曲。歌曲以其悠扬的曲调、极为深厚的文化内涵感染了广大的听众。歌词以叙事为主，兼杂议论和抒情，运用写意化的表现手法为我们再现了三国时期金戈铁马、诸侯纷争的历史图景。歌词情感抑扬顿挫，抒发了对昔日英雄人物的无限怀念和敬仰之情，以及对历史沧桑、风云变幻的慨叹之情，同时也间杂着对个人命运的感慨。

　　歌词可分为三个部分。第一部分是铺陈，"暗淡了刀光剑影，远去了鼓角铮鸣"，简单的两笔便将时空推移至远离现代的三国时期，奠定了歌词所要陈述的时空要素。它拨开历史的尘埃和层层的迷雾，历史如一幅幅鲜活的画面重现在我们眼前。那些"面孔"和"姓名"不再是历史书上苍白僵死的文字，他们一一在人们的脑海中变得鲜活起来。第二部分着重于议论，"兴亡谁人定啊，盛衰岂无凭啊"，历史的发展似乎是被一种强大而不可预见的力量支配着，但是作为历史主体的人，却在反思着这种历史必然性背后作为个体的人所发挥的影响力，同时也引发人们思考个体命运与历史的某种内在关联，思考个体生命的局限性和历史变幻无常的矛盾与无奈。第三部分侧重于抒情，"长江有意化作泪，长江有情起歌声"，将长江水拟人化，作者借滚滚长江水和汹涌的涛声祭奠那些勇于承担历史使命的伟人。苏轼有诗云："大江东去，浪淘尽，千古风流人物"。历史有如这滚滚东去的江水，势不可挡，许多才华横溢建立丰功伟绩的英雄豪杰，都无奈这历史的冲刷，时间的消磨。他们的容颜被时间掩埋，他们的名字被历史遗忘，但是他们用自己的生命唱出豪迈的气魄却如天空的星斗、自然的雄风，给予人们永恒仰望和追逐的力量。

　　歌词首先褪去历史的纷繁的表象，搜索历史沉淀下来的记忆。在歌词中，历史被抽象化为烽烟四起、鼓角争鸣的战争场景，虽然在内容上抽离了历史的实在，模糊了历史的时间性，却给人以一种浓重的历史感。词人并不将目光聚焦于历史事件本身，而是关注那些亲历历史的主体，它摒弃了历史的大写的抽象主体，而把视角转向了个体，感慨个体在历史中的无力感和失落感。"一页风云散啊，变幻了时空。"在对历史的反思中介入了哲学的抽象性思考。"聚散皆是缘啊，离合总关情啊，担当生前事啊，何计身后评。"人作为有限的存在终究很难超越现实，生前与身后之事皆无法预知。对于人个体而言，任何身后的评论都是迟到和无效的，能够关注的只有现在。而历史却没有终极状态，它永远处于未完成的状态，人的存在永远都只是历史车轮上的过渡，在这里作者将个人的生命史的描述融入宏观的人类发展史叙述之中，使得个人的经验与历史性的经验具有了同等重要的叙述价值和意义。歌词在对历史进行理性反思的同时给予历史主体以人文关怀，对人的"情"与"意"的关注，深化了人性对历史品格的建构性作用，体现了一种人本主义的历史观。

十五、我们的生活充满阳光：当代中国青年的心声和精神面貌

我们的生活充满阳光

秦志钰 词

幸福的花儿心中开放，
爱情的歌儿随风飘荡，
我们的心儿飞向远方，
憧憬那美好的革命理想。
啊！
亲爱的人啊携手前进，携手前进，
我们的生活充满阳光，充满阳光。

并蒂的花儿竞相开放，
比翼的鸟儿展翅飞翔，
迎着那长征路上战斗的风雨，
为祖国贡献出青春和力量。
啊！
亲爱的人啊携手前进，携手前进，
我们的生活充满阳光，充满阳光。

　　《我们的生活充满阳光》是喜剧故事片《甜蜜的事业》的插曲，创作

于二十世纪七十年代末。这是一首歌唱理想，憧憬未来的歌曲，在风格上与以往的"革命歌曲"形成了较大的差异，其不同之处在于，它少了肃穆和凝重，多了活力与激情，展现了新时期中国青年的心声和精神面貌，而且以开朗、明快、极其浓郁的民族韵味，很快传至大江南北。

歌曲主题丰富，它不仅歌唱着革命，也在歌唱理想，歌唱爱情，歌唱着真、善、美，以及人性中一切的美好。对革命理想的憧憬是这首歌曲的主旋律。理想召唤着有共同志向的人在革命的路上相聚，"亲爱的人"携手前进，"并蒂的花儿竞相开放，比翼的鸟儿展翅飞翔"，共同的追求铸就了诚挚的友谊和忠贞的爱情，因为并蒂花有共同生长的土地，比翼鸟有可以一起翱翔的蓝天。

革命之所以能够成为一代人的理想，是因为革命实现最大群体的幸福，而每个个人可能的最大幸福是在全体人所实现的最大幸福之中。同样地，唯有当一个人真实地认识到人生的价值才有可能体会到幸福，黎巴嫩著名诗人纪伯伦的一句话曾警醒无数在人生路上迷途的人，"我宁可做人类中有梦想和有完成梦想的愿望的、最渺小的人，而不愿做一个最伟大的、无梦想、无愿望的人。"人的一生如果没有理想的鼓舞就会变得空虚而渺小。

也许当代的年轻人对"革命"这个概念有些淡漠了，或者现在的年轻人已经不再会把革命作为自己终生为之奋斗的理想，但是这首《我们的生活充满阳光》，却让我们看到了革命前辈们纯洁高尚的灵魂，以及他们对理想无比虔诚的情感，而一个人的理想越崇高他的生活也就越纯洁。正如爱因斯坦说过的那样："只要你有一件合理的事去做，你的生活就会显得特别美好。"也许人生越是单纯就会越快乐，就像向日葵只要每天能向着太阳就会感到幸福。

思考与拓展

1. 查找抒写历史与文明发展的歌曲，思考这些歌曲吟唱古老的主题，却能够长盛不衰的原因。

2. 试分析《重整河山待后生》的歌词内涵与音调素材，品味歌词中体现的中华民族的血泪与中国人民不屈的民族精神。

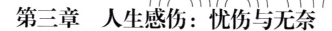

第三章　人生感伤：忧伤与无奈

　　离愁别绪，生命感伤，这是诗歌永恒的主题。

　　生命感伤，包括青春的伤逝，华年的怀旧，以及对于不可抗拒的衰老、死亡的恐惧。这类作品，其重点在于人生的终极关怀，而不在世俗关怀，往往表现出哲人的智慧和悲悯，透露出人生的忧伤和无奈。

　　《送别》抒发了友人送别的感伤，颂扬的是如水的友情；《玫瑰三愿》《何日君再来》《女人花》却是感叹人生年华易逝，诉说美丽背后的落寞情怀；《问》和《凡人歌》着力探寻生命的意义与存在的价值；《憔悴琴魂》的幽幽琴声中，传达出的是悲苦人儿的人生不平事；而《渴望》与《苦乐年华》在生存困境与现实关怀的困境中表达人们心中向往真善美的心灵诉求；一首温情款款的《小芳》，却在主人公温柔伤感的时代回忆中折射出新旧时代的文化碰撞。

　　人生都是有限的，这是生命的内在宿命。古希腊人早就洞悉了宇宙世界的基本存在样式：一切皆流，无物长存。得失成败，万事衰歇世转蓬；变化迁流，地久天长时有尽。变化的是生命的具体样式，不变的是生命的永久情怀。但有限的人生无不寄予着对生命的无限渴望。

　　面对名利兴废的纷繁尘世，需要有出世的静观和坦荡淡定心境。我心处处自优游，大道从容复自在，这是一种人生的境界。在生命中体悟人生的乐趣，在人生中经历周遭的美妙，这是美好人生的无尽宝藏。当然，这绝非一种基于外在认同的世俗尺度，而是基于生命本体的内在价值尺度：人是一切价值的尺度，人是人的最高本质。日本著名建筑师安藤忠雄说过一句非常精妙的话：让建筑像自然一样生长。那么人呢？作为宇宙之精华，万物之灵长，人更应像自然一样生长，应更具生命力和生命的质感，而且要在存在中感知，在感知中领悟，在领悟中升华。

　　尽管人生短暂，苦难常伴，离愁别绪、忧愁困境会伴随我们一生，我

们面对困境的态度却能展现一个人的生命姿态。这些抒发人生感怀的歌曲给了我们些许启示：我们可以哀叹韶华易逝，感喟人生不平，因生存困境而烦恼忧愁，但是，喟叹之余，我们仍需耐住寂寞，超越凡尘的羁绊，自得自足。

一、送别：君子之交淡如水

送别

李叔同　词

长亭外，古道边，
芳草碧连天。
晚风拂柳笛声残，
夕阳山外山。

天之涯，地之角，
知交半零落。
一壶浊酒尽余欢，
今宵别梦寒。

美国人奥德威（1824—1880）创作的《梦见家和母亲》，旋律十分优美，日本人犬童球溪（1879—1943）用其曲调填写了日文歌词，改题《旅愁》。李叔同留学日本时曾将《旅愁》译成中文。1915 年，李叔同在浙江省立第一师范学校任教时，延用奥德威的旋律（删去了一些装饰音）重新填词，名为《送别》，作为音乐教学之用。

离愁别绪，生命感伤，这是诗歌永恒的主题。《送别》调度长亭、古道、芳草、晚风、夕阳等一系列景语渲染离别的愁绪："长亭"从来就是离愁的见证，"古道"上走过了一代又一代离人，"芳草"萋萋仍如愁绪生长蔓延，"柳"在晚风残笛中已不堪攀折……"何处是归程，长亭更短亭""远芳侵古道，晴翠接荒城"，在浓得化都化不开的古典诗境中，不由得你不白头搔短，青衫泪湿。

"长亭外，古道边，芳草碧连天。晚风拂柳笛声残，夕阳山外山。"这属于歌词的前半部分。歌词运用巧妙的连缀，把一些人们所熟知的意象组合起来，好似一幕幕上演的蒙太奇电影镜头，这些镜头是那样的优美，恬静，又透着几缕离别的愁绪。此处的写法类似于马致远的《天净沙·秋思》，都是把一些存在微妙关联的意境组合起来，于不完整中展现着词人所要表达的内心深处的完整意境。在情景交融里，拥有了一种独特的魅力，引人遐想。这一部分歌词还运用了多种感官效应。从视觉、听觉、触觉方面着手，把整个意境渲染成了有生命的生活图景。其中"晚风拂柳笛声残"一句最具代表性。一个"拂"字，似乎让我们不仅看到了飘飞的柳絮，更感觉到了那阵阵微风拂过脸庞。而一个"残"字来比喻笛声，则突出表现了主人公此刻的内心思绪。在夕阳远山的映衬下，主人公那份孤独的超然也展现得淋漓尽致，感人心脾。

词的下阕是整首歌的中心部分（据钱仁康《学堂乐歌考源》称，系陈哲甫所加），由上阕的写景抒情转为直接抒发心声。词人采用了较乐观的态度来面对离别，把整个思想感情往上提升到一个更高的层次，也使整体情感表现哀而不伤。"天之涯，地之角，知交半零落"与诗句"天涯若比邻"一句，虽描写的角度不同，感情基调也有所差别，但都具有很高的表现力。前者通过"半零落"几个字传神地表达了知交别离时，那种心灵若有所失、无以为继的感觉；后者则主要侧重表现别后心相连的心灵状态。"一壶浊酒尽余欢，今宵别梦寒"一句，则很有"劝君更尽一杯酒，西出阳关无故人"的意味，又传达出一种"今朝有酒今朝醉"的洒脱。在这里，词句听起来又是一种祝福，希望用酒来尽余欢，来温暖别后寒冷的梦，寂寞的心。从这字字句句中，我们足以体会到词人要传达的那般浓厚的友谊和那发自内心的关怀。

歌词还运用了省略字的方法，使整首歌曲听之更有节奏感及音乐美，同时歌词中的长短句相间，又形成了一种独特的参差美。曲调悠扬，使歌曲一声声似娓娓道来的一个离别的故事，旋律舒缓，让听者的心不由自主地沉浸其中，感受着那份"君子之交淡如水"的情意，似浅实深。

二、问：追寻生命存在的意义

问

易韦斋　词

你知道你是谁？

你知道年华如水？

你知道秋声添得几分憔悴？

垂，垂！垂，垂！

你知道今日的江山有多少凄惶的泪？

你想想呵：

对！对！对！

你知道你是谁？

你知道人生如蕊？

你知道秋花开得为何沉醉？

吹，吹！吹，吹！

你知道尘世的波澜有几种温良的类？

你讲讲呵：

脆！脆！脆！

易韦斋(1874—1941)，工诗文，擅音律，"词人派"代表人物之一，在我国二十世纪二三十年代城市舞台音乐会活动中占有一定的地位。《踏歌》《晨歌》等传唱甚广的歌词都出自他的手。他创作的歌词，继承了传统诗歌创作的艺术经验，讲究诗的意境、韵味，追求一首好词须是一首入乐好诗的标准，表现出作者有着相当深厚的古典诗词修养。

《问》创作于二十世纪二十年代初，是作者有感于军阀混战、外族欺凌的险恶现实而愤然命笔的。这一背景构成了《问》的原始动机之一，使其表层的"非政治叙述"具有了秘而不宣的"政治叙述"的性质。即便如此，作者依旧以其高超的艺术表现力将时代的政治情愫表现得委婉动人。"你知道你是谁？你知道年华如水？""你知道你是谁？你知道人生如蕊"，歌词从个体的生命感悟写起，道出人生年华如流水易逝、如花蕊般容易凋零的感慨与无奈。但情感的落脚点却是在对现实的关注，从最深层次上的生命的反思写到对民族历史命运的慨叹，以此寻找一条通往时代的道路。"你知道你是谁？"这其实是一个无解的问题。我们不知道自己是谁，不知道生命从何处来，到何处去。有偈语云，从来处来，往去处去。我辈俗人还是莫名其妙。人生苦短，逝者如流水如落英。它不仅问及生命存在的哲学意蕴，还兼及社会关怀，忧国忧民，焦虑这"今日的江山，有多少凄惶的泪？"它不满人性的堕落，追问这"尘世的波澜有几种温良的类？"这里所谓"波澜"，是指"人潮"。

　　这首歌词有两大特点。（1）形式多变，且结构严谨、变化有规律，符合对称原则，匀称整齐。整体上两两相对，回环复迭，具有均齐感、节律感，句法上却显得活泼灵动。这样诉诸于音乐形象有其谱曲的审美价值和方便之处，比那石头一方方、豆腐一块块的歌词，反倒为谱曲者提供了变化多端的形象思维。全词两节，每节七句，其中第四句只有语音并无语义，是衬词，余下六句只能大致分为三个长短显著不平衡的乐段。第一、二句约相当于第六、七句的一倍，第三、五句约相当于第一、二句的一倍。萧友梅谱曲时对第四句衬词的运用心领神会，遂将第三、五句分为上下两个分句，将前三句合成音节基本一致的四个分句的一个乐段，而第四句的衬词分开，正好同后三句一起合成为音节基本一致的四个分句的一个乐段。"垂""对""吹""脆"四字押韵，构成了歌词韵律主要架构，它以强而有力的韵脚，将歌词分为相互联系却又相对独立的四个小节。（2）它由一系列问句构成，问句使得歌词在表达形式上变得委婉曲折，也使得情感的主旋律变得清晰强烈。歌词中被询问的对象"你"事实上是作者自己，通过第二人称使自我对象化为情感投射的客体，从而增强了歌词自我对话的特点，将歌词的思想情感的转换流变清晰地呈现出来。

　　有人曾评价易韦斋的歌词"孺填词务为生涩，爱取周（邦彦）吴（文英）诸僻调，一一依其四声虚实而强填之，用心至苦，自谓：'百涩词心不用通'云。"可见作者在诗词创作上对古法的推崇。虽然其所作的歌词多脱胎于古典诗词，考究韵律和遣词，但《问》显然更接近"五四"新诗歌曲的作风，雅俗共赏，通俗易唱。从宋词到元曲的发展，形式上最大的变化，便是衬词的运用。而这种变更使元曲以其俗、白和更加鲜明强烈的节奏独树一帜。易韦斋的艺术探索，增强了自己作品的生命力，也为我国现代歌词创作蹚开了一条新路。

三、玫瑰三愿：年华易逝的生命概叹

玫瑰三愿

龙榆生　词

玫瑰花，玫瑰花，
烂开在碧栏杆下。
玫瑰花，玫瑰花，
烂开在碧栏杆下。
我愿那：妒我的无情风雨莫吹打！
我愿那：爱我的多情游客莫攀摘！
我愿那：红颜常好不凋谢，
好教我留住芳华！

　　这首《玫瑰三愿》创作于1932年淞沪战役后的上海，是二十世纪三十年代艺术歌曲中具有代表性的作品之一。乐曲先以平缓的音调，叙述玫瑰花"烂开在碧栏杆下"的情形。重复一遍之后，音调逐渐加强，唱出玫瑰的前两个愿望：愿"无情风雨莫吹打""多情游客莫攀摘"。然后，旋律一跃而起，道出玫瑰心底最强烈的愿望："愿那红颜长好不凋谢"。然而红颜易老，青春易逝，芳华常驻是不可能的。所以，结束一句"好教我留住芳华"旋律又骤然跌落，有气无力，恰似一声无奈的哀叹。整首歌是用玫瑰花作喻，以一种婉转而略带哀怨的情调吟唱玫瑰花无奈而朴素的愿望。

　　歌词用白描手法描绘玫瑰花开的繁华景象，"烂开"二字展现了玫瑰花自由繁盛的生命状态。以女性化的口吻诉说着年华流逝的无奈和青春难驻的苦恼，相对于单纯愿望的表达，在更深层次上是一种对于生命的慨叹。这种无奈之情与"烂开在碧栏杆下"绚烂光彩的生命状态形成了巨大的反差，但也许正是因为这种极盛的状态反倒生出悲情的情愫来。歌词开始的情感基调是平和婉转的，然而在这平静的抒情下似乎有一股被压抑的生命的冲动。接着"我愿那"三句，以排比句式，情感热切而诚挚地表现了一种强烈而急切的愿望诉求。它不满于玫瑰花被自然和人为摧残，红颜难驻的命运。玫瑰花的三个愿望体现了它渴望一种圆满的生命状态，它以尘世为依托实现自身的价值，但又担心受到伤害，具有莲花的"可远观而不可亵玩焉"的高贵品格。

在这首歌词里，作者以婉转而伤感的歌喉，吟唱了"玫瑰花"的难言的苦涩与朴素的愿望。相对于愿望的表达而言，苦涩的倾诉更叫人动容，这种尖利的痛感来自于它与"烂开在碧栏杆下"的外在形态的赫然对立。作为一个核心的意象，"玫瑰花"举足轻重，它与其说是写实的，不如说是主观的、象征的；与其说是"花之叹"，不如说是艺术家的一种生命倾注。它的物理性外壳里包孕着一个属于人的精神性内核，成为"我"的"苦闷的象征"，这样源于"玫瑰"的三个愿望便有了双重审美的性质，有了艺术的弹性。它使整个作品深入而浅出，雕饰而自然，深沉而委婉，灵动而质朴。另外，字有重叠，句有重叠，反复咏叹，每行之间字数长短略同，遣词造句看得出"国风"痕迹，但还是立意于新诗的写作，所以讲究声韵，又很自由。也许是广博而丰富的学识和见闻，才使他爱美的愿望和同情弱者的心怀，表现得那么自然；借景抒情，毫无雕琢之痕迹，倒觉得醇厚如陈年老酒，亲和得如亲友交谈，使人享受一种品质温和、色彩明丽、趣味高雅之美。

四、何日君再来：人生短暂的惆怅

何日君再来

黄嘉谟　词

好花不常开，好景不常在。
愁堆解笑眉，泪洒相思带。
今宵离别后，何日君再来？
喝完了这杯，请进点小菜。
人生难得几回醉，不欢更何待？
【白】来，喝完这杯再说吧。
今宵离别后，何日君再来？
停唱阳关叠，重擎白玉杯。

殷勤频致语，牢牢抚君怀。

今宵离别后，何日君再来？

喝完了这杯，请进点小菜。

人生难得几回醉，不欢更何待？

【白】唉，再喝一杯，干了吧。

今宵离别后，何日君再来？

　　1936年，还是上海音乐专科学校学生的刘雪庵在一次联谊会上即兴创作了一支探戈曲，写的是老同学的惜别怀念之情，旋律跌宕，婉转低回。1938年，上海艺华影片公司拍摄歌舞片《三星伴月》，刘雪庵创作的这曲子很适合剧中人相爱又即将离别的缠绵情景和氛围，故而选用，并由编剧黄嘉谟（笔名贝林）填了词。《三星伴月》只是一部商业片，内容不太好，然而这首《何日君再来》的影响要大得多。1939年，香港大地影片公司拍摄了一部抗日电影《孤岛天堂》又将它选为插曲。影片《孤岛天堂》讲的是一名舞女出于爱国之心，积极支持一群爱国青年的"除奸"活动。在一次舞会上，舞女以唱《何日君再来》为暗号，爱国青年闻歌而动，将汉奸特务一网打尽。自此，《何日君再来》便风靡海内外。

　　这支歌真实地唱出了人生短暂、聚散匆匆的惆怅。因为面对生命个体的终极悲剧，人只有两种选择，要么及时建功立业，要么及时行乐。"人生难得几回醉，不欢更何待？"专注于建功立业者，如雄才大略的曹孟德，也不妨对酒当歌，偶尔"醉"一回，"欢"一回。而在友人伤别时，念及"今宵离别后，何日君再来"，愁怀难释，何妨举杯痛饮，一醉方休？虽然"喝完了这杯，请进点小菜"等词句有点粗俗，但正是这种接近口语的歌词才好听。既然人们喜欢，作为消遣，无伤大雅，唱唱也无妨。

五、二泉映月：诉尽人间不平事

憔悴琴魂

王健　词

听琴声悠悠，

是何人在黄昏后，
身背着琵琶沿街走。
阵阵秋风，
吹动着他的青衫袖，
淡淡的月光，
石板路上人影瘦，
步履摇摇出巷口，
弯转又上小桥头。

四野寂静，
灯火微茫映画楼。
操琴的人，
似问知音何处有？
一声低吟一回首，
只见月照芦荻洲。
琴音绕丛林，
琴心在颤抖，
声声犹如松风吼，
又似泉水淙淙流。

憔悴琴魂做漫游，
平生事啊难回首，
岁月消逝人烟留。
年少青丝，
转瞬已然变白头。
苦伶仃，举目无亲友，
风雨泥泞怎忍受。
荣辱沉浮无怨尤，
唯有这琴弦解离愁。
晨昏长相伴，
苦乐总相守，
酒醒人散余韵悠。
莫说壮志难酬，

胸中歌千首，
都为家乡山水留。

天地悠悠，
惟情最长久。
共祝愿，五洲四海烽烟收，
家家笙歌奏，
年年岁岁乐无忧。
纵然人似黄鹤，
一抔净土惠山丘，
此情绵绵不休。
天涯芳草知音有，
听见你琴声还伴着泉水流。

回望天边月，
照彻古今愁，
繁华落尽，
看身后，何所有？
未若寒泉映月，
化着高山流水，
琴韵常绕人心头。

　　词作者王健说她填这首词，就是摊开一张大白纸，一边听着阿炳的《二泉映月》，追随那天籁般的旋律，任思绪神游，一边将闪过脑际的词句一一记下，然后整理而成的。实际上，她是在深入解读民乐的基础上，联系阿炳的人生经历进行的一次艺术的再创造，将音乐中变幻的情感和意境演绎成文字，并且作了有益的联想和深化，对琴思内涵作了富于激情的创意和阐发。

　　歌词各个部分的情感内容相对独立又互相连接，层层递进，像一条不断向前延绵的山脉，情思悠悠，绵延不绝。歌词的第一部分着重于写景，在悠悠琴声的背景下展开了一幅秋夜独行的画卷，秋风、月光、桥头、花楼、石板路、芦荻洲等意象构建了一幅古朴又带苍凉的场景；青衫袖、人影瘦的描写更是映衬出人在苍茫世界中漂泊不定的身世命运。歌词的第二部分由写景转为抒情，抒写了知音难觅、壮志难酬的苦闷与无奈，"唯有这琴弦解离愁"，只好把自己的人生理想寄托在音乐创作上。"似问知音何处有，一声低吟一回首"，如同自己体会到知己难求。池畔周围只有月亮听他诉说衷肠，琴音细细诉说着不幸，时而缓慢，时而怒吼，匆匆流去，听着琴音感受着艺人难言的心情。最后一句"胸中歌千首，都为家乡山水留"，将这种悲伤推向高潮，害怕琴音停止，就如同害怕"酒醒人散余韵悠"，使人更觉凄凉。随后歌词的第三部分节奏旋律变得密集急促，似乎是一种灵魂的疾声呼喊，带着挣扎与反抗的力量，体现了一种不甘向命运屈服的顽强的生命力，也表现了对美好生活的向往和追求。"天涯芳草知音有，听见你琴声还伴着泉水流"，歌词的情感又转为平静，纵然人生有许多缺憾与无奈，但应当常怀希望和美好的意愿。

全曲跌宕起伏，婉转流畅，如泣如诉，但哀而不伤，可谓是弦弦掩抑声声息，诉尽人间不平事。层层推衍的表现手法使歌词的情感得到了全面的舒展，词作者准确地把握了旋律的主题思想，歌词不仅很好地再现了阿炳的复杂思绪，同时也渗入了作者崇高的审美理想和艺术追求。歌词中一方面只用最简练的笔墨，选取无锡最典型的景物，如"石板路""小桥头"等构成了一种风雨如磐的浓重压抑的氛围；另一方面，又将阿炳的满腹忧怨，他那凄苦的人生遭遇，那无穷无尽的恨、愁、悲愤以及不屈的命运追求，构成一张千头万绪的情网，并把这境与情巧妙地一一对应起来。

依声填词，在宋词元曲时代大致是通例。词牌、曲牌就是现成的乐谱，歌词作者只须选一个与自己所要表达的诗情相吻合的曲调，依声填词就是了。今天的歌词作者则是为自己心仪的乐曲填词，或者应征应约，以诗的语言阐释某一音乐旋律。但这种填词无疑要受到音乐情调和格式的制约与规范，不能随心所欲。只有那真具艺术功底的人，才能在忠实于原作的基础之上进行最大限度的艺术想象和创造。

六、女人花：美丽背后的落寞

女人花

李安修　词

我有花一朵，
种在我心中，
含苞待放意幽幽。
朝朝与暮暮，
我切切地等候，
有心的人来入梦。

女人花摇曳在红尘中，
女人花随风轻轻摆动，
只盼望有一双温柔手，
能抚慰我内心的寂寞。

我有花一朵，
花香满枝头，
谁来真心寻芳踪？
花开不多时啊，
堪折直须折，
女人如花花似梦。

我有花一朵，
长在我心中，
真情真爱无人懂。
遍地的野草，
已占满了山坡，
孤芳自赏最心痛。

女人花摇曳在红尘中，
女人花随风轻轻摆动，
若是你闻过了花香浓，
别问我花儿是为谁红。

爱过知情重，
醉过知酒浓，
花开花谢终是空。
缘分不停留，
像春风来又走，
女人如花花似梦！

　　"女人如花"，与其说是一个陈旧的比喻，不如说是一个经典的比喻。试看作者对"女人花"这一喻象所作的富于创意的阐释：何为"女人如花花似梦"？先是用花儿比拟女人心中的那份情、那份爱、那份渴望和忧伤，然后是直接以花喻人，更水到渠成地创造出一个可人的意象"女人花"。女人花风姿绰约，千娇百媚，人儿为谁美，花儿为谁红，不由你不心动！舍弃这一意象，怕还真难达到同样的艺术效果。歌词以一朵花生动地演绎了女性独特的生命体验和情感世界，而"女人如花花似梦"一句，则更是神来之笔。整首歌词以一唱三叹的方式娓娓述说着人间女子的美丽与哀愁。歌词情感哀婉凄迷，感人至深。在歌词中可以发现，"我"是一个"朝朝与暮暮"地"切切地等候"的人，在"摇曳的红尘中"，面对命运的捉弄，情场的失意，她能做的只是默默地等待。对于强烈的相思和情感上的痛苦，也只是默默地忍受。"随风轻轻的摆动"，表面的波澜不惊，背后却是内心的心潮迭起。她把自己围困在这种被动的等待和忍受之中，却不作任何的抗争和主动的追求。她心甘情愿地承受一切痛苦，却仍然要保持着痴心不悔的姿态。她的期待只是"一双温柔手，能抚慰我内心的寂寞"。也就是说，女人永远无法自救，只能等待他人把自己从命运沉浮的泥潭中解救出来。

　　也许等待的无助和寂寞可以慢慢习惯，但是春光易逝，容颜易老，毕竟"花开不多时"，希望有人来"堪折直须折"，只可惜"真情真爱无人懂"。当看到"遍地的野草占满山坡"，风光无限好，而自己却只能"孤芳自赏"时，内心的隐痛只有自己最明白。最后她只能感叹："缘分不停留"，像"春风来又走"，既短暂又难以把握。正如《葬花吟》中写的："一朝春尽红颜老，花落人亡两不知。""女人如花"一般美，"似梦"一样轻，无奈岁月匆匆流逝，最终只剩一句"花开花谢终是空"的慨叹。

这"一朵花"，娇艳动人、温柔细腻，需要安全感和呵护，但没人欣赏，没人懂，在一次次伤害中"梦"破灭，固然可叹，而自身过于脆弱，把所有希望寄托于别人，留下挫折的遗憾也是难免的。

七、凡人歌：拷问生命存在的价值

凡人歌

李宗盛　词

你我皆凡人，生在人世间，
终日奔波苦，一刻不得闲。
你既然不是仙，难免有杂念，
道义放两旁，把利字摆中间。
多少男子汉，一怒为红颜，
多少同林鸟，已成分飞燕。
人生何其短，何必苦苦恋，
爱人不见了，向谁去喊冤。
问你何时曾看见，
这世界为了人们改变。
有了梦寐以求的容颜，
是否就算是拥有春天。

《凡人歌》是电视剧《碧海情天》的主题歌。"天下熙熙，皆为利来，天下攘攘，皆为利往"这句话，出自西汉著名史学家、文学家司马迁《史记·货殖列传》，意为普天之下芸芸众生为了各自的利益而劳累奔波乐此不疲。无独有偶，生活在当今社会的李宗盛，在《凡人歌》中同样提出了这个深刻的问题。

　　歌词开篇四句，用极其精练的语言将人世的无奈淋漓尽致地表现了出来。在这样高速发展的社会里，人人都是普通人，为了生活而奔波不休。接下来是说，因为是有血有肉有情感的人，难免不受到社会上方方面面的影响，甚至在利益的驱使下，丢掉了道德良心。下面的两句歌词，便是化用古典诗文了。如"多少男子汉，一怒为红颜"这句诗，化用的是吴梅村的《圆圆曲》："恸哭六军俱缟素，冲冠一怒为红颜。"吴三桂为了夺回自己的爱妾陈圆圆而叛明降清，致使这个弱女子被历史推向了前台。爱江山更爱美人的故事，历史上比比皆是。实际上，我们苦苦追求到手的爱情，往往会以另一种结局告终，这就是歌词里所写的："多少同林鸟，已成分飞燕。"这句话化用一句俗语："夫妻本是同林鸟，大难临头各自飞"，表达的是多数夫妻当面临困难的时候，可以并肩作战，团结一心，同舟共济。可是，当面对灯红酒绿、物欲横流的社会中诸多的诱惑，会不自觉地蒙蔽了双眼，而无法判断是非，这时候，劳燕分飞，也就不稀奇了。明代冯梦龙《警世通言》里描写的"夫妻本是同林鸟，巴到天明各自飞"，《增广贤文》说："人生似鸟同林宿，大限来时各自飞"，都是同一个意思，可见，这不是个案。

　　在这样一个社会里，人的价值观重新受到挑战。当自己所追求的目标真正达到之后，你是不是真的会有一种成功的喜悦呢？作者很迷茫，他把问题抛给了听众："何时曾看见，这世界为了人们改变，有了梦寐以求的容颜，是否就算是拥有春天。"优胜劣汰、适者生存的法则，随处可见，只有适应社会的人，才能得到更好的发展，世界不会因为你而改变；即使得到了自己梦寐以求的美人（或者名利），是否就算得到了整个世界？在这样的互动中，听众会联系自身，并不断地进行反思。

八、苦乐年华：生存困境与现实关怀

苦乐年华

张藜　词

生活是一团麻，
那也是麻绳拧成的花，

生活是一根线，
也有那解不开的小疙瘩呀！
生活是一条路，
怎能没有坑坑洼洼，
生活是一杯酒，
饱含着人生酸甜苦辣。

生活像七彩缎，
那也是一幅难描的画，
生活是一片霞，
却又常把那寒风苦雨洒呀！
生活是一条藤，
总结着几颗苦涩的瓜，
生活是一首歌，
吟唱着人生悲喜交加的苦乐年华！
哦！哦！哦！哦！哦！

    这是电视剧《篱笆·女人和狗》的插曲。歌词最突出的写作技巧是博喻的运用。"生活"包含的酸甜苦辣，绝非三言两语所能说清。张藜把生活比喻成"一团麻"，"一根线"，"一条路"，"一杯酒"，"七彩缎"，"一片霞"，"一根藤"，"一首歌"。从不同的角度进行了比喻，通过视觉、声觉和触觉，把人生那种悲欢离合、喜怒哀乐都体现出来了。在这里"一团麻""一条路"等八个意象概括了生活的苦苦乐乐。八个比喻并不是同义反复，而是每一个比喻都揭示出生活的某一方面的内涵。而且，每一个比喻都巧妙地运用两次，从正比和反比两方面来说明生活的矛盾复杂性，充满了对立统一的辩证法。一方面从正面阐述："生活"像"一朵花"那样美丽鲜艳，像"一条路"那样漫长久远，像"一杯酒"那样醇香醉人，像"一根藤"那样长青不败，像"七彩缎"那样绚丽多彩，像"一片霞"那样光彩照人，像"一首歌"那样愉悦动人。另一方面，又从反面感叹：生活像一团"斩不断，理还乱"的"乱麻"那样烦恼人心，像难解的"疙瘩"那样困惑重重，像坑坑洼洼的"小路"那样坎坷不平，像一杯包含辛酸的"苦酒"，像难以描述的人生"图画"，像苦涩的"瓜"，像充满着寒风苦雨、悲喜交加的人生之歌。这一正一反的比喻，使八个意象竟表现出十六种含义，构成了对生活要义、对人生真谛相当全面的哲理性诠释。这首歌可以说是集古今描述生活哲理之大成，每一句都能够发人深思，引起人们心灵的碰撞和呼应。

任何比喻原本都会有某种缺陷，它只说明事理的某一方面，带有一定的片面性。这里，八个喻象从不同角度来说明事理，集中起来构成深厚、丰满的底蕴，从而较全面地反映出了生活丰富、复杂的意蕴。词人选取了具有粗壮性的"麻"、平直性的"线"、长远性的"路"、香醇性的"酒"、异彩性的"缎"、纷呈性的"霞"、延展性的"藤"、悠扬性的"歌"来共喻生活，把生活所具有的各种特性通过这八个比喻全面地阐释了出来。然而更加精彩的是，词人把生活的复杂性、曲折性通过对生活的反面描述深刻地阐释了出来。再加之以"哦"这一语气词收尾，既读之朗朗上口，又在情感上给人深思和沉重之感。整首词囊括的巨大生活能量和毫无时间、空间、历史限度的体裁与容量使之能够恒久流传。

运用比喻说理对于表现歌词的音乐性也有很大裨益，因为比喻运用的本身就意味着很多并列的、相仿的排比句式和一系列对比句式的整合，它可以形成清晰流畅、整齐有序的节奏感，产生鲜明的音乐性。

思考与拓展

1.欣赏歌曲《滚滚红尘》，结合其创作背景，试分析歌词中展现的关于人生（"红尘"）的悲戚、苍凉与无奈的思考。

2.请以"人生的忧伤与无奈"为主题，自作歌词一首，抒发你关于人生的思索。

第四章　生命历程：漫漫人生路

在纷繁的现代社会里，有时真想拥有一个《大话西游》里的"月光宝盒"，回到那已然飘逝的过往岁月，去聆听那"长亭外，古道边，芳草碧连天"的孤独与落寞；去看看小小"读书郎"的执着和单纯；去尝尝泉水的甘甜与清新；还有，"荡起双桨"，去约会幸福，让凉爽的风扑面吹来……传统校园歌曲，像是一个渐行渐远的梦境，却有着挥之不去的古典与怀旧情结；又像一个铅华洗尽的美人，朴素而温润。除了伤感，有些东西是我们更需要找回的，譬如温暖，譬如微笑。

打开记忆的闸门，面对长长的记忆之河，我们会发现人生里太多曾经的影子，其实，那就是我们生命的一部分。从少年的奋发读书、轻松快乐，到青春时的追逐梦想、勇攀高峰，再到青春悄然逝去后的惋惜无奈，进至梦想照进现实时的忠诚与奉献，再回首时已经拥有的乐观旷达。当我们不再年少，却仍然怀揣希望，寄予新时代新青年以最美好的祝愿。在时间的车轮里，人的生命犹如一片叶子，青了又黄，黄了再青。年年岁岁花相似，岁岁年年人不同，也许生命的轮回对我们而言不完全相同，但每次生命的流逝，都诠释着一种生命的希望与期待！

生活是我们人生最好的老师。我们在生活中创造，在生活中学会面对艰难与困惑，时间与经历让我们懂得了生活的真谛。美丽的人生，需要我们自己努力来造就。

人生就是面对生命历练的一个过程。有的人站在生活的风口浪尖，他们能够冲破生活的阻力，勇登高峰，去欣赏那山顶的日出；而停滞不前的人只能从别人的口中听说关于日出的传说。让我们听着叙说生命历程的歌词，回忆青春的美好，用心体验生命中所有的悲苦与欢乐，风中赏雪，雾中赏花，珍惜美丽的每一天，拥抱决心与希望，漫步在这充满挑战的人生路！

一、读书郎：　奋发之音

读书郎

宋阳　词

小嘛小儿郎，

背着那书包进学堂。

不怕太阳晒，

也不怕那风雨狂。

只怕先生骂我懒哪，

没有学问无脸见爹娘，

（朗里格朗里呀朗格里格朗），

没有学问无脸见爹娘。

小嘛小儿郎，

背着那书包进学堂。

不是为做官，

也不是为面子光。

只为穷人要翻身呀，

不受人欺辱不做牛和羊，

（朗里格朗里呀朗格里格朗），

不受人欺辱不做牛和羊。

这是由音乐家宋阳作词谱曲的一首儿歌。歌曲用一种欢快的曲调唱出了读书学习对于"读书郎"的深刻意义。

歌词分为两段，第一段让我们了解到了读书的第一个重要原因："没有学问无脸见爹娘"。前面几句为最后这一句的出现做了很好的铺垫，领起句"小嘛小儿郎，背着那书包上学堂"则把读书郎活泼可爱的形象展现出来。接着笔锋所至，带出一对递进及对比的句子"不怕太阳晒，也不怕那风雨狂"，写出读书要面对的自然困境，更体现出了读书郎求学的坚韧毅力。由前面的"不怕……也不怕……"到"只怕"两字引出的句子，充分写出了读书郎的担忧。这里一方面让我们了解到读书郎敬师而又有些许畏师的心态，另一方面写出了父母望子成龙的普遍心理，也体会到读书郎希望通过取得好的成绩，来报答父母比天高、比海深的养育之恩。

第二段集中体现的是读书对于穷人家孩子及家庭的重要性。不似一些有钱人家的孩子读书是"为做官"和"面子光"，穷人家的孩子则大多是为了"翻身""不受人欺辱"，是为了做人的尊严，这是既现实而又可敬的。摆脱贫困需要坚强的毅力和迎接挑战的勇气，在没有任何依靠的情况下，只能通过这种拼搏才有可能"不做牛和羊"，这是从穷人心中爆发出来的强烈愿望，是不可小觑的一种力量。

宋阳在为歌词谱曲的时候，又添加了很多语气词，如"嘛""哪"等，这些语气词使歌曲在听觉上更具特色，耳感稍有变化但又不失整齐，也将感叹的语气增强了许多。歌词在韵律方面也极其讲究，几乎整首歌都是隔句押"ang"韵，这就使得歌曲唱起来节奏鲜明、和谐，不管是朗诵还是歌唱都朗朗上口。

二、兰花草：有希望就有未来

兰花草

胡适　词

我从山中来，带着兰花草。
种在小园中，希望花开早。
一日看三回，看得花时过。
兰花却依然，苞也无一个。

转眼秋天到，移兰入暖房。
朝朝频顾惜，夜夜不相忘。
期待春花开，能将夙愿偿。
满庭花簇簇，添得许多香。

这首歌词署名胡适不够严谨。它原是一首出现在胡适 1921 年的日记中名为《希望》的小诗，后被收入增订四版的《尝试集》。诗句则是"我从山中来，带得兰花草。种在小园中，希望花开早。一日望三回，望得花时过。急坏看花人，苞也无一个。眼见秋天到，移花供在家。明年春风回，祝汝满盆花！"后来被台湾的陈贤德和张弼二人修改并配上曲子，改名为《兰花草》，从而广为传唱。

歌词分两层，第一层写自己从山中得到了一盆兰花草，精心地种植在自家的园地里，希望兰花早一天开。因为期待花儿早日绽放的心理太急切了，所以总是不时地眷顾它，一天看上好几回。即使如此，花儿并没有像期待中的那样绽放，甚至连花苞都没有发。这一层主要写心情，从最初的欢喜、期待、希望，到后来的怅惘、冷淡、失望。在这之中，我们甚至看得到诗人的身影，在花儿与工作之间来回穿梭，他的喜悦，他的怅惘，都献给了这株花。第二层写幻想。作者徒劳地忙碌了很久，兰花草还是没有动静。萧瑟的秋天来了，诗人体贴地把它搬入暖室。用"朝朝频顾惜，夜夜不相忘"这样一个对仗工整的句子，刻画了自己对兰花草的细心呵护。从早上到夜晚，他的心里都装着这株草。白天不时地去看望，夜晚来了，则在心里不停地幻想：期待兰草在来年春天盛开，那时满院子的花朵，一丛丛，一簇簇，香气充盈着整个庭院，方能了却自己这一年来的心愿。

胡适是中国现代史上叱咤风云的大人物，但他的作品真正为大众所熟知的并不多。《兰花草》这首歌曲，清新、质朴、深情，对生命的期待与珍惜跃然纸上，总能给人以希望。但每哼起这支歌，在那优美的旋律中，眼前浮现的不是兰花草，而是胡适匆促而执着的身影。当初给它取名为《希望》，也许是认为：只要心存希望，还有什么是不可克服的呢？

三、春天在哪里：对生活对自然的热爱

春天在哪里

望安 词

春天在哪里呀？春天在哪里，
春天在那青翠的山林里，

这里有红花呀，这里有绿草，
还有那会唱歌的小黄鹂，
嘀哩哩嘀哩嘀哩哩，
嘀哩哩嘀哩嘀哩哩，
春天在青翠的山林里，
还有那会唱歌的小黄鹂。

春天在哪里呀？春天在哪里，
春天在那湖水的倒影里，
映出红的花呀，映出绿的草，
还有那会唱歌的小黄鹂，
嘀哩哩嘀哩嘀哩哩，
嘀哩哩嘀哩嘀哩哩，
春天在湖水的倒影里，
还有那会唱歌的小黄鹂。

  歌曲《春天在哪里》又名《嘀哩嘀哩》，是一首深受孩子们喜爱的歌曲。它通过少年儿童的视角来观察大自然的变化，寻找春天的足迹、迎接春天的到来；它以儿童天真、活泼的语气歌唱美丽的春天，抒发心中无限欢乐的感情。歌曲活泼欢快，激发了少年儿童对生活、对自然的热爱，无意间也敲开了我们每个成年人童年记忆的大门。

  歌词以充满孩子气的疑问开头，"春天在哪里呀，春天在哪里"，似乎是孩子在请教长辈，也可能是在询问同伴，又像是在内心偷偷地问自己。春天也像是一个调皮的孩子似的，躲躲闪闪，在和人们玩捉迷藏。它一会儿躲到"青翠的山林里"，一会儿又在"湖水的倒影里"。春天这个抽象的事物在这里被具化为看得见的形象，听得到的声音，青翠的山林、红花、绿草、会唱歌的黄鹂鸟都是春天的影子，到处都体现着春天的生命力和勃勃生机。词作者将拟人手法生动巧妙地融进了整首歌曲，让歌曲充满了人性美和自然美。

  歌词中黄鹂鸟的形象鲜明突出，它像是春天的使者，给人们带来了春的讯息。它的叫声欢快，行动灵敏，但闻其声却不见其形，不禁让人想起了雪莱笔下的那只像诗人的思绪一样难以琢磨的云雀，而这也正是儿童心灵的真实写照，就像有首歌曲唱的那样："童心是小鸟，羽毛很美丽，飞来飞去在四季的怀抱里。"

　　词作者极力模仿孩子的思维习惯和语言习惯，成功地营造出了一个属于儿童的艺术天地，他用儿童的方式去感悟自然，去体会生命，用儿童的眼光来看周围的世界所发生的微妙的变化。明代李贽曾说："天下之至文，夫有不出于童心焉者也。""童心"也就是真心，当你本着一颗童心来看这个世界时，也许就能发现它别样的美丽。

四、让我们荡起双桨：幸福咏唱调

让我们荡起双桨

乔羽　词

让我们荡起双桨，
小船儿推开波浪。
海面倒映着美丽的白塔，
四周环绕着绿树红墙。
小船儿轻轻飘荡在水中，
迎面吹来凉爽的风。
红领巾迎着太阳，
阳光洒在海面上。
水中鱼儿望着我们，
悄悄地听我们愉快歌唱。
小船儿轻轻飘荡在水中，
迎面吹来凉爽的风。
做完了一天的功课，
我们来尽情欢乐。
我问你，亲爱的伙伴，
谁给我们安排下幸福的生活？
小船儿轻轻飘荡在水中，
迎面吹来凉爽的风。

　　《让我们荡起双桨》是新中国第一部儿童电影《祖国的花朵》的主题歌。1955年电影公映后，这首优美轻快的儿童歌曲就传遍了全国。不久，便流传到国外，后来又被编入中小学音乐教材，并获得了各种奖励。一些年过半百的人，如今唱起《让我们荡起双桨》的时候，就回忆起美好的童年时代。

　　这首歌之所以能够经久传唱，主要还是它优美的旋律和意境。作曲家刘炽在歌曲里虽然融入了许多民族音乐的元素，但同样适时地加入少年儿童这个年龄特有的活泼和朝气。而乔羽顺着刘炽的旋律填上的"推开波浪"和"阳光洒在海面上"，更让意境因之具象化，跃然纸上、近在眼前。与此同时，歌词中更是设置了"谁给我们安排下幸福的生活"这样的"悬念"，又将现实生活的平静安宁，以及小朋友的欢乐幸福，与英雄先烈的付出联系在一起，寓教于乐又乐以载道。并因此呈现出一幅新中国各年龄段人们团结一致的美好图景。

　　从歌曲的意境方面来看，歌词及曲调为我们共同营造了一个阳光明媚、风和日丽的美好氛围，海面上活泼可爱的"红领巾"们，划着小船尽情欢笑。"海面倒映着美丽的白塔，四周环绕着绿树红墙"，"水中鱼儿""悄悄地听我们愉快歌唱"……无论哪一个角落哪一片风景，都充满着勃勃生机和快乐，优美而活力四射的童声，唱出这一幅幅精妙的画面，让我们也感觉似乎身处于小船上，与祖国的"花朵"共同欢乐。

　　从歌词的表现手法上看，用得最多最恰当的是拟人，"小船儿推开波浪"的"推"字，"水中鱼儿"望着我们，听"我们愉快歌唱"几个字就赋予了小船和鱼儿更高的生命力，仿佛它们也受到欢乐气氛的感染，变得热情四溢，活泼灵动。从侧面烘托出儿童愉悦的心理状态，使人与自然高度协和，融为一体。

　　从歌词上看，虽是以简单的描述为主，但正是这种简单而活泼的语言，才恰恰符合儿童本身的特点。"做完了一天的功课"后，与伙伴一起划船游玩，孩子们被美丽的景色、愉快的歌声、幸福的生活包围着。就在这直白却真挚的语言中，在这优美热情的歌声中，作者自然地倾诉着对祖国、对党及万事万物的热爱、赞美之情。

　　歌曲中所描绘的是一个充满爱和快乐的世界，让我们在欣赏到优美旋律的同时，也感受到了那种心灵的纯净。这里是如此的温暖和谐，让人心生向往，没有污染的环境，没有人与人之间的钩心斗角，有的只是美丽景色，欢声笑语，伙伴是"亲爱的伙伴"，爱与快乐弥漫在万事万物里。

五、青春：追逐梦想的心灵独白

青春

沈庆　词

青春的花开花谢，让我疲惫却不后悔。
四季的雨飞雪飞，让我心醉，却不堪憔悴。
轻轻的风，轻轻的梦，轻轻的晨晨昏昏。
淡淡的云，淡淡的泪，淡淡的年年岁岁。

带着点流浪的喜悦，我就这样一去不回。
没有谁暗示年少的我，那想家的苦涩滋味。
每一片金黄的落霞，我都想紧紧依偎。
每一颗透明的露珠，洗去我沉淀的伤悲。

在那悠远的春色里，我遇到了盛开的她。
洋溢着眩目的光华，像一个美丽童话。
允许我为你高歌吧，以后夜夜我不能入睡。
允许我为你哭泣吧，在眼泪里我能自由地飞。

梦里的天空很大，我就躺在你睫毛下。
梦里的日子很多，我却开始想要回家。
在那片青色的山坡，我要埋下我所有的歌。
等待着终于有一天，它们在世间传说。

青春的花开花谢，让我疲惫却不后悔。
四季的雨飞雪飞，让我心醉，却不堪憔悴。
纠缠的云，纠缠的泪，纠缠的晨晨昏昏。

> 流逝的风，流逝的梦，流逝的年年岁岁。

人的生命只有一次，青春又何尝不是？正值青春的人，年少疏狂，少不更事，不懂得珍惜；已过青春的人，叹息青春倏忽而逝却无所成，叹息青春不再。当我们想着青春该如何度过时，青春却已经悄悄地从身边溜走……

《青春》中的主人公是一个为了自己的理想而流浪在外的年轻人。老狼那磁性的嗓音，唱出了流浪者的生活，唱出了他们的心声。歌词开头这样唱道："青春的花开花谢，让我疲惫却不后悔；四季的雨飞雪飞，让我心醉，却不堪憔悴。"是啊，花开花谢，又过去了一年。为了梦想忙碌奔波，虽然会有疲惫，但离理想的实现又近了一步，所以"我"不会后悔。雨飞雪飞，四季交替，每一个季节都是一幅动人的画面，让"我"心迷沉醉于其中，却还有忍不住的憔悴，因为青春转瞬即逝，怎么也留不住它的脚步。唱起青春之歌，回首往事，在那云淡风轻的日子里，让青春随梦想去飞扬，期盼雄心壮志的早日实现。年少不羁的"我"，为理想去流浪，为梦想一去不回，貌似洒脱，有谁知道"我"在外漂泊的酸楚，有谁知道"我"想家的苦涩。无奈的语调中，带着说不出的感伤。接下来的歌词又是笔锋一转，离家在外的日子里，虽有苦，虽有泪，但是看到那一片片绯红的落霞，那一颗颗晶莹的露珠，也能洗去心头的悲伤，带给人丝丝的喜悦。更让人欢喜的是，在那个春光明媚的日子里，"我"遇见了心中的她，"幸有意中人，堪寻访"，有了她，"我"的生活中少了晦涩，多了阳光；在"我"的眼里，她"洋溢着眩目的光华，像一个美丽童话"。"我"喜悦的心情难以言表，所以就说："允许我为你高歌吧，以后夜夜我不能入睡；允许我为你哭泣吧，在眼泪里我能自由地飞。"于是，在广阔的天地中，"我"像一只快乐的小鸟，自由自在地飞翔。"梦里的天空很大，我就躺在你睫毛下"一句，表面上是说"她"的眼睛里只有"我"的影子，实际是说"我"为伊消得人憔悴，夜夜不能入睡，即使睡着了，梦中也都是"她"，可见用情之深。流浪在外时间长了，经历了许许多多，终于感到疲惫，所以"开始想要回家"，"在那片青色的山坡，我要埋下我所有的歌"，主人公在此表明心迹：回到家，忘记过去，埋葬一切，跟往日告别，重新开始新的生活。而那过去的欢喜和忧愁，终有一天会在"世间传说"。而青春里的花开花谢，雨飞雪飞，却还在延续，还有那纠缠不清的云和泪，流逝的风与梦……

这首歌词，可以说是青春年少者的心灵独白，有追求梦想、羁旅漂泊的感伤，还有热恋中的沉醉，也有清醒后的平静，感情变化跌宕起伏，却又不离"青春"这一中心线索，是一首颇具感染力的好歌。

六、我的未来不是梦：生命价值的思考

我的未来不是梦

陈乐融　词

你是不是像我在太阳下低头，
流着汗水默默辛苦地工作。
你是不是像我就算受了冷落，
也不放弃自己想要的生活。
因为我不在乎别人怎么说，
我从来没有忘记我，
对自己的承诺，对爱的执着。
我知道我的未来不是梦，
我认真地过每一分钟。
我的未来不是梦，
我的心跟着希望在动。

你是不是像我整天忙着追求，
追求一种意想不到的温柔。
你是不是像我曾经茫然失措，
一次一次徘徊在十字街头。

因为我不在乎别人怎么说，
我从来没有忘记我，
对自己的承诺，对爱的执着。
我知道我的未来不是梦，

我认真地过每一分钟。
我的未来不是梦，
我的心跟着希望在动。

《我的未来不是梦》是一首励志作品。歌曲不仅反映了二十世纪七十年代在中国台湾成长起来的一代青年人的情感和价值取向，更代表了广大的一代青年人对自身命运和生命价值的思索，所以，一经唱出，就引起广泛的共鸣。

"你是不是像我在太阳下低头，流着汗水默默辛苦地工作。"一个有理想、有梦想的人，要能忍受住寂寞，承受孤独，甚至自己和自己战斗。这首歌首先就告诉我们在追求梦想中一定要学会"勤奋"，追求梦想的过程，往往都有着"劳其筋骨"的经历。"你是不是像我就算受了冷落，也不放弃自己想要的生活。"不被理解或遭人误解，拼命地努力，却没人看在眼里。不被欣赏，不被承认，没有鼓励，没有支持，只有冷眼白眼，这种冷漠击垮了你的心吗？你怀疑自己的追求吗？你选择了坚持还是放弃呢？这一切都取决于你对梦想的执着程度。一个有梦想的人是不会被轻易打倒的。只有那些浑浑噩噩、不懂得去追求人生的人，才会成为"冷漠"的俘虏。"你是不是像我整天忙着追求，追求一种意想不到的温柔。你是不是像我曾经茫然失措，一次一次徘徊在十字街头。"我们都有迷茫的时候，都有举棋不定的时候。有些东西很有诱惑力，可能让你失去基本的判断力。特别是在强调效率、强调绩效的时代，我们很可能被眼前利益所迷惑，而忘记了我们原有的那份人生追求。这是不能避免的问题，也是不容忽视的问题。所以我们是不能为了眼前的利益，而放弃原有的人生追求。"我不在乎别人怎么说，我从来没有忘记我，对自己的承诺，对爱的执着。"面对人生途中可能遇到的种种情况，最好的方法是脚踏实地地去追求，不在乎别人的看法，坚持自己的原则，认真地过好每一分钟，永远心存希望。这样的人生追求才是有意义的，有价值的，也是最容易实现的。

从行文上来看，歌词以"你是不是像我……"开始，迅速地将听众带入歌词营造的情境之中，让听者跟随着歌词的情感回顾自身的现实生存和心灵的境遇。歌词的情感脉络清晰，有起有伏。一开始的情感是一种失落和彷徨，从而奠定了一种"茫然失措"的情感基调。然而歌词并没有被这种惶惑的情感所笼罩，到"我不在乎别人怎么说"处，情感一下子明朗起来，仿佛是甩开了压抑许久的包袱，突然敞开了心门，大胆而真诚地说出自己的理想。而在"我的未来不是梦"的反复歌唱中更加坚定了这种意志。真正的力量不是去压倒一切，而是不被一切压倒，虽然理想曾被压抑，但是没有一丝委屈或苟且，让"心跟着希望在动"，生活即便是艰苦却坦荡而自由。

青年人往往有着与上一代人完全不同的生活方式和价值观念，他们渴望独立，更渴望通过自己的力量去证明他们存在的价值。歌词中那个整日在太阳底下"流着汗水默默辛苦工作"的"城市打工仔"形象，虽然曾彷徨、失落，忍受着外界怀疑的眼光，然而并不因为这些杂声而妄自菲薄，甚至怀疑自己。他选择更加努力的生活，认真地对待自己的生命，坚守对自己的承诺，他仍然坚持最初对自己的界定和对未来理想生活的向往。歌词在文字之中透露着一种不屈不挠的与现实抗争的力量，一种想要"扼住命运咽喉"的冲动，反映了年轻生命渴望改变的真实心态。

七、最初的梦想：对自己的承诺

最初的梦想

姚若龙 词

如果骄傲没被现实大海冷冷拍下，
又怎会懂得要多努力才走得到远方。
如果梦想不曾坠落悬崖千钧一发，
又怎会晓得执着的人拥有隐形翅膀。
把眼泪种在心上会开出勇敢的花，
可以在疲惫的时光闭上眼睛闻到一种芬芳。
就像好好睡了一夜直到天亮，
又能边走着边哼着歌用着轻快的步伐。
沮丧时总会明显感到孤独的重量，
多渴望懂得的人给些温暖借个肩膀，
很高兴一路上我们的默契那么长，
穿过风又绕个弯心还连着像往常一样。

> 最初的梦想紧握在手上，
>
> 最想要去的地方，怎么能在半路就返航。
>
> 最初的梦想绝对会到达，
>
> 实现了真的渴望，才能够算到过了天堂。

《最初的梦想》是 2004 年推出的一首励志歌曲，听着有一种激情荡漾在心底，有一种旋律萦绕在脑海，有一种歌声盘桓在耳边，那是青春在燃烧，那是热情在流淌，那是梦想在翱翔。

人生真正欢乐的事是致力于一个自己认为伟大的目标，也因此，理想成为现代诗词永唱不衰的主题。王国维有诗云："四时可爱为春日，一事能狂便少年"，年轻的梦美好而脆弱，带着一点骄傲也带着一点执着。然而不经现实考验的梦想不是真正的梦想，几经磨难的坚持才是真正的坚持。

最初梦想往往纯粹而接近于个体的本质，它源于内心，是人最为可贵的财富。然而岁月流逝，或许是因为忘却或许是因为放弃，最初的梦想常常被遗忘或被现实所掩盖。即便如此，梦想仍能在现实的夹缝中顽强生长。"把眼泪种在心上，会开出勇敢的花，可以在疲惫的时光，闭上眼睛闻到一种芬芳。"歌词表现了现代年轻人在追梦途中的挣扎和艰难的心路历程，同时也流露出一种于磨砺之中体验快乐的乐观主义精神。歌词真实地再现了人在理想追寻过程中的困惑和磨难，除了肉体的消磨还要面对失落、悲伤、沮丧、孤独等纠结情感的困扰。然而"最想要去的地方，怎么能在半路就返航"，歌词中对理想的坚持，体现了人对自我价值实现的一种肯定和承诺，也是人格独立的一个重要的标志。

歌词在语言上善用长句，形成一种联结环绕的审美感受。歌词的情感脉络层层铺展，富有层次感，耐人寻味。歌词一开始以两个假设句将听者快速地带到歌词所要表现的情境之中，受众的情感也随着行文的流转伸展开来。接着是三次情感的跳跃：悲伤、释怀、沮丧，然而经历这一切之后，对理想的坚持却是更加坚定，最后情感以一种理念的形态被定格，被升华。

八、光阴的故事：亘古不变的惋惜与无奈

光阴的故事

罗大佑 词

春天的花开秋天的风以及冬天的落阳，
忧郁的青春年少的我曾经无知地这么想，
风车在四季轮回的歌里它天天地流转，
风花雪月的诗句里我在年年地成长。
流水它带走光阴的故事改变了一个人，
就在那多愁善感而初次等待的青春。

发黄的相片古老的信以及褪色的圣诞卡，
年轻时为你写下的歌恐怕你早已忘了吧，
过去的誓言就像那课本里缤纷的书签，
刻画着多少美丽的诗可是终究是一阵烟。
流水它带走光阴的故事改变了两个人，
就在那多愁善感而初次流泪的青春。

遥远的路程昨日的梦以及远去的笑声，
再次的见面我们又历经了多少的路程，
不再是旧日熟悉的我有着旧日狂热的梦，
也不是旧日熟悉的我有着依然的笑容。
流水它带走光阴的故事改变了我们，
就在那多愁善感而初次回忆的青春。

　　罗大佑的歌词创作一直偏执地喜欢用一些如沧桑、光阴、红尘等词来营造出意境。这些词语本身的厚重，能给人很深的触动。这首《光阴的故事》又添了些如落阳、忧郁、褪色、光阴之类的词，但听起来却不那么伤感，似乎还喜欢歌词里面那光阴年华缓缓逝去后的光芒，以及那朦胧的青春时的故事。"过去的誓言就像那课本里缤纷的书签，刻画着多少美丽

的诗可是终究是一阵烟。"明知道当时的誓言将来终究是一阵烟，明知道流水带走光阴，而光阴消磨掉誓言，当时的我们依旧相信美好，依旧坚持将美丽的誓言刻下，这就是青春吧，努力地营造美丽，努力地制造难忘，然后被那些美丽和难忘刺伤，飞蛾扑火般义无反顾。那些关于时光的追溯，关于往昔的怀念，关于人生的感悟，关于爱情的凄美，关于友情的念想……在那光阴的歌声里缱绻，氤氲。

这首《光阴的故事》创作于二十世纪八十年代，然而这首歌曲所产生的艺术效应显然超越了它所属的那个时代。《论语·子罕》记载，孔子曾临川而叹："逝者如斯夫！不舍昼夜。"人们对光阴的慨叹总是带着惋惜与无奈，亘古不变。

歌名就很自然地能够勾起人们对往事的回忆，越是朴素的文字越是接近于生活的本质。歌词通过一系列意象的堆叠形成了对光阴流逝的一种直接感性的印象，这一连串零散的叙事串起了记忆的整个脉络。作者在漫不经心间诉说着一段不为人知的青春往事，这仿佛是一种个人叙述，而事实上却牵扯了那一代人对于青春的记忆，表面上看似轻松洒脱事实上却是难以摆脱心头的压抑，一种刻骨铭心、难割难舍的情愫，使歌词达到一种悲凉的艺术效果。年少时的狂热冲动而又多愁善感被时光的河流冲淡，而今，经历世事沧桑却以一种欲说还休的姿态将这种情愫轻描淡写一笔带过。曾经"多少美丽的诗，可是终究是一阵烟"，歌词之中也流露出这种无奈的叹息。青春易老，韶华易逝，流水带走光阴的故事也带走多愁善感的青春。

时间如永恒奔腾的江水，川流不息，但人却不能两次踏进同一条河流，甚至一次也不能。光阴无时无刻不在带走生命，记忆是生命留下的灰烬。虽然一切都宛在昨日，但一切不过都是草蛇灰线，一段恍惚而无从把握的痕迹。"去的尽管去了，来的尽管来着。"朱自清曾这样形容光阴，时光流逝是一种不可控制的力量，而这首歌曲却带着我们回到过去，在记忆的余温中领会生命的美好。

九、小草：乐观旷达的心态

小草

向彤　何兆华　词

没有花香，没有树高，

我是一棵无人知道的小草，

从不寂寞，从不烦恼，

你看我的伙伴遍及天涯海角。

春风呀春风你把我吹绿，

阳光呀阳光你把我照耀，

河流呀山川你哺育了我，

大地呀母亲把我紧紧拥抱。

没有花香，没有树高，

我是一棵无人知道的小草，

从不寂寞，从不烦恼，

你看我的伙伴遍及天涯海角。

春风呀春风你把我吹绿，

阳光呀阳光你把我照耀，

河流啊山川你哺育了我，

大地呀母亲把我紧紧拥抱。

　　这首《小草》是歌剧《芳草心》的选曲，其本意是在劝喻人们不要好高骛远，不要不甘平庸，不要为自己的渺小和平凡而生寂寞之感与烦恼之心，因为许多人都这么过活。

　　生活中，得志的欢愉是短暂的，失意的悲怆不久也会散尽。更多的时候，我们过着平淡的生活，感受来自"平平淡淡才是真"的温馨。而表达乐观心态的诗文名句自古以来就很多，比如，诸葛亮《诫子书》中的"非淡泊无以明志，非宁静无以致远"，明代陈继儒辑录《幽窗小记》中的对联："宠辱不惊，闲看庭前花开花落；去留无意，漫随天外云卷云舒。"只有充分理解了"得意淡然，失意安然"的含义，快乐才会大于痛苦。特别是在社会迅猛发展的今天，很多人陷于世俗的泥淖而无法自拔，无论是在物质上还是精神上，都活得很累，甚至不堪重负，就连心态也不健康起来，心理的天平严重失衡。金钱的诱惑、权力的纷争、宦海的沉浮让人殚精竭虑，是非、成败、得失让人或喜、或悲、或忧、或惧。一旦希望落空成了幻影，就会失落、失意乃至失志。这时候，如果听一听歌曲《小草》，也许我们会豁然开朗起来。

《老子》里说："知人者智也，自知者明也。"一个具有自知之明的人是什么样的呢？就像《小草》里所写的：香气比不过花儿，身材高不过树，而且，默默无闻，常常被世人忽略。即便如此，小草心里却没有失落、嫉妒的情感，而是保持着一种乐观旷达的心态，目之所及，朋友"遍及天涯海角"，大量的情感资源，让自己"从不寂寞，从不烦恼"。平淡的生活随处可见，关键看你用什么样的心态来对待。首先，要明确自己的生存价值，不以物喜，不以己悲，心底无私天地宽。患得患失的人，经常被"失败""痛苦"的阴影笼罩，欢乐从何而来？其次，要认清自己所走的路，不要过分关注结果，要知道，在工作过程中收获的东西，远远超过那一个结果。不要过分在乎别人对你的看法，只要自己努力过，奋斗过，就走自己的路，让别人去说吧。只有做到了宠辱不惊、去留无意，方能心态平和，恬然自得；只有心胸豁达，方能笑看人生。

很多达观的人，在历史上都留下了美名。庄子觉得人生直如白驹过隙，妻子去世，仍能"方箕踞鼓盆而歌"；唐寅的《伯虎绝笔》："生在阳间有散场，死归地府又何妨。阳间地府俱相似，只当飘流在异乡。"道出了生死两相忘之意；"天生刘伶，以酒为名"，其每每外出饮酒，必带一小童背锹相随，"死便埋我"之语惊世骇俗；而在宦海中沉沉浮浮的苏东坡，无论顺境还是逆境，都能保持一种乐观旷达、超然物外的心态，其"竹杖芒鞋轻胜马，谁怕，一蓑烟雨任平生"一句，道出了不畏坎坷、泰然自处的生活态度，同时也体现出一种乐观旷达的人生境界，"胜固欣然，败亦可喜"一句，则表现了一种超然于纷争之外的淡泊心境。乐观旷达的生命没有负担，我们无法改变生命的长度，但是可以改变生命的厚度。旷达者具有积极的心态，他们能看到人性中好的一面，认为人生何时何地都可能有最好的去处，从而趋吉避凶，适应万物，顺势而为。因此，我们在《小草》里感受到的都是积极向上的，朴素的，温暖的，肯定的，而那些色彩鲜亮的意象，诸如"春风""阳光""河流""山川""大地母亲"，都让人感到无比亲切。只有心态平和的人，才能在纷繁复杂的人生中，看到真、善、美；在绝望之中，看到希望。就像阿拉伯谚语所说的："世界上最聪明的人，总是让别人觉得他是一个有希望的人。"

对这首歌词，还有另一解释。"没有花香，没有树高"的"小草"，不思改变，心安理得，还自我感觉良好。"从不寂寞，从不烦恼"，也似乎很满足，很自得。至于歌曲下半部分的表白，全是被动态："被吹绿""被照耀""被哺育""被拥抱"，全是索取而非付出。小草在实现人生价值方面，还处于自我蒙昧状态。它认识不到自我的存在，自我的价值，自我的使命，只是自甘平庸，只是索取，只是被动地接受。

好高骛远固然不好，但是胸无大志也未必可嘉；渺小和平庸不足为怪，但是自甘平庸不思振作未必有益于这个世界。

十、再回首：历尽悲欢始见真

再回首

陈乐融　词

再回首，云遮断归途，
再回首，荆棘密布。
今夜不会再有，
难舍的旧梦，
曾经与你有的梦，
今后要向谁诉说？
再回首，背影已远走，
再回首，泪眼朦胧，
留下你的祝福，
寒夜温暖我。
不管明天要面对，
多少伤痛和迷惑，
曾经在幽幽暗暗反反复复中追问，
才知道平平淡淡从从容容才是真。
再回首，恍然如梦，

> 再回首，我心依旧，
> 只有那无尽的长路伴着我。

岁月匆匆而过，给我们留下了几多感慨几多欢喜，想起过往的他（她），心中还停留着美好的回忆。再回首，背影已远走，再回首，云遮断归途。一曲《再回首》以丰富的意象群及其营造出的凄美意境取胜，韵味深长，浑然天成。

歌词共分三层，意象妙接是这首歌的一大特点。综观词中意象，如第一层里的遮断归途的"云"、密布的"荆棘"、难舍的"旧梦"；第二层里渐行渐去的"背影"、朦胧的"泪眼"、凄清的"寒夜"；第三层里出现的"无尽的长路"，都让人不由自主地联想到李商隐的《锦瑟》："此情可待成追忆，只是当时已惘然。"曾经有过美好的梦想，曾经为伊人害过相思，可是，梦想和相思有一天都破灭了，得到的只是眼泪和迷惘，令人回忆起来，不免沮丧、悲伤。正如白居易《长恨歌》所写："天长地久有时尽，此恨绵绵无绝期"，这才明了原来"曾经沧海难为水，除却巫山不是云"的感受，是那样的苍凉、无奈。

再回首，已是世事变迁，曲终人散。恋人走了，不知道什么原因，曾经有过的欢愉，在这样凄冷的寒夜里，只会让人更加怀恋。也许两人之间的感情发生过波折，这波折，这阻碍，让人痛彻心扉，不堪回首。两人虽然前嫌尽释，握手言欢，可是，曾经美丽的爱情，却在不知不觉中被岁月消耗殆尽。当对方的身影真的永久地消失在视野里，主人公只能留下苦涩的泪。不过，对方真诚的祝福，却让他稍稍感到宽慰，并鼓足了生活的勇气。早已过了多愁善感的岁月，早已过了"鸳鸯池上双双飞，凤凰楼下双双度"的年代，第三层里，主人公终于振作起来，叠词"幽幽暗暗"与"反反复复"表示自己不停地反思过去，反思自己的失败，最后才悟出生活的真谛："平平淡淡从从容容才是真。"经历了大喜大悲，方才明白最真纯的生活，恰如细水长流，一丝一缕都是温馨。

由于意象的密集，诗意的高度浓缩，使歌词中的意象具有互摄性，从而促进了意境的浑成。幸福不能强求，不是别人给的，而是自己争取的。明白了这一点，主人公才淡定下来，对于这份"剪不断理还乱"的感情，终于选择了勇敢面对，从深深的思念中回到了残酷的现实。虽然曾经的一切都是"恍然如梦"，可是，他已经不再受到困扰了，一句"我心依旧"，表达了自己坦然面对的决心。后面的路还很长，要认真地走下去，踏踏实实，一步一个脚印。通过这样的层层渲染，反复抒情，回环往复，让人物的思想感情蕴蓄得更深邃丰富，使歌曲"肌理细腻"，更富有艺术的感染力。

十一、长大后我就成了你：职业情怀和无私奉献

长大后我就成了你

宋青松　词

小时候我以为你很美丽，
领着一群小鸟飞来飞去。
小时候我以为你很神气，
说上一句话也惊天动地。
长大后我就成了你，
才知道那间教室，
放飞的是希望，守巢的总是你。
长大后我就成了你，
才知道那块黑板，
写下的是真理，擦去的是功利。

小时候我以为你很神秘，
让所有的难题成了乐趣。
小时候我以为你很有力，
你总喜欢把我们高高举起。
长大后我就成了你，
才知道那支粉笔，
画出的是彩虹，洒下的是泪滴。
长大后我就成了你，
才知道那个讲台，
举起的是别人，奉献的是自己。

《长大后我就成了你》，语句优美，以鲜明的意象，真实的情感，塑造

了人民教师的光辉形象，深情赞颂了人民教师高尚的职业情怀和无私奉献的精神，表达了学生对教师的欣赏和崇拜。

歌词通过教室、黑板、粉笔、讲台等意象的描写，构建了教师工作的真实场景，是教师平凡而高大的人生的真实写照。同时它又超越了对客观现实的描写，真理与功利，希望与守候，彩虹与泪滴，别人与自己等等都在这些具象上显出不同的色彩。这些看似平凡的事物背后交织着的却是伦理道德、理想信念和人间百态，使这些平凡的事物蕴含着神奇的力量和深厚的寓意。词的结构完整，脉络清晰，通过"小时候"和"长大后"进行对比，大大扩展了歌词的艺术表现空间和层次。"小时候"和"长大后"不仅是一个年龄的变化，也是一个角色转变，由一个学生的视角转变为教师的视角，因此在看待事物的方式上也发生改变。这种视角的转变不仅是对自我人生经历的一种回顾，同时也对教师这一职业进行了全面的观照和解读。小时候眼中的老师是"美丽"的、"神气"的、"神秘"的、"有力"的，"长大后我就成了你，才知道那块黑板，写下的是真理，擦去的是功利。""才知道那支粉笔，画出的是彩虹，洒下的是泪滴。"才知道一切美丽和光彩的背后都是教师默默的辛劳和平凡的守候。"小时候"看到的只是外在的，长大之后身处其位才更加深切地体味作为一名教师的责任和使命——放弃功利，奉献自己。

韩愈说："师者，所以传道、受业、解惑也"，其中的"业"或许只是一种外在的技能，而"道"则是一种包括教师人格魅力在内的精神力量，而这种人格力量才是真正能够影响学生、塑造学生的关键。歌词展现的是一种执着的精神品质，这种精神也将薪火相传，影响一代又一代的后来者，寄予了一种"师道相传"的美好愿望。

十二、潇洒走一回：感慨的格言

潇洒走一回

陈乐融、王蕙玲　词

天地悠悠，过客匆匆，潮起又潮落。
恩恩怨怨，生死白头，几人能看透？

> 红尘呀滚滚，痴痴呀情深，聚散总有时。
> 留一半清醒，留一半醉，至少梦里有你追随。
> 我拿青春赌明天，你用真情换此生，
> 岁月不知人间多少的忧伤，何不潇洒走一回？

这是中国台湾1991年拍摄的电视连续剧《京城四少》的主题歌。歌词多用短句，句式紧凑，节奏明朗，与所要传达的一种洒脱自如的思想情感形成了很好的呼应。

歌词采用一种超脱俯视的姿态来观照人生起伏，世间百态。悠悠天地间，人生如匆匆过客；任你海誓山盟，任你情笃如痴，人生有聚终有散；半醒半醉日复日，花落花开年复年。这首歌词可谓句句精辟，每一句都浓缩了对人生的深切感悟。作者将前人关于人生的许多感慨和格言，用一种新的旋律串起来，一番拼贴与重组，再加上"何不潇洒走一回"这样妙手偶得的警句加盟，使得歌曲脍炙人口，不必刻意地记忆歌词，也能留在脑海之中，且挥之不去。

歌词所传达的一种豁达自由的人生观具有一定的普适性意义，然而这首歌曲的流行在一定程度上和二十世纪九十年代的时代环境有着密切的联系，它在一定程度上契合了大众的思维方式和心态，人们则更多地将目光投向眼前的世界、生活的此岸。虽然歌词中时时流露出一种"虚无主义"和"享乐主义"的情感指向，以及"留一半清醒，留一半醉"的得过且过的混沌主义人生观，但是更为人们所惦记的是歌词中所传出的对生命无中生有、终归于无的无奈慨叹，以及一种超脱潇洒的姿态。何况"潇洒走一回"的姿态里，还包含着及时建功立业之类的对于终极悲剧的超越企图。

关于填词的具体要领，陈乐融有一段经验之谈："在填词的时候怎么去和旋律搭配，这是没有窍门的，我的经验是反复听，旋律会带给我怎么样的感觉，一开始，必须确定这个旋律里的字数，再去找重音，重音的地方最好不要放上'的''之'一类虚字。另外就是旋律会有高低音的range，怎么去拿捏旋律本身的音，适不适合把你的词唱出来。我自己在填词时，经常会反复地去唱这一段，去感觉我唱进去的画面、情感和音乐给我的感受一不一样？当然同样的旋律也可以配上不同的剧情，当你选定剧情后，就要让剧情变得淋漓尽致。有些人只会天马行空地写词而不去管音乐，而我在这个行业里还算是有点小成绩，一部分是因为我在填词时会考虑音乐本身走动的轻重缓急，情绪是下沉还是昂扬起来，这时是恐惧的还是舒张的，是温柔的还是忧郁的，这是要反复听旋律才能感觉出来的。我只能提醒各位，跟旋律的配合一定要多唱，如果你是歌星，你唱到这个词是否会很投入，你相不相信这个词加曲后呈现的故事。"正因为深谙此道，所以这首歌词与电视剧的故事相辅相成，珠联璧合。

十三、爱拼才会赢：勇者无惧

爱拼才会赢

陈百潭　词

一时失志毋免怨叹（一时失志不必叹息），
一时落魄毋免胆寒（一时落魄不必寒心）。
那通失去希望（怎么能失去希望），
每日醉茫茫（每天喝得醉醺醺的），
无魂有体亲像稻草人（魂不附体像个稻草人）。
人生可比是海上的波浪（人生可比作海上的波浪），
有时起，有时落（有时起，有时落），
好运、歹运（走运、倒霉），
总嘛爱照起工来行（总是要认真地奋斗）。
三分天注定，七分靠打拼（三成天注定，七成靠努力），
爱拼才会赢（要奋斗才会成功）。

《爱拼才会赢》，一首脍炙人口的闽南语歌曲，最初由陈百潭填词作曲，台湾歌手叶启田主唱，后来有很多歌手翻唱或改编此歌曲。二十世纪八十年代末，我国台湾地区更加开放，经济飞快发展。但是台湾是一个资源缺乏的海岛，对外依存性较高，为了生存下来，只有努力找机会拼搏开拓才不会被淘汰，所以这首歌贴切地描述了许多台湾人的心声。歌词意境多在鼓励落魄、失意的人们仍要抱定信心、努力奋斗，因而广获各阶层民众，乃至海外华人的喜爱，成为全球最受欢迎的闽南语流行歌曲之一。目

前，其歌名已成为一句鼓励人们努力向上的格言。

　　孟子说："天将降大任于是人也，必先苦其心志，劳其筋骨，饿其体肤，空乏其身。行拂乱其所为，所以动心忍性，曾益其所不能。"《爱拼才会赢》就是这样一首励志歌曲。

　　人无千日好，花无百日红。一个人的一生，不可能事事一帆风顺。当人们遭遇失败的时候，不应该吓破了胆，不应该一味地抱怨生活的不公，而应该去勇敢面对。假如失去了希望，也不能一天到晚借酒浇愁，丢魂落魄地像个没有灵魂的稻草人。人生就像是海上的波浪，沉沉浮浮，我们要相信自己的能力，要拼搏，要奋进，不经历风雨怎能见彩虹？失败乃成功之母，失败的次数越多，成功的机会越靠近——成功往往是最后一分钟来访的客人。唾手可得的东西，往往都不会太珍惜，而只有经历过艰难挫折的人，才能领会到成功的可贵。

　　任何时候，都不要自轻自贱，要充分利用自己的优势，奋力拼搏，把握人生，不是一天两天，也不是一年两年，它需要一个人用一生的时间，需要几十年如一日的耐力、恒心与毅力。更多的时候，把握人生的关键是要培养自己的习惯，坚持自己的原则。而"顽强的毅力可以征服世界上任何一座高峰"，恒心与毅力，在征服的过程中必不可少。命运，就掌握在你自己的手中！

十四、少年壮志不言愁：热血铸就的忠诚

少年壮志不言愁

林汝为　词

几度风雨几度春秋，
风霜雪雨搏激流，
历尽苦难痴心不改，
少年壮志不言愁。
金色盾牌热血铸就，
危难之处显身手，
为了母亲的微笑，

> 为了大地的丰收，
> 峥嵘岁月，
> 何惧风流！

"如果有人问谁是中国二十世纪八九十年代流行音乐最具代表性的人物，毫无疑问刘欢是其中之一。从 1986 年以《少年壮志不言愁》一鸣惊人开始，他的歌声陪伴了我们二十余年，我们每一个人都能从他的歌里听到自己成长的脚步声……"。《中国中学生百科全书》如此解释刘欢。《少年壮志不言愁》是电视剧《便衣警察》的片头曲，有人评价刘欢："什么歌到了他手里，就被加重了情感浓度，而且变成放大了情感尺寸的倾诉。"的确如此。以歌唱"警察"为主题的歌曲越来越多，而这一首尽管时隔三十年的歌，听起来仍然余味无穷。

"便衣警察"本是首都的一名普通公安人员。1976 年清明节前后，他因参与悼念周总理、揭露"四人帮"的民主斗争，暗中保护参加这一民主斗争的干部群众而被逮捕、判刑和劳改。在劳改队里，他没有因为沦落为囚犯而失去自己人民警察的本色，没有自暴自弃，自我沉沦，而是积极地同时也是忍辱负重地坚持履行自己的职责，帮助劳教人员捉拿逃犯，改造逃犯，维护法律的尊严。出狱之后，他立即着装上岗，没有怨恨，勤于职守。他是我们时代的自我实现者。一方面是积极的奉献——"为了母亲的微笑，为了大地的丰收"，以自己的工作，自己的委屈，自己的贡献来换取社会的安宁；一方面则在风霜雨雪之中现出英雄本色，从而赢得了人们的敬重。

一个便衣警察，为了祖国母亲的和平安宁，为了社会的安定团结，在艰苦的环境中仍能执着于内心的信念，保持自己的正直与忠诚不变，通过对社会的奉献，来实现自身的价值。他的思想和行为足以移风易俗，足以开拓人们的视野，足以帮助提高人们的人生境界。松有风骨雪难摧，人有气节最可贵。人生短暂，而要作出一定的成就来，就要敢于吃苦，甘于奉献。保尔·柯察金说："人最宝贵的是生命。生命每个人只有一次。人的一生应该这样度过：当回忆往事的时候，他不会因为虚度年华而悔恨，也不会因为碌碌无为而羞愧；在临死的时候，他能够说，我的整个生命和全部精力，都已经献给了世界上最壮丽的事业——为人类的解放而斗争。"而警察的钢筋铁骨，就是这样炼成的。正直的人，无论在那里，都会是幸福的。

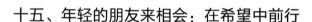

十五、年轻的朋友来相会：在希望中前行

年轻的朋友来相会

张同枚　词

年轻的朋友们，今天来相会，
荡起小船儿，暖风轻轻吹，
花儿香，鸟儿鸣，春光惹人醉，
欢歌笑语绕着彩云飞。
啊，亲爱的朋友们，
美妙的春光属于谁？
属于我，属于你，
属于我们八十年代的新一辈！

再过二十年，我们重相会，
伟大的祖国该有多么美！
天也新，地也新，春光更明媚，
城市乡村处处增光辉。
啊，亲爱的朋友们，
创造这奇迹要靠谁？
要靠我，要靠你，
要靠我们八十年代的新一辈！

但愿到那时，我们再相会，
举杯赞英雄，光荣属于谁？
为祖国，为四化，流过多少汗？
回首往事心中可有愧？
啊，亲爱的朋友们，
愿我们自豪地举起杯，
挺胸膛，笑扬眉，
光荣属于八十年代的新一辈！

　　1980 年夏，张同枚在《词刊》第三期发表了他的新作《光荣的八十年代新一辈》。这首歌词，主题新颖、形象鲜明、语言优美动人、结构比较严谨、音乐性强，它一下子吸引了谷建芬的注意，诱发了她的乐思。很快，谷建芬将其谱成了歌曲，同时把这首词的第一句改成了歌曲的题目。于是，后来传遍祖国大江南北的《年轻的朋友来相会》就这样诞生了。

　　全词分为三段，分别描绘了三个时段的不同场景，以第一人称的写法，由年轻的朋友们相会在欢歌笑语、春光明媚的今天，向"天也新，地也新，春光更明媚"的未来引申开去，道出了"为祖国，为四化，流过多少汗"的主题思想，最终唱出"光荣属于八十年代新一辈"的理想和抱负。一首跨越了二十年光景的词作，不仅表现了词作者对祖国的深切希望，也充分展现了二十世纪八十年代新青年奋发图强的精神面貌。

　　第一段描写了"现在"。乘着改革开放的春风，青年人从思想禁锢的枷锁里解放出来，浑身轻松，于是大家相聚在一起，欣赏这美丽的大好春光。荡起悠悠的小船，沐浴着轻柔的暖风，嗅着花香，听着鸟鸣，青年人被陶醉了，欢歌笑语飞向天边的那一片片彩云。这时候，歌者忍不住自问：这美妙的春光属于谁呢？然后，毫不犹豫地自答：属于八十年代的我们。趁着这大好春光，年轻人应该怎样去创造新生活呢？第二段里，作者畅想了未来。二十年过后，时代进入了二十一世纪，那时的"我们"再相会，又该是什么样子的呢？在青年建设者的努力下，祖国已经旧貌换新颜了，天地都是新的，春光比现在更美丽，城市乡村都变了样儿。可是，这伟大的奇迹来自于谁呢？还是我们，作者以一种畅想的方式，鼓励自己的同伴，好好工作，好好努力，把国家建设得更加繁荣富强。只有这样，才不会虚度青春，虚度时光。第三段，作者进一步畅想：如果再次相会，我们举杯庆祝，这里面的英雄有没有你呢？只有为祖国四化的建设流过汗、出过力，回首过去心中没有愧疚，能挺起胸膛走路，开怀大笑，这样我们的青春才精彩！

　　歌词内容紧凑，用词谨慎，曲调优美，旋律流畅，口语化是它贴近现实、贴近人生的长处，亲切、自然，拉近了歌者与听众的距离，情绪也就随之融入歌曲营造的艺术氛围中。

十六、永远是朋友：山高水长流

永远是朋友

任卫新　词

千里难寻是朋友，
朋友多了路好走，
以诚相见心诚则灵，
让我们从此是朋友。

千斤难买是朋友，
朋友多了春常留，
以心相许心灵相通，
让我们永远是朋友。

结识新朋友，不忘老朋友，
多少新朋友，变成老朋友。
天高地也厚，山高水长流，
愿我们到处都有好朋友。

现代社会里，每一个个体都是群体细胞的一分子，没有哪一个人可以生活在真空里。没有交往，没有切磋，沉浸在一个人的世界里的人，孤独、忧郁也就会随之而来。那么什么是真正的朋友呢？友情是一种最纯洁、最高尚、最朴素、最平凡的感情，也是最浪漫、最动人、最坚实、最永恒的情感。《永远是朋友》用自己的歌声，对友情进行了诠释。

大千世界，红尘滚滚，于芸芸众生、茫茫人海中，朋友之间能够彼此遇到，能够走到一起，彼此相互认识，相互了解，实在是缘分。在人来人往、聚散分离的人生旅途中，在各自不同的生命轨迹上，在不同经历的心海中，能够彼此相遇、相聚，可以说是一种幸运。朋友就是彼此一种心灵的感应，是一种心照不宣的感悟。你的举手投足，一颦一笑，一言一行，哪怕是一个眼神、一个动作、一个背影、一个回眸，朋友都会心领神

会，不需要彼此的解释，不需要多言，不需要废话，不需要张扬，都会心心相印。道不同不相为谋，志同道合的人才有共同语言。而这样的人，却是那样的难以寻觅，所以，作者说："千里难寻是朋友。"而一旦我们结识了这样的朋友，则可以互相帮助，共同进步。只要你拿出自己的真心，坦诚相待，便可以终生为友。真正的友谊，是无法用金钱来衡量的；真正的朋友，不但可以跟我们同享乐，还可以共患难，关键时刻现真情。所以，在我们遭遇艰难困苦的时候，我们第一个所能想到的人，必定是最好的朋友，只有朋友才会无私地关心你、帮助你，甚至为你赴汤蹈火，在所不惜。结识了新朋友，不可忘记曾经对我们提供过帮助的人。新朋友总有一天会变成老朋友。哪怕远在天涯海角，我们也会常常在心里想起他们，默默地祝福他们。友谊不会受到时间、空间的阻碍，只要彼此有真情，总有一天会重逢的。"山高水长流"一句，化用了钟子期、俞伯牙"高山流水遇知音"的典故。据《吕氏春秋·本味篇》载：伯牙鼓琴，钟子期听之，方鼓琴而志在泰山，钟子期曰："善哉乎鼓琴！巍巍乎若泰山。"少时而志在流水，钟子期曰："善哉鼓琴，洋洋乎若流水。"钟子期死后，伯牙摔琴绝弦，终身不复鼓琴，以为世无足复为鼓琴者。两人的友谊终生不渝，为后人留下了千古佳话。

朋友是什么？朋友是一剂苦药，在你得意的时刻敲打着你，使你保持清醒；朋友是冬天里的阳光，无怨无悔地给予你温暖；朋友是伞，当你遇到困难的时候，他总是替你遮风挡雨，也是你在窘境中最先想到的人；朋友是四季里的花香，笃定地陪伴在你的左右。

十七、祝福：离愁别恨中的美好祝愿

祝福

丁晓文　词

（朋友我永远祝福你 朋友我永远祝福你 啊 朋友我永远祝福你）

不要问，不要说，一切尽在不言中。

这一刻，偎着烛光让我们静静地度过。

莫挥手，莫回头，当我唱起这首歌，

怕只怕泪水轻轻地滑落。

愿心中，永远留着我的笑容，

伴你走过每一个春夏秋冬。

几许愁，几许忧，人生难免苦与痛。

失去过，才能真正懂得去珍惜和拥有。

情难舍，人难留，今朝一别各西东。

冷和热，点点滴滴在心头。

愿心中，永远留着我的笑容，

伴你走过每一个春夏秋冬。

伤离别，离别虽然在眼前；

说再见，再见不会太遥远。

若有缘，有缘就能期待明天，

你和我重逢在灿烂的季节。

　　天下没有不散的酒席，再好的朋友，也有分手道别、天各一方的时候。离别的时候，总要对朋友送上最美好的祝愿。这首歌在合唱"朋友我永远祝福你"的舒缓节律中开始，全曲情感内敛，将汹涌澎湃的感情深藏其中，唱出了人们分别时真实的心理感受。

　　悲莫悲兮生离别，不管是什么样的离别，总让人伤感，如白居易所感受的"别有忧愁暗恨生，此时无声胜有声"。所以，歌词一开头就说，"不要问，不要说，一切尽在不言中"，这种情景，犹如宋代词人柳永《雨霖铃》中的句子："执手相看泪眼，竟无语凝噎"，分别的日子一天天临近，有太多的话不知从何说起，因此，只是静静地看着烛光，任时间流逝。歌词接下来又说，到分别的那一刻，不要挥手说再见，也不要回头依依不舍，轻轻地唱起这首祝福歌，此时，"我"的泪水早已轻轻滑落，只是不想让你看见"我"流泪，不想让你为"我"担心，只想让你心中永远留着的是"我"甜蜜的笑容，让你不再寂寞，伴随你走过人生的每一个春夏秋冬，此处情感低沉，尤为伤感。

　　古人云："离愁渐远渐无穷，迢迢不断如春水"（欧阳修《踏莎行·候馆梅残》），又说："问君能有几多愁，恰似一江春水向东流"（李煜《虞美人》），两处都言愁之深之广。这里说"几许愁，几许忧，人生难免苦与

痛"，是的，愁和忧是难以说尽的，人生也不可能一帆风顺，不可能永远团圆美满。"人有悲欢离合"，只有失去过，才能懂得珍惜，珍惜自己所拥有的一切。真情让人难舍难分，远行的人已经离去，今朝一别，大家各奔东西，何日才得一聚？是不久的将来，还是遥遥无期的等待？歌词中没有说，留给人无限的思考空间。而回首过去，有喜有忧，有欢笑也有泪水，那点点滴滴的往事，重新涌上心头，只愿你忘掉一切不快，记住我灿烂的笑容，陪伴你走过风风雨雨，走过春夏秋冬。这里有对人生的思考，有对美好往昔的回忆，也有对未来的真诚期盼，时间跳跃大，内涵丰富。歌词最后说，让人悲伤的离别就在眼前，说再见的日子也不会遥远，既然分别在即，也不要过于悲伤，多想想美好的未来，有缘千里来相会，如果有缘，就让我们彼此期待那美好的明天，那时候，我们一定会重逢在灿烂的季节。

"黯然销魂者，唯别而已矣。"古代由于交通不便，一别经年，重新相聚的机会很少，甚至别后再也没有机会见面。而现代社会，先进的交通工具给人们提供了更多的便利，只要你能想到的，就能做到（当然是在社会允许的范围之内）。所以说"有缘千里来相会"，正如歌词中所唱的"有缘就能期待明天，你和我重逢在灿烂的季节"。而"几许愁，几许忧，人生难免苦与痛"，便少了几分古人的凄切，多了几分旷达。现代人能够以豁达的态度直视人生中的分散聚合，这正是今人不同于古人的别样之处。

思考与拓展

1.查阅、收集歌唱人生不同阶段生命历程的歌曲，比较分析人生各个时期不同的心理状态与精神风貌，体会漫漫人生路的艰辛与幸福。

2.分析歌曲《漫步人生路》，试阐释歌词中蕴含的关于人生、奋斗的丰富意蕴。

第五章 我的家园：江山秀美人风流

自曹操"东临碣石，以观沧海"而"歌以咏志"始，历陶渊明"悠然见南山"，谢灵运"池塘生春草"，王维"隔水问樵夫"，中国的山水田园诗歌源远流长。二十世纪歌词中的山水田园佳作亦蔚为大观。辛亥革命时期，由沈心工作词的《十八省地理历史》歌，分别描述当时全国十八省的山川地理和史迹史实，如直隶（今河北）篇云："溯直隶涿鹿之区，最古一战场，獯鬻屏去蚩尤灭，历史增荣光。更有侠子出燕冀，时演悲壮剧。易水萧萧芦荻秋，英风高千丈。"浙江篇云："溯浙江涛声澎湃，皇皇旧帝都，吴山立马形胜多，左江右西湖。碧血丹心表墓门，千古忠岳武。滔滔学界大思潮，梨洲扬其波。"十八篇大抵以描述山川形胜入笔，转而咏史，将自然与历史相融合。

在中国百年歌词史上，以祖国山川为主题的歌词数不胜数。无论是处于斗争战乱年代、穿不暖吃不饱的穷困时期，还是改革开放以来的建设繁荣时期，人们对祖国大好河山的热爱都不曾改变。我们歌唱南泥湾是陕北的好江南；歌唱西南异域风情是我们的诗意向往；歌唱边疆建设的沧海桑田；歌唱具有独特风情的锦绣河山，无不是在抒发每一个中国人心底涌动的爱国爱家之情。人人都说家乡好，而我们共同的家乡就是中国这片广袤肥沃的土地。

百年以来，我们艰难地走过了从争取独立自主到实现繁荣富强的漫漫路程，曾经的流泪流血，今日的歌颂纪念，都在讲述着一个简单而朴素的信念：祖国在我心中！祖国的每一寸土地，记载了五千年的沧桑，它表现得如此顽强，那是一种标识，更是一种力量，一种精神，一种向往。祖国，我们的母亲，她飘散的长发是千百条悠然流贯的河川，她硬朗而峭拔的脊梁是连绵不断的山峰，而她明亮的眼睛则是洞庭的水，西湖的波。

我们，深爱这片土地！

一、西湖春晓：浓妆淡抹总相宜

西湖春晓

贺永年　词

高高朝阳上柳梢，
淡淡轻烟漫山腰。
听！柳浪莺声报晓，
美丽的西子醒了。
看！清波随风荡漾，
明媚的西子笑了。
画舫轻棹，荡进西子怀抱，
青山绿水，船在画里摇。
摇摇，摇摇，努力把船摇，
人在镜中喧，船在画里摇！

这是电影《船家女》插曲之一，原载《明星》半月刊第3卷第4期(1935年12月1日版)。西湖是诗，西湖是画，文人骚客讴歌她，美丽的传说又为她蒙上神秘的面纱，西湖真是魅力无穷。词人贺永年则用"朝阳""柳梢""绿水""青山"等景致营造出另一种亦诗亦画的意境，让人们享受着仿佛正荡舟在西湖的美妙。

歌词极富画面感，景物由远而近，富有层次感。"高高朝阳上柳梢，淡淡轻烟漫山腰"从远处的景物着手，描写西湖春晓的景致。"听！柳浪莺声报晓，美丽的西子醒了。看！清波随风荡漾，明媚的西子笑了"两句虽是虚写，却有声有色，将西湖春晓的影像更加立体生动地展现出来。"画舫轻棹，荡进西子怀抱，青山绿水，船在画里摇"画面实中有虚，虚中有实，画舫上的画和现实之中的画真假莫辨。这种虚实相生的笔法，扩大了人们的想象空间，让人流连于虚虚实实的美景之中，也使得歌词更具表现的张力。而"人在镜中喧，船在画里摇"句可谓是点睛之笔，写出了人物与景物相融相映的完美和谐的景象。歌词通过两次视角的转变，先是融入景物之中，后又将镜头从景物中退出，先入乎其内而后出乎其外。这与卞之琳在《断章》中所采用的手法极其相似，这种视角的转换，充满了对感官触动的追寻，同时又形成一种静观的审美效果。

《西湖春晓》意境优美，写景的笔法细腻柔和，色调清新明媚，通过变换丰富的视角和温柔多情的笔触，向人们展现了一个别样的西湖美景。古时多有描写西湖的诗句，一些经典之作至今仍为人们所吟诵。而这首歌词正是对苏轼"欲把西湖比西子，淡妆浓抹总相宜"诗句的即兴发挥和演绎，歌词将现代的诗学的蒙太奇表现手法与古典的传统美学中"诗中有画，画中有诗"这一审美理想追求相结合，使西湖春晓的美景格外灵动可人。

二、香格里拉：诗意栖居的向往

香格里拉

陈蝶衣　词

这美丽的香格里拉，
这可爱的香格里拉，
我深深地爱上了它！
你看这山隈水涯，
你看这红墙绿瓦，
仿佛是妆点着神话！
你看这柳丝参差，
你看这花枝低桠，
分明是一幅彩色的画！
啊！还有那温暖的春风，
更像是一袭轻纱，
我们就在它的笼罩下。
我们歌唱，我们欢笑，
啦啦啦，哈哈哈！
这美丽的香格里拉，
这可爱的香格里拉，

我深深地爱上了它！

是我理想的家，

香格里拉！

　　《香格里拉》是1946年上映的故事片《莺飞人间》的主题歌。歌词在一开始便直抒胸臆，"这美丽的香格里拉，这可爱的香格里拉，我深深地爱上了它！"通过直白的语言唱出了人们对香格里拉的由衷赞美和热烈向往。"你看这山隈水涯""你看这红墙绿瓦""你看这柳丝参差""你看这花枝低桠"仿佛是在作者的指点之下，以一种跳跃式的观察方式将香格里拉的美景一一贯穿起来，虽然皆是些零碎的片段但却极其明净淳朴，俨然是一个世外桃源。作者将香格里拉比作"神话"和"一幅彩色的画"，这个不起眼的比喻在这里却是发挥了奇妙的作用。是的，香格里拉的美丽让人流连忘返，仿佛时间停止了行走，生命停止了前行，只愿化作画中的一个人物，和香格里拉的风景融为一体，永远地留在画中；或者变成香格里拉美丽神话中的一个人物，这样便能和香格里拉的名字一起，永远为人们传说。歌词在结尾处唱道："是我理想的家，香格里拉！"这仿佛是发自内心的呼唤，渴望寻得一个精神的家园，心灵的归宿。

　　"香格里拉"一词在藏语中的意思为"心中的日月"，带着神圣崇高的意味。而在外来人的眼中香格里拉则是一块永恒平静和谐的土地，带着圣洁神秘的色彩。在现代的文化语境中，香格里拉几乎成了一个诗意栖居的代名词，它美丽而遥远，似乎是永远不可触及的人间仙境。

三、南泥湾：陕北的好江南

南泥湾

贺敬之　词

花篮的花儿香，

听我来唱一唱，唱一呀唱。

来到了南泥湾，

南泥湾好地方，好地呀方。

好地方来好风光，

好地方来好风光，

到处是庄稼，

遍地是牛羊。

往年的南泥湾，

到处呀是荒山，没呀人烟。

如今的南泥湾，

与往年不一般，不一呀般。

如啊今的南泥湾，

与呀往年不一般，

再不是旧模样，

是陕北的好江南。

陕北的好江南，

鲜花开满山，开呀满山。

学习那南泥湾，

处处是江南，是江呀南。

又战斗来又生产，

三五九旅是模范。

咱们走向前，鲜花送模范。

咱们走向前，鲜花送模范。

　　南泥湾位于陕北。1940年5月，朱德从前线回延安后，面临敌人要"困死、饿死八路军"的边区封锁和严重的经济困难，去了一趟城东南近百里外的南泥湾。因为土地太肥沃，这里野蒿居然长到一人多高。朱德带人经过土壤、水质、森林资源的勘察，向毛泽东提出开垦南泥湾以增产粮食，并建议调三五九旅屯垦。1943年2月，西北局高干会议上嘉奖了三五九旅全体将士，命名其为"发展经济先锋"。同年3月，延安文艺界劳军团和鲁艺秧歌队80多人赴南泥湾劳军。郭兰英演唱一曲《南泥湾》后，大江南北，长城内外，都知道陕北还有个好江南——南泥湾。

　　《南泥湾》是新编秧歌舞《挑花篮》的插曲，这是一首以民歌为基调

进行加工改编的作品，它在吸收了民歌为人们所喜闻乐见的表现形式的同时，也继承了民歌"劳者歌其事，饥者歌其食"的现实主义传统。歌词从内容上可以分为对比性强的两个部分，通过"往年"和"如今"的对比，描绘了南泥湾从"没人烟"的荒山到"陕北的好江南"所发生的翻天覆地的变化，并热情歌颂了开荒生产建功立勋的八路军战士，具有较强的纪实性。

歌词通俗易懂，深受人民的喜爱。如"呀""来"等衬字的使用，使得歌词更加口语化、通俗化，同时也使得语言的组合更加随意灵活。歌词语言朴素自然，多来自田间地头，具有广泛的群众性。其句式虽然不算整齐规范，但是长短错落的句子变化灵活，富有表现力。歌词注意分章分节，虽然每个小节在内容上多少都有些重复之处，但是各节都有各自独立的内容和抒情的重点。歌词结构完整，从开头的"花篮的花儿香"到结尾的"鲜花送模范"，首尾呼应。内容简单通俗，符合大众化的需求和接受习惯。在遣词造句上的特点是句尾重复，这种重章叠句的章法结构反复吟唱并没有给人冗长繁复的感觉，而是强化了句子的主体意思。

歌曲旋律优美，感情真切。歌词的开头句"花篮的花儿香，听我来唱一唱，唱一呀唱"，第一人称的抒情口吻，以通俗直白的表达方式让我们仿佛是直面表演者，质朴亲切，具有很强的现场感，今天我们听来依旧是如闻其声，如见其人，这也在一定程度上体现了民歌艺术顽强的生命力和丰富的艺术表现力。而南泥湾精神是延安精神的重要组成部分，其自力更生、奋发图强的精神内核，激励着一代又一代中华儿女战胜困难、夺取胜利。

四、人说山西好风光：人人夸我家乡好

人说山西好风光

乔羽　词

人说山西好风光，
地肥水美五谷香。

左手一指太行山，
右手一指是吕梁。
站在那高处望上一望，
你看那汾河的水呀，
哗啦啦啦流过我的小村旁。

杏花村里开杏花，
儿女正当好年华。
男儿不怕千般苦，
女儿能绣万种花。
人有那志气永不老，
你看那白发的婆婆，
挺起那腰板也像十七八。

1963 年，随着电影《我们村里的年轻人》的上映，《人说山西好风光》这首插曲也立即流传开来。事实上在二十世纪五六十年代出现过一批抒写祖国山川风光的歌词作品，如《边疆处处赛江南》《美丽的草原我的家》《逛新城》等。这些歌词基本上延续着以写景抒情、歌咏风土人物为创作的基本脉络，在表现的情感上也基本保持着明朗开阔的基调，这种共同的创作取向在那个时代似乎是不言自明的自觉选择。

歌词采用了二段式，分别描写了山西独特的景物和人物风貌。第一段写景，从写自然风光着手，首先概括，"人说山西好风光，地肥水美五谷香"；然后是远景，"左手一指太行山，右手一指是吕梁"；再然后由远及近"站在那高处望上一望，你看那汾河的水呀"；最后是特写，"哗啦啦啦流过我的小村旁"，这一部分指点江山，意境开阔，颇有盛唐之风。第二段写人，则是豪情万丈。先由"杏花村里开杏花"一句承上启下，转而写人间风情，"男儿不怕千般苦，女儿能绣万种花"，写了山西人民勤劳能干的优良品质。人有志气永不老，你看那"白发的婆婆，挺起那腰板也像十七八"，连白发的婆婆都老当益壮，志气昂扬，这是何种的精神面貌啊！描写虽有夸张失度之嫌，但是却增加了歌词调侃的意味，也为歌词添了不少的趣味。

从结构上看歌词对仗工整，景物与人物平分秋色，相映成趣，人与景共同构筑了山西特殊的人文特色和地理风光。作者用笔点到即止，不做特别的修饰，然而作者笔下所绘之景、所写之人皆是个性鲜明形象至极，给人以过目不忘的印象。歌词采用了我国古典诗词和民间文学的"七言""五言"习惯，去除一些地方话习惯的垫字、衬字，基本上是七言一句。用韵也很讲究，第一段使用了响亮的"ang"韵，第二段使用了"a"韵，并且隔句押韵，使歌词无论唱还是诵都很顺畅，畅如汾河之流水。"七言"和韵脚的使用，节奏的鲜明确定，韵律的和谐明快，成就了一首绝佳之作。

这首歌词，主题具有深刻性、集中性，形象具有可歌性、可唱性，情感具有根本性、真实性，而语言也确实做到了具有凝练性、通俗性。同时作者也没有直接彰显自己的情感，"人说山西好风光"乍看似乎是他人在称赞山西的种种好处，实际上乃是借他人之口传达自己的意愿。虽说只是运用了一个小技巧，却妙得不着痕迹，用得恰到好处，把当时人们热爱家乡、坚定信心、斗志昂扬的精神面貌表现得淋漓尽致。

五、草原上升起不落的太阳：草原新生活的赞歌

草原上升起不落的太阳

美丽其格　词

蓝蓝的天上白云飘，
白云下面马儿跑，
挥动鞭儿响四方，
百鸟儿齐飞翔。

要是有人来问我，
这是什么地方，
我就骄傲地告诉他，
这是我的家乡。

这里的人们爱和平，
也热爱家乡，
歌唱自己的新生活，

歌唱共产党。

毛主席呀共产党，
抚育我们成长，
草原上升起不落的太阳，
草原上升起不落的太阳！

这首歌曲创作于 1952 年，当年只有 24 岁的美丽其格还是中央音乐学院的一名学生。一首《草原上升起不落的太阳》倾注了一个蒙古族青年的满腔热情，透过一尘不染的文字我们看到了美丽而平静的草原，我们更看到了一个民族青年那颗纯净透亮的赤子之心。

这首歌曲热情歌颂草原新生活，其节奏明朗舒缓，语言风格开阔绵延。根据音乐的停顿，歌词可分为四段，每段歌词都由四句组成。第一段以柔缓的笔调写出了蓝天、白云、奔跑的骏马和飞翔的百鸟，通过这四个具有代表性的物象的相互关联和组合描绘了一幅生机盎然的美景。这就像设了个玄关，避免开门见山，让人一眼看透。第二节通过主客问答的形式巧设对话情境，告诉人们这就是我们儿时幻想中的那"天苍苍，野茫茫"的内蒙古大草原。歌词在情境的转化中给人以峰回路转、柳暗花明的审美感受。作者这么写似乎是在"故弄玄虚"，因为草原的景象对我们而言并不神秘，但这种小技巧却让整首歌曲显得轻巧，有灵性。第三节由开始的写景转为写人，展现了"这里的人们"热爱生命、热情向上的生命状态。第四节，曲终奏雅，歌唱了毛主席、共产党，表达了蒙古族人民热爱家乡、热爱和平、热爱生活的思想情感，使歌曲在一片欢腾中结束，最后的画面被定格在那颗"不落的太阳"，曲终人未散，如余音绕梁让人意犹未尽。

歌词意境开阔明朗，充满了浓郁的民族风格和地域色彩。不论是写景还是抒情，作者写的都是最真实的景物，表达的都是最淳朴的情感，大概就是因为真实，所以我们才如此心驰神往。"蓝蓝的天上白云飘，白云下面马儿跑"这是一句堪称经典的歌词，听到它就像是来到了草原，当真正到了草原又会不由自主地哼唱。蓝天、白云、奔跑的马儿，就像是一抹飘浮的淡彩，一个奔跑的线条，也许这就是美丽其格儿时对草原的最初印象。当作者将草原最初始的状态呈现在我们眼前时，它就像是孩子的蜡笔画，简单却给人无限的想象空间。

六、谁不说俺家乡好：心目中向往的那一方水土

谁不说俺家乡好

吕其明、杨庶正、肖培珩　词

一座座青山紧相连，
一朵朵白云绕山间，
一片片梯田一层层绿，
一阵阵歌声随风传。
哎谁不说俺家乡好，
得儿哟依儿哟，
一阵阵歌声随风传。

弯弯的河水流不尽，
高高的松柏万年青，
解放军是咱的亲骨肉，
鱼水难分一家人，
哎谁不说咱解放军好，
得儿哟依儿哟，
鱼水难分一家人。

绿油油的果树满山岗，
望不尽的麦浪闪金光，
看好咱们的胜利果，
幸福的生活千年万年长。
哎谁不说咱解放区好，
得儿哟依儿哟，
幸福的生活千年万年长。

《谁不说俺家乡好》是电影《红日》中的插曲。1963年，电影《红日》的导演汤晓丹找到吕其明，请他为电影《红日》创作一首好听的歌，并

商定音乐基调既要反映出解放军战士热爱家乡、保卫家乡的革命乐观主义情怀，又要反映出孟良崮人民对家乡的热爱，而且，在音调与节奏上还要与表现孟良崮激战场面的音乐形成强烈的对比。吕其明接受了任务后，与杨庶正、肖培衍一起创作出了这首歌词朗朗上口、曲调优美又不失灵动的《谁不说俺家乡好》。

与描写正面战场的呐喊怒吼式的歌曲不同，解放区的歌曲则多是具有浓郁民族风情的抒情小调。《谁不说俺家乡好》以地道的山东民歌风味、婉转的歌声唱出了山东解放区人民热爱子弟兵、热爱家乡和对未来的向往的真挚情感，犹如一阵清风将我们的灵魂挟持而去，随着歌声摇曳，在我们的心底泛起波澜。

三段式歌词结构层层递进，先写家乡美，再写鱼水情，进而幸福生活万年长。第一段描绘了一幅幅优美恬静的山地风光。"一座座青山紧相连，一朵朵白云绕山间"生动再现了沂蒙山区的自然景色，沂蒙山区连绵八百里，层峦叠嶂，悬崖峭壁，雄奇秀丽，风光旖旎，更有婉转悠扬的沂蒙小调随风传入耳中。第二段突出"解放军是咱的亲骨肉，鱼水难分一家人"歌唱了解放区军民之间不是亲人胜似亲人的深厚情谊。第三段展现了层层的梯田，绿油油的果树，闪着金光的麦田，构成一幅色彩绚丽的解放区人民幸福生活的画卷。

歌词语言明快亲切，有大众化、口语化的特色。首先是多用连绵词。"一座座"青山，"一朵朵"白云，"绿油油"的果树，"一阵阵"的歌声，或状物，或拟声，都在整体上加强了语言的韵律感和节奏性，同时使歌词的形象更加突出鲜明。其次，"哎""得儿哟，依儿哟"等语气词的使用，在一定程度上使歌词在整体的句式上趋于规范，调节了语言的节奏；在情感的抒发上更加舒缓自然，朗朗上口，便于吟唱。歌词采用了重章叠句的结构形式，每一章节保持基本框架不变，只变换几个字，形成了回旋跌宕的艺术效果。采用以民歌小调为主的风格，每小节虽然都很简短，但是都注意运用了比兴手法，每节都能做到由景入情，通过联想生发情感，自然贴切，增加了歌词的抒情性。

《谁不说俺家乡好》以其浓厚的乡土气息和地域特色描绘出人们心目中向往的那一方水土。家乡对于一个人而言承载了太多的记忆和情愫，它是如此的唯一，不可取代。我们必须承认，这样的情感力量足以战胜理智，以至于我们偏爱它，认定它就是人类向往的乌托邦。

七、边疆的泉水清又纯：锦绣河山万年春

边疆的泉水清又纯

凯传　词

边疆的泉水清又纯，
边疆的歌儿暖人心，暖人心。
清清泉水流不尽，
声声赞歌唱亲人，
唱亲人，边防军，
军民鱼水情意深情意深。
哎哎哎哎哎哎，
唱亲人边防军，
军民鱼水情意深，情意深。

顶天的青松扎深根，
人民的军队爱人民，爱人民。
浩浩林海根相连，
军民联防一条心，
一条心，保边疆，
锦绣河山万年春万年春。
哎哎哎哎哎哎，
一条心保边疆，
锦绣河山万年春，万年春。

　　这首电影《黑三角》的主题歌，是歌唱军民鱼水之情的赞歌，歌曲分为结构相似的两段，分别以"边疆的泉水清又纯""顶天的青松扎深根"起兴，引出主题，过渡自然而有韵味。"边疆的歌儿暖人心""人民的军队爱人民"，似乎也如泉水清纯、青松根深这些自然现象般纯真而浑然天成，毫无造作之感。接着歌词并未具体展开去写边防军如何与人民鱼水情深，如何"军民联防一条心"，而是用反复的手法，咏唱相同的词句，创造了

一个循环往复的情境，让听者不知不觉陷入歌曲引发的一系列想象之中，在脑海中建构出一幅军民情意浓浓、共同保家卫国建设国家的情境，有力地填补了歌词本身意境塑造方面的缺失。

这首歌的语言通俗，易于理解，易于传诵，更突出的是节奏感很强，两段的节奏是相同的，具体的节奏变化也很有规律。词中偶数型与奇数型两种节奏整齐交叉，交叉在整齐中增添了变化，开头两句除去重叠部分外的节奏为"×××，××，×××"，紧接着第三、四句是一对"××，××，×××"结构的对称，最后再用语气词"哎"领起后的重复，更使节奏稳定下来，在参差中见整齐之美。正如叮咚的泉水，用优美动听的曲调唱出了边防军与人民的深厚情谊，另外，词中长短句相间，在很大程度上加强了歌曲的节奏感，让听者感受到情感的跌宕起伏，而"清清""声声""浩浩"这些叠字的运用则使歌曲变得更加灵动活泼，不论是歌唱还是朗诵都是朗朗上口。

歌词的主旨句"军民鱼水情意深"本身运用了比喻的修辞手法，使情感这一"虚"的形象具体化为鱼与水之间的关系，虽然此比喻不算新颖，但也的确很贴切。词中用"亲人""爱人民"等写出了边防军以及所有解放军的亲切形象，用"军民鱼水情意深""军民联防一条心"写出军民一体的亲密关系。简单的几笔，勾勒出了千言万语的境界，加上优美的曲调共同组成了一首余韵不绝的赞歌。

歌中没有笔墨用于描写守边的艰苦，而是通过融情于边疆美好的山水之间，衬托出边防军的高洁情操及与边疆人民之间的情谊，这种情有如清泉那般纯净清澈，有如青松之根那般深入人心；这种情在祖国锦绣河山之间延绵流传，美得自然，美得真切。"锦绣河山万年青"，用夸张的手法写出了情感的热烈，使人们感到祖国河山四季永远都如春天般温暖。

八、请到天涯海角来：一朵野花里现出一个天堂

请到天涯海角来

郑南　词

请到天涯海角来，

这里四季春常在。
海南岛上春风暖，
好花叫你喜心怀。
三月来了花正红，
五月来了花正开。
八月来了花正香，
十月来了花不败。
啦呀啦呀啦呀……
啦呀啦

请到天涯海角来，
这里花果遍地栽。
百种花果百样甜，
随你甜到千里外。
柑桔红了叫人乐，
芒果黄了叫人爱，
芭蕉熟了任你摘，
菠萝大了任你采。
啦呀啦呀啦呀……
啦呀啦

常去海南岛采风的郑南，被那里的亚热带风光深深地感染——挺拔的椰树，大片的橡胶林，金黄的沙滩，蔚蓝的大海。这些美好的景物要是不让人们知道实在是太可惜了，于是他提笔写下了这首《请到天涯海角来》。他说歌词里的"天涯海角"其实并不是单指现在海南天涯海角这个旅游景点，而是一个泛指，代表的是美丽的海南岛。徐东蔚谱的曲，节奏欢快，旋律优美，朗朗上口。1985年，《请到天涯海角来》获得"全国最受欢迎的十五首歌曲"奖。

歌曲分两段，第一段描写了海南四季如春的气候，温暖的气候，造就了鲜花盛开的景象。"三月来了花正红，五月来了花正开，八月来了花正香，十月来了花不败"四个排比句的连用，强调了鲜花织锦的盛况，"红""开""香""不败"几个字词，让人浮想联翩。正因为如此，海南是个旅游的好城市，无论你选择什么时候来，都有盛开的鲜花欢迎你，而这满眼的春色，一定会给你带来不错的心情。第二段描写了海南的水果特产，而这甜蜜的水果，似乎都在热情欢迎远方的客人。鲜红的柑橘，金黄色的芒果，香甜的芭蕉和菠萝，又是四个排比句连用，与第一段遥相呼应，表达的都是热情的欢迎。显然，作者写这些的目的，不是为了赞美花果，在这些话语背后，还隐藏着一个视角：那就是海南人的视角。他们热情好客，准备着随时拿出自己最好的礼物，招待这些来自远方的客人。

　　作者介绍海南风光，状其形，传其神，托物寄情，以小见大，情景结合，诗意盎然。歌词美在生动形象，流畅自然。美丽的亚热带风光，给人们带来了不一样的感受。除了香甜诱人的花果，还有海涛声声，椰林婆娑，鲜红的三角梅……这一切，都让人流连忘返。英国诗人布莱克诗云："一颗沙里看出一个世界，一朵野花里现出一个天堂。把无限放在你手掌上，永恒在一刹那里收藏。"而旖旎的海南风光，在这一首歌曲里表现得淋漓尽致。

九、月光下的凤尾竹：大山挡不住的生命情调

月光下的凤尾竹

倪维德　词

月光啊下面的凤尾竹哟，
轻柔啊美丽像绿色的雾哟；
竹楼里的好姑娘，
光彩夺目像夜明珠。
听啊多少深情的葫芦笙，
对你倾诉着心中的爱慕。
哎金孔雀般的好姑娘，
为什么不打开哎你的窗户？
月光下的凤尾竹，
轻柔啊美丽像绿色的雾；
竹楼里的好姑娘，

歌声啊甜润像果子露。

痴情的小伙子，
野藤莫缠槟榔树。
姑娘啊我的心已经属于人，
金孔雀要配金马鹿。

月光下的凤尾竹哟，
轻柔啊美丽像绿色的雾哟；
竹楼里的好姑娘，
为谁敞门又开窗户？
哦是农科站的小岩鹏，
摘走这颗夜明珠；
哎金孔雀跟着金马鹿，
一起啊走向那绿色的雾哎。

  凤尾竹又名观音竹，是一种有灵气兼"仙气"的植物。倪维德在芒市的坝子上采风时看到：傣族青年男女在明亮的月光下谈情说爱、卿卿我我；间有情歌呢喃，葫芦丝声声；晚风摇曳着翠竹，仿佛随风起舞，充满诗情画意，富有生命情调。于是，他诗兴大发，挥笔写成了这首《月光下的凤尾竹》。

  作者用凤尾竹象征了人世间爱情的美好。"月光下面的凤尾竹，轻柔美丽像绿色的雾"，通过借喻和比拟，用绮丽独特的凤尾竹比喻婀娜多姿、翩翩起舞的傣族少女。清新悠扬，情韵绵绵，使意境得到了升华，把听众带进了优美隽永的意境之中。眼前生出心上人飘逸轻灵的舞姿，着一袭花衣，似一个精灵，清澈的双眸中流露出期待的目光。"痴情的小伙子，野藤莫缠槟榔树，姑娘啊我的心已经属于人，金孔雀要配金马鹿"。皎洁的月光下，微风轻拂凤尾竹，远看像一层绿色的雾在舞动，竹楼里美丽的阿妹，正深情地凝望窗外，竹楼外痴情的阿哥，爱慕的葫芦丝声，在静谧的夜晚愈加缠绵，正倾诉着心中的爱恋。"为谁敞门又开窗户，哦是农科站的小岩鹏，摘走这颗夜明珠"，为什么如此深情地表白，还打不动姑娘的芳心，原来她的心早有所属。那是一个改革的年代，是一个讲学习、讲科学的时代，她的心已被那个代表新知识的阿鹏摘走了。这也表现了傣族青年男女对新的生活的向往与追求，在美丽家园自由欢快生活的情景。

　　这首歌，词曲水乳交融，旋律既有浓郁的民族风味又有着鲜明的现代气息，音乐语言新鲜活泼，风格热情瑰丽，富有旺盛的青春活力，使人仿佛身临其境，给人带来和谐美好幸福的生活憧憬。

十、天路：驶向现代文明

天路

屈塬　词

清晨我站在青青的牧场，看到神鹰披着那霞光，
像一片祥云飞过蓝天，为藏家儿女带来吉祥。

黄昏我站在高高的山岗，看那铁路修到我家乡，
一条条巨龙翻山越岭，为雪域高原送来安康。
那是一条神奇的天路，把人间的温暖送到边疆，
从此山不再高路不再漫长，各族儿女欢聚一堂。

黄昏我站在高高的山岗，看那铁路修到我家乡，
一条条巨龙翻山越岭，为雪域高原送来安康。
那是一条神奇的天路，带我们走进人间天堂，
青稞酒酥油茶会更加香甜，幸福的歌声传遍四方。

　　《天路》的歌词始创于青藏铁路开工之际。词作者屈塬说，那是 2001 年 6 月，他和曲作者印青两人在报纸上看到一篇题为《青藏铁路揭秘》的通讯。当时，自己也怦然心动，立即就写出来歌词。"黄昏我站在高高的山岗，看那铁路修到我家乡。一条条巨龙翻山越岭，为雪域高原送来安康……"人物、景色、动态、画面，一应俱全，文字传递的信息，如此气韵生动形象丰满。2006 年 7 月 1 日，青藏铁路全线通车，从格尔木到拉萨的高原征程上，《天路》歌声伴随巨龙腾飞，穿越海拔数千米的世界屋脊。

歌曲形象地把这条世界上海拔最高、路线最长的铁路比喻为"天路"。这条"天路"是雪域高原通向世界的一条坦途，从此崇山峻岭不再是不可逾越的天堑，它沟通的不仅是遥远的地域距离，更拉近了人们内心的距离。这条钢铁巨龙像是人类史上的一个新的神话，运载着藏族人民的希望驶向现代文明。

歌词以独特的时空观营造了空灵深远的意境。"清晨我站在青青的牧场"营造一个清新开阔的画面，它将具体的时间虚化为一个"清晨"和一个"黄昏"，不依赖于惯常的时空概念，似乎穿透了时空的阻隔，辽阔的时空感，仿佛把人带进了一个模糊时空的异界。而主人公"我"亦是一个虚化的人物，或者说"我"更像是一扇窗户，一个快放的慢镜头，将数年间发生的巨变化为清晨和黄昏之间瞬息的变化。看似简单的一句"从此山不再高路不再漫长"，跳跃了广阔的时空界域，隐含着漫漫无期的遥望与期待。

不论是"清晨我站在青青的牧场，看到神鹰披着那霞光"还是"黄昏我站在高高的山岗，看那铁路修到我家乡"，主人公始终以一种凝神静观的姿态给人以崇高沉稳的审美感受。在歌词平静的叙述风格之中，包含着一颗伟大而沉静的心灵，澄明安静的画面，让人在静穆之中感觉到了庄严和预言家的气质。

十一、青藏高原：沧海桑田话西藏

青藏高原

张千一　词

是谁带来远古的呼唤，
是谁留下千年的祈盼，
难道说还有无言的歌，
还是那久久不能忘怀的眷恋。
哦，我看见一座座山一座座山川，
一座座山川相连，
呀啦索，那可是青藏高原？

是谁日夜遥望着蓝天，

是谁渴望永久的梦幻，

难道说还有赞美的歌，

还是那仿佛不能改变的庄严。

哦，我看见一座座山一座座山川，

一座座山川相连，

呀啦索，那就是青藏高原。

　　《青藏高原》创作于1994年，是电视连续剧《天路》的主题歌。七集电视连续剧《天路》是一部获第五届（1995年）"五个一工程"奖作品。故事以青藏公路通车四十年的历史为主线，通过一个家庭的悲欢离合和主人公命运的跌宕起伏，真实地再现了当年探路、修路的悲壮场面，以及发生在那"生命禁区"的许多催人泪下的感人事件，讴歌了主人公纯真的爱情。剧本以浓缩的笔墨，从一个侧面展示了共和国军队四十年的历史进程。剧中主题歌《青藏高原》也因这部电视剧的播出走红，甚至超出了这部电视剧的影响。

　　西藏的神秘让无数人心生向往，这首《青藏高原》以传神的语言勾勒出无形的情感，它细若游丝，飘在空气中，时而出现时而幻灭。歌词一开始用疑问和反问句式营造了神秘的时空氛围，引发人们无限的遐想。作者用拟人化的手法虚化了抒情客体的客观存在性，以更多的感性体悟代替了对事物本身现实的把握。"远古的呼唤""千年的祈盼""无言的歌"无不带着神秘莫测的气息，仿佛时空在开辟的那一刹那就被永恒定格。在这里可以摆脱时间的消磨，历史的沧桑巨变不过是弹指一挥间。"一座座山，一座座山川，一座座山川相连"，连缀的句式给人以空间上连绵和时间的延续感。"呀啦索"这句古老藏语，像是经过时间风化后的一个符号，它的所指已模糊不可识，成了一个永远解不开读不透的谜语。它就像是一句来自远古的召唤，穿越时空的阻隔，回旋于我们的耳际，挥之不去。歌词中出现的连绵不绝的雪山给人留下深刻的印象，它们在默默无言中带着一种静穆的力量，那力量之中包含着内敛、含蓄的气质，流露出耐人寻味的神韵。雪山给人以伟大的感觉，在于它的无声，圣洁中带着永恒纯粹的美丽。它的无声在那里埋藏着千年的传说，聆听高原的风声带来远古的呼唤，让人想起曾经灿烂辉煌过的古老文明，这就是"高贵的单纯，静穆的伟大"。

歌曲带着朝圣的虔诚，表现了对人类远古精神的一种回归。它追溯历史长河，寻找着永恒意义，就像康德所说的那样："这世界上唯有两样东西能让我们的心灵感到深深的震撼，一是我头顶璀璨的星空，一是我心中的觉得到的律令。"青藏高原以它亘古不变的庄严散发着迷人的魅力。

十二、美丽的草原我的家：灵魂皈依的港湾

美丽的草原我的家

火华　词

美丽的草原我的家，风吹绿草遍地花，
彩蝶纷飞百鸟儿唱，一弯碧水映晚霞，
骏马好似彩云朵，牛羊好似珍珠撒。
啊牧羊姑娘放声唱，愉快的歌声满天涯。
牧羊姑娘放声唱，愉快的歌声满天涯！
美丽的草原我的家，水清草美我爱它，
草原就像绿色的海，毡包就像白莲花，
牧民描绘幸福景，春光万里美如画。
啊牧羊姑娘放声唱，愉快的歌声满天涯。
牧羊姑娘放声唱，愉快的歌声满天涯！

《美丽的草原我的家》创作于 1977 年，是一首具有蒙古族民歌韵味的经典原创歌曲。词作者火华说："一首好的歌词必定出自一位非常热爱生活的创作者之手，只有深入生活，从生活中提取素材，才能写出优秀作品。"1975 年 8 月的一天，火华第一次来到草原。透过车窗看到的草原是那样辽阔、美丽，他不由得惊叹大自然造物是如此神奇。激动、兴奋的火华非常想创作几首诗来抒发自己的感触和情怀，他决定利用这次机会，体验一下牧民生活。他寄宿在东乌珠穆沁旗的一位老伯家里，跟着老伯一起挤马奶、吃羊肉，学习蒙古语。一天，火华随着老伯去放牧，在一望无垠

的草原上，百灵鸟在天空悠然飞过，老伯的女儿在草原上放声歌唱……《美丽的草原我的家》歌词中"牧羊姑娘放声唱……"就是来自这一情景。这次草原之行成为火华最难忘的一段生活体验。后来，火华被调到内蒙古军区文工团。1977 年为全军文艺会演创作时，火华回忆起草原这段往事，仅用了 10 分钟创作了这首歌，每一句每一字都自然而然地从心底流到笔尖。

歌词浓墨重彩地描绘了令"我"引以为豪的一方水土，作者以一望无际的碧草蓝天为底色，缀以彩蝶百鸟，毡包牛羊，碧水晚霞，像是一幅色彩斑斓的水彩画，让人眼花缭乱，仿佛置身于美丽富饶的内蒙古大草原。牧羊姑娘欢快的歌声充溢在草原清纯的空气里，盘旋在湛蓝的天空中，回荡在人们的耳际，久久挥之不去。它充分地唤醒了我们的视觉和听觉细胞，让我们释放身心去感受大草原的魅力。歌词整体风格清新明朗，轻松欢快；结构清晰，讲求对仗，修辞丰富，刻画细腻。"骏马好似彩云朵，牛羊好像珍珠撒""草原就像绿色的海，毡包就像白莲花"比喻形象贴切，用自然之物来比自然之景，有如"清水出芙蓉，天然去雕饰"，浑然天成。在情感的表达上，自然流畅，一气呵成。"美丽的草原我的家，水清草美我爱它"，歌者的开场白简单直接，这不是畏畏缩缩的告白，也绝不是下里巴人扯嗓门的叫卖，而是一个蒙古族姑娘缓缓端起手中的奶茶，看着你时那清澈的双眸，平静中透着热情，让人无法抗拒。简单直爽的语言风格体现了草原人民热情奔放的性格，正如开阔的草原从来都不吝惜展现自己，让我们一眼就能望见它所有的美丽。

风吹绿草、洁白的羊群以及牧民居住的毡包都呈现在我们面前，在具有蒙古族风味的曲调中，抒情优美的旋律如飘过草原上空的云朵，绽开在听众眼前，歌曲是一幅美丽的草原画面，使人陶醉。歌曲描绘和赞颂着理想的家园，充满了"我"对家园的深情眷恋。美丽的草原已然化作人们心中渐渐迷失的精神家园和心灵的净土，它温情地召唤生命的回归和精神的皈依。

十三、太阳岛上：全新的生活风貌

太阳岛上

秀田、邢籁、王立平　词

明媚的夏日里，天空多么晴朗，
美丽的太阳岛，多么令人神往。
带着垂钓的鱼竿，
带着露营的篷帐，
我们来到了太阳岛上。
小伙子背上六弦琴，
姑娘们换好了游泳装，
猎手们忘不了心爱的猎枪，心爱的猎枪。
幸福的热望，在青年心头燃烧，
甜蜜的喜悦，挂在姑娘眉梢。
带着真挚的爱情，
带着美好的理想，
我们来到了太阳岛上。
幸福的生活靠劳动创造，
幸福的花儿靠汗水浇，
朋友们献出你智慧和力量，明天会更美好。

　　作为1979年拍摄的电视专题片《哈尔滨的夏天》的插曲，《太阳岛上》的歌词清新活泼，单纯明净，充满朝气和生活气息；语象和旋律，让刚刚从"文革"内乱的噩梦中走出来的中国人，尤其是青年人耳目一新。

　　歌词以出游为中心事件，描写了一次充满青春气息和浪漫色彩的旅行，带着鱼竿和篷帐，背上六弦琴，换上游泳装，去松花江中那座美丽的小岛露营、踏浪。这种快乐休闲的生活，为歌词奠定了一种青春浪漫的情感基调。在闲适放松的气氛之中，年轻人的情感随之也慢慢地铺展开来。"幸福的热望在青年心头燃烧，甜蜜的喜悦挂在姑娘眉梢。"一种欲说还休但又不言自明的情感贯穿了整首歌词的情感脉络，使得叙事和写情的两条脉络同行并至，自然流畅，在不着痕迹的笔触下写出了青年人难以掩抑的炽烈的情感。这种手法可谓是羚羊挂角，无迹可寻，但又使得情感本身真实可感。难怪这歌声当年是如此的风靡，尽管它还不无说教口吻，还有"猎手们忘不了心爱的猎枪"这样的以阶级斗争为纲的年代留下的印记。

歌词结构工整，两段式结构对应和谐，这种整齐的形式结构，并没有局限住歌词情感发展变化的趋势，也没有压抑住歌词中洋溢着的青春气息和生命激情。歌词唱出了五六十年代出生的青年心中充溢着的时代理想、积极的爱情观和生活信念。歌词准确地把握住了时代青年的情感心态和精神风貌，表现了那个时代的青年人美丽而宽广的内心世界，以及他们在新时代意气风发、蓬勃向上的精神状态。

十四、我热恋的故乡：西北人文景观与故乡情结

我热恋的故乡

孟广征　词

我的故乡并不美，
低矮的草房苦涩的井水；
一条时常干涸的小河，
依恋在小村周围。
一片贫瘠的土地上，
收获着微薄的希望。
住了一年又一年，
生活了一辈又一辈，
故乡故乡亲不够的故乡土，
恋不够的家乡水，
我要用真情和汗水，
把你变成地也肥呀，水也美呀，地肥水美！

忙不完的黄土地，

喝不干的苦井水；

男人为你累弯了腰，

女人为你锁愁眉。

离不了的矮草房，

养活了人的苦井水，

住了一年又一年，

生活了一辈又一辈，

我要用真情和汗水，

把你变成地也肥呀，水也美呀，地肥水美！

听着这一声声苍凉雄浑的曲调，我们仿佛来到了黄土高原，眼前浮现出苍莽的、风沙滚滚的黄土，耳边流淌着悲壮、雄浑的黄河涛声。

乔羽说："广征一首《我热恋的故乡》掀开了中国歌词创作的新一页。"这首歌出现于中国社会新与旧发生激烈碰撞的关键历史时刻，"文革"结束之后的拨乱反正将中国推进到一个新时期，政治空气趋于宽松，艺术新人也成长起来。《我热恋的故乡》以微观的、日常的乡村生存空间，洞见宏大的时代变迁，凝聚着浓郁的乡土意识和深沉的悲悯情怀。

歌词中第一段与第二段画面感十分清晰，"低矮的草房""苦涩的井水""一条时常干涸的小河"，在这"贫瘠的土地"上，男人"累弯了腰"，女人"锁愁眉"，黄土地的贫瘠和苦寒确实是触目惊心的，但是黄土地的人民却深深地爱着它："亲不够的故乡土，恋不够的家乡水，我要用真情和汗水，把你变成地也肥呀，水也美呀，地肥水美！"这是因为他们在这里"住了一年又一年，生活了一辈又一辈"。他们在这里洒下了自己劳动的汗水，养育了自己的子孙埋葬了自己的祖宗，也播种了自己的爱情，黄土地再穷再苦，也是他们自己的故乡。所以，面对故乡的贫穷落后，作者又唱出了自己的热切期待和决心：要用汗水和勤劳的双手使家乡尽快走上富裕安康的大道，让所有的苦涩都变成甜美的歌声。

歌词明明要写故乡之"美"，却令人意外地从反向思维入手，以说故乡"不美"起兴，以"低矮的草房""苦涩的井水""贫瘠的土地""微薄的希望"等具有"戏剧性"矛盾冲突的词，层层铺垫，进而以"累弯了腰"的男人，"锁愁眉"的女人作典型的描绘，升华出"我要用真情和汗水，把你变成地也肥水也美"的结尾，使富有感染力的"戏剧性"艺术效果得到了淋漓尽致的发挥。

在思念与歌咏故土家园时，词人从通常为人们所忽略的生活细节处开掘，用高度概括、浓缩、提升的戏剧化手法，将历史与现实、现实与未来、未来与历史巧妙地勾连起来，既有深刻的思想性和精警的哲理性，又有人性的亲和力和美感效应。总之，这首歌准确地把握了时代脉搏，是一首生动体现中华民族审美传统的优秀词作。

十五、我爱你，塞北的雪：冬天里的春天

我爱你，塞北的雪

王德　词

我爱你塞北的雪，
飘飘洒洒漫天遍野。
你的舞姿是那样的轻盈，
你的心地是那样的纯洁，
你是春雨的亲姐妹哟，
你是春天派出的使节，
春天的使节，
啊，我爱你，啊，塞北的雪。

我爱你塞北的雪，
飘飘洒洒漫天遍野。
你用白玉般的身躯，
装扮银光闪闪的世界，
你把生命溶进了土地哟，
滋润着返青的麦苗，
迎春的花叶，
啊，我爱你，啊，塞北的雪。

雪，冰清玉洁，是情趣的寄托，是人格的化身。自古以来，骚人墨

客，多以雪为题；诗坛文苑，多有咏雪之作。《我爱你，塞北的雪》这首歌，用优美得体的词汇，风格多样的手法，塑造了一个博大浩瀚的时空世界，铸就了一个完美独特的艺术整体。

歌曲分两层，以圣洁美丽的"雪花"为诗眼，以风格多样的手法，多角度展开联想。第一层，"飘飘洒洒"刻画了雪花的潇洒、随意、率性，"漫天遍野"则描写了铺天盖地的场面，构建了千里冰封、万里雪飘的苍茫、静谧、浩渺，把多姿多彩的北国风光尽情呈现在人们眼前。在这样一个银装素裹的世界里，雪花如同一个个美丽的仙女，一个个可爱的精灵，在空中飞舞。接下来使用拟人的手法，把这种采集了天地之精华的雪花当作人类的一分子来描写："你的舞姿是那样的轻盈，你的心地是那样的纯洁，你是春雨的亲姐妹哟，你是春天派出的使节。"舞姿轻盈是雪花下落的状态，心地纯洁是雪花的本色，飞雪纯洁无瑕，把生命奉献给了生机勃勃的美妙之春。所以作者又说，这样美丽不可比拟的雪花，如同春雨的亲姐妹，如同春天的使节一样，叫人喜爱。雪花不但美丽，还有很大的实际功用。龚自珍《己亥杂诗》中"落红不是无情物，化作春泥更护花"表达了一种积极的人生态度，而雪花亦是如此。它不但用自己白玉般的身躯装扮了世界，而且"滋润着返青的麦苗，迎春的花叶"，之后才有来年小麦的丰收，花叶的繁茂。因为瑞雪兆丰年，乡间有这样的谚语："冬天麦盖三层被，来年枕着馒头睡"，即冬天"棉被"盖得越厚，春天麦子就长得越好。从农业方面来说是非常有利的，尤其是对冬小麦是非常有利的，有很好的防寒作用。所以，雪花如此受到塞北人民的垂青，也就不言而喻了。

看似淡淡的几笔，却将如此深刻的主题有机地融入柔美的旋律之中，这种美，不仅仅在于词藻的华美和音符的铿锵，还在于感情的纯和，把雪写得富有生命力，富有人情味。这里的雪，不再是纯粹的自然现象，而是人类亲密的伙伴，是春雨的亲姐妹，春天的使节。多么圣洁的雪花，多么神奇的雪花，这首歌以它独具的清新、朴实和诚挚，深深打动了我们的心。

十六、垄上行：性本爱丘山

垄上行

庄奴　词

我从垄上走过，
垄上一片秋色。
枝头树叶金黄，
风来声瑟瑟，
仿佛为季节讴歌。

我从乡间走过，
总有不少收获。
田里稻穗飘香，
农夫忙收割，
微笑在脸上闪烁。

蓝天多辽阔，
点缀着白云几朵。
青山不寂寞，
有小河潺潺流过。

我从垄上走过，
心中装满秋色。
若是有你同行，
你会陪伴我，
重温往日的欢乐。

《垄上行》可谓是一首妙手偶得的小调，歌词将眼前之景信手拈来，将现时之情直抒不讳，于自然明朗之中流露着对生活对自然的留恋和热爱。

　　整首歌表现的是乡间秋色，歌词采用了虚实相间、情景相融的写作手法。"我从垄上走过，垄上一片秋色。枝头树叶金黄，风来声瑟瑟"。这几句是写眼前所见的实景，仿佛为季节讴歌。瑟瑟秋风在作者看来也是秋季的颂歌。"枝头树叶金黄，风来声瑟瑟"，看似轻描淡写却将秋天独特的景观呈现出来，声色俱备。第二段"我从乡间走过，总有不少收获。田里稻穗飘香，农夫忙收割，微笑在脸上闪烁"乃是虚笔，农夫收割的场景着实为萧瑟的秋天增添了不少热闹的气氛，同时也隐约流露出"守拙归园田"的归隐情结。"微笑在脸上闪烁"，形容收获带来的欢乐，暗示农人劳作时的辛苦。第三段作者将将目光和思绪投向了天空和远处的青山。最后一段回想起过往与友人欢乐的生活，心中充满了怀念之情。"心中装满秋色"一句，"秋色"是双关语，除了形容秋天大地的景色外，弦外之音，多少有些惆怅的意味。

　　歌词中作者对自然的向往之情溢于言表，有一种"寓形宇内复几时？曷不委心任去留"的自由洒脱。正如歌词中唱到的："我从乡间走过，总有不少收获"，对于久居都市尘嚣的人，一旦走进自然，走进山水田园，都会有一种亲切感、回归感。既是经年累月追名逐利的倦怠使然，也与业已成为遗传基因的关于原乡、关于大自然怀抱的遥远记忆有关。多以情歌见称的庄奴，写起山水田园也如此得心应手。此是秋日垄上行，从垄上秋色，到心灵收获，所见所感，信笔入词，即有自然天成之趣。以"若是有你同行"几句结束，则见出快乐与人分享的愿望，这与他的另一首《踏浪》"海上的浪花开呀我才到海边来，原来嘛你也爱浪花，才到海边来"，有异曲同工之妙。

十七、鼓浪屿之歌：美丽的海岛

鼓浪屿之歌

张藜、红曙　词

鼓浪屿四周海茫茫，
海水鼓起波浪。

鼓浪屿遥对着台湾岛，
台湾是我家乡。
登上日光岩眺望，
只见云海苍苍。
我渴望，我渴望，
快快见到你，
美丽的基隆港！

母亲生我在台湾岛，
基隆港把我滋养。
我紧紧偎依着老水手，
听他讲海龙王。
那迷人的故事吸引我，
他娓娓的话语刻心上。
我渴望，我渴望，
快快见到你，
美丽的基隆港！

鼓浪屿海波在日夜唱，
唱不尽骨肉情长。
舀不干海峡的思乡水，
思乡水鼓动波浪。
思乡思乡啊思乡，
鼓浪鼓浪啊鼓浪。
我渴望，我渴望，
快快见到你，
美丽的基隆港！

这首《鼓浪屿之波》创作于1981年。1981年底，在海峡两岸"和平统一"的背景下，福建省委对台办、福建省台湾同胞联谊会、福建人民广播电台、福建电视台等联合组织了一次音乐采风创作活动，省内外的十多位词曲作家深入福建省的平潭、晋江、惠安崇武、厦门等地，创作了百余首此类题材的歌曲。其中，词曲作家张藜、红曙、钟立民在鼓浪屿登上了

日光岩，听着涛声遥望台湾岛，胸中涌现了创作的灵感，他们提笔共同写下了这首充满了思乡之情和爱国主义情怀的歌曲。

歌词借鼓浪屿的涛声来诉说思乡情结。"登上日光岩眺望"海那边的台湾岛，作者的思绪渐渐在一片氤氲的海面上展开，"鼓浪屿四周海茫茫"，思乡的情感有如潮水袭来，无法阻挡。当微微的海风吹得心摇神荡，在细腻绵密的情感中时不时地掠过一丝的美丽的感伤，轻轻拨动着你的心弦。那是一种可望而不可即的无奈，在鼓浪屿上遥望台湾岛，宛若伊人在水一方，而滔滔海水让回乡的路变得道阻且长。与其望海感叹，不如就借着这鼓浪屿之波以解心中的块垒。"思乡思乡啊思乡，鼓浪鼓浪啊鼓浪"，浪涛拍打着岩石发出汩汩的声响，像是海浪与岩石缠绵的耳语，诉说难舍难分的情怀，"鼓浪屿海波在日夜唱，唱不尽骨肉情长"，浓浓的情感被演绎出浪漫的极致。

歌词在明朗浅显的语言中隐含着对故乡剪不断理还乱的情思，就像"舀不干海峡的思乡水"一样，"思乡水鼓动波浪"，这一泓的海水似乎也带着愁绪和不安，鼓动起波浪向人们诉说着它内心的迫切与无奈。"我渴望，我渴望，快快见到你，美丽的基隆港！"这一声声深情的呼唤，让我们听到了作者迫切的心声。这一句可谓是一语双关，意味深长。表层的情感是思乡，拨开这层，更深层次的情感是希望两岸能早日统一，希望中国台湾能够早日归来，不要让浅浅的海峡成为永远都不可跨越的鸿沟。

十八、长江之歌：意象寄托情怀

长江之歌

胡宏伟　词

你从雪山走来，春潮是你的风采；
你向东海奔去，惊涛是你的气概。
你用甘甜的乳汁，哺育各族儿女；
你用健美的臂膀，挽起高山大海。
我们赞美长江，你是无穷的源泉；
我们依恋长江，你有母亲的情怀。

你从远古走来，巨浪荡涤着尘埃；
你向未来奔去，涛声回荡在天外。
你用纯洁的清流，灌溉花的国土；
你用磅礴的力量，推动新的时代。
我们赞美长江，你是无穷的源泉；
我们依恋长江，你有母亲的情怀。

　　这是一首先有曲谱、后征集歌词的填词之作。1983年，中央电视台连续半年每晚播出专题片《话说长江》，其片头音乐渐渐深入人心，人们不满足于随着旋律"啦啦啦"了，纷纷要求填词。毕竟音乐的表达是抽象的、朦胧的，一腔爱国热情，需要歌词作具体而明确的言说。在近5000首词作中，胡宏伟的这首词，以其构思独特、大气磅礴的风格，脱颖而出。

　　《长江之歌》气势磅礴，赞颂了长江的宏伟、壮丽，表达了对长江的热爱、依恋之情。歌词的第一段着眼于空间："你从雪山走来""你向东海奔去"，写出了长江源远流长、宏伟博大、多姿多彩。第二段便着眼于时间："你从远古走来""你向未来奔去"，写出了长江古老悠久、气势磅礴、力量无穷。这两部分运用前后两次出现的"我们赞美长江，你是无穷的源泉；我们依恋长江，你有母亲的情怀"贯通起来，以对长江"赞美""依恋"的真挚感情作主线，时空交织，给读者以强烈的艺术感染，进而升腾起对祖国大好河山的热爱之情。

　　历史的浩渺云烟在笔下翻滚，作者不可回避地要描写长江的历史。"你从远古走来，巨浪荡涤着尘埃"，但这仅是为长江奔向今天和明天作铺垫，因而略写，而对今日的长江却连用几个排比，进行了浓墨重彩的涂抹，打磨得美轮美奂，形成一道亮丽的风景。其构思要领是，以语言营造意象，以意象寄托情思。此时，语言是构造意象的材料，意象是寄托情思的载体。歌词以长江象征祖国，作纯意象的表达。其中没有一句直接抒发爱国之情，所有的情怀都寄托于长江这一意象。词人采用了拟人化的手法，亲切，生动，歌词主体部分不见长江二字，却又句句不离长江。古人写诗，有"不著一字，尽得风流"之说。乍一看，王顾左右而言他，细一品，无不与主题紧密结合，这种手法值得借鉴。意境是一种艺术境界，一种诗意空间，许多歌词作品都通过其意象群匠心独运的布置，创造出各自的意境。

每次听《长江之歌》都让人感到热血沸腾。歌曲气势如虹却不失婉转起伏；令人心潮澎湃而又荡气回肠。词、曲都如波涛汹涌的长江一样，一浪推动一浪，一直到最高潮。

思考与拓展

1. 试寻找一组描绘家乡秀美的歌词，比较它们在表现家乡美景、抒发爱家乡爱祖国情感方面的异同。

2. 欣赏歌曲《大理三月好风光》，分析歌词的语言美、形象美、意境美。

第六章：心灵写意：冷眼向洋看世界

　　所谓流行音乐，是指那些结构短小、内容通俗、形式活泼、情感真挚，并被广大群众所喜爱，广泛传唱或欣赏，流行一时的甚至流传后世的器乐曲和歌曲。这些乐曲和歌曲，植根于大众生活的丰厚土壤之中，因此，又有"大众音乐"之称。1978年，党的十一届三中全会之后，通俗歌曲乘着开放之风以最快的速度冲进大陆。它以录音带为载体，从香港、台湾登临广州，而后悄然进京。"春江水暖鸭先知"，敏感、活跃的男女青年率先迎接了它。仿佛在一夜之间，通俗歌曲进入家庭，传遍城乡，形成了对传统演唱的巨大冲击。

　　英国诗人柯勒律治说过："心灵里没有音乐，绝不可能成为一个真正的诗人。"事实上，诗、乐、舞之间，自古以来就是一个共同体，三者密不可分，《尚书·尧典》里说："诗言志，歌永言，声依永，律和声。"一首歌的创作，在另一种话语表述上，也是一首诗或者词的创作。很多流行歌曲，本身就是一首优美的诗或者词，它和文学作品是相辅相承、异曲同工的，比如苏轼的经典作品《水调歌头·明月几时有》，就被一代天后邓丽君天籁一般的声音演绎得淋漓尽致。流行歌曲作为时代的喉舌，以它敏锐的时代嗅觉、反应的及时和独特的个性与表达，逐渐走上了社会这个大舞台；作为思想活跃的青年学子，他们接受新事物、新思想、新观点的能力本身就比一般人强，而流行歌曲具有的语言口语化、节奏简单明快、贴近社会生活的特点，让青年人更容易接受。校园流行歌曲就这样在潜移默化中，慢慢形成了气候，并影响了一代又一代人。

　　流行歌曲之所以占有绝对市场，原因并不简单。首先，流行歌曲以歌词的口语化，打破了传统歌曲的矫揉造作和一本正经，亲切、自然，朗朗上口，易学易唱，传播速度快，传播范围广，像军旅歌曲《军港之夜》，向往真善美的《渴望》，反映乐观旷达心态的《小草》……。其次，流行歌曲紧追时代脚步，谱写当代生活，聚焦社会热点，与时俱进，自由性、包容性强，像歌颂友谊的《思念》与《永远是朋友》，表达美好爱情的《再回首》《涛声依旧》……，深得人们的青睐。

那些耳熟能详的歌曲，记载着一代代人的青涩岁月，让人们在回味生活的过程中，重温往昔的小美好。

一、踏雪寻梅：书斋意趣

踏雪寻梅

刘雪庵　词

雪霁天晴朗，

腊梅处处香，

骑驴灞桥过，

铃儿响叮当，

响叮当，响叮当，响叮当。

好花采得瓶供养，

伴我书声琴韵，

共度好时光。

《踏雪寻梅》创作于二十世纪三十年代，后编入由商务印书馆出版的《复兴中学教科书》。词作者刘雪庵曾师从词学大师龙榆生学习中国韵文及古典诗词，具有深厚的古典文学基础。他早期创作的歌词也都极具中国古典文化特色，为中国古典诗词现代化作出了卓著的贡献。其中《踏雪寻梅》《飘零的落花》《菊花黄》《枫桥夜泊》《红豆词》等乐曲典雅高洁，温柔敦厚，艺术韵味浓郁。另一类抒情乐曲则借鉴古乐府的通俗易懂，如《早行乐》《采莲谣》《布谷》《淮南民谣》等词作，婉转生动，具有浓郁的生活气息，民间广为传唱，甚至漂洋过海，在海外广为流传。

这首《踏雪寻梅》为刘雪庵在校时的一篇习作。歌词描绘了雪霁天晴、腊梅吐香的冬日怡人景色，骑驴信步，铃声清朗，意境清远。歌词后来经著名音乐家黄自谱曲后广为传唱。歌词在语言上简洁明朗，很好地演绎了典雅敦厚的诗学传统。而词作字里行间时时闪耀的趣味与闲适的情怀使得歌词充满古典韵味又不乏现代气息。

歌词中"雪霁天晴朗，腊梅处处香，骑驴灞桥过，铃儿响叮当"前三句描写雪后骑驴外出时的情景，后一句模仿铃铛响声。诗句化用了孟浩然灞桥踏雪寻梅的典故。明代著名散文家张岱曾在《夜航船》中提及：孟浩然情怀旷达，常冒雪骑驴寻梅，且曰："吾诗思在灞桥风雪中驴背上。"歌词巧妙地将文人雅士赏爱风景苦心作诗的情致，转换为学子踏雪游园时活泼开朗的欢欣心境，而"好花采得瓶供养，伴我书声琴韵，共度好时光"是前面情感的深化，刻画了郊游人喜悦的情绪。诗句将这种欢乐转移到书斋之中，使得枯燥的学习生活充满闲情雅致，富有生活情趣。全曲短小精练，生活气息浓厚，也富有诗情画意。

二、小城故事：一幅中国写意画

小城故事

庄奴　词

小城故事多，
充满喜和乐，
若是你到小城来，
收获特别多。
看似一幅画，
听像一首歌，
人生境界真善美，
这里已包括。
谈的谈，说的说，
小城故事真不错。
请你的朋友一起来，
小城来作客。

庄奴先生说，《小城故事》中的小城，实际上就是普通的农村乡镇，换个方式讲，或许就是今天的社区。想一想，一个传统的农村、乡镇，及现在的社区，是平衡的、安宁的、祥和的，然而，也必然会有些故事发生。其实，小城是遍及我国台湾各地的，那些古老的街道，弯弯的小河，静静的山岗，既有孤寂的诗趣，也能令人感到温馨。所以，歌词一落笔，就写出了"小城故事多，充满喜和乐。若是你到小城来，收获特别多"。农村乡镇，有山有水，富有自然美，富有人情味："看似一幅画，听像一首歌，人生境界真善美，这里已包括。"想都不用想，下笔水到渠成。再往下写："谈的谈，说的说，小城故事真不错，请你的朋友一起来，小城来作客。"至此歌词已然结束。就这么平淡，也就这么短。

写意画是传统中国画里令人赏心悦目的画种。它以淋漓的水墨，纵横的笔法，灵动的气势，让人叹为观止。1978 年，《小城故事》作为同名电影的主题曲被邓丽君甜美的声音演绎得无与伦比。而它的诗情画意，通过作者的精心描绘，也深深地烙在了听众的心上。

第一，立意巧妙，气韵生动。当你欣赏一幅画的时候，感觉好才使你仔细地看下去，接着深入地研究。如果一幅画给人的印象是呆板的，它怎么能吸引人呢？歌曲也如此。小城里的故事发生得不少，充满了欢乐，作者把他对小城的观察、体验、感受，统统写进了歌曲里，以此叩动欣赏者的情意。逼真不是创作的目的，形似敌不过神似，"看似一幅画，听像一首歌"一句，含蓄朦胧，重意趣，新奇自然却又合情合理，小城的美便栩栩如生，跃然纸上。一幅画里笔和墨如同骨肉，不可分离，欣赏一幅画用墨水平高下，要看用墨是灵活还是呆板，用墨灵活，变化多端，才叫作活墨。一幅水墨画的高下不但要看画家是否具有抖擞的气魄，更要看他透过貌似随意的精心刻画而表现出的胆力和闪光的灵魂。《小城故事》里，作者对小城的赞美溢于言表，却又表现有度："人生境界真善美，这里已包括。"不必费尽笔墨，堆砌一些肉麻、阿谀的词汇，信手拈来就好。

第二，形神兼备，情贵在真。珠圆玉润的旋律是否会让你沉浸在一个曲径通幽的世界里？小城不但山美水美，而且城里的人家都是好客、热情大方的，欢迎你的同时，连你的朋友也一并带上。无论是坐茶馆里喝茶谈天的阿公，还是穿针引线的老阿婆，也许，还有那泛着青光的石板街，都给这小城增添了一抹历史的色彩感。在这样的境地里，你还会烦心于尘世的浮躁吗？作者所说的"小城"，其实还在与一个隐含的都市做着对比，那些甚嚣尘上的浮华、诱惑，充斥着大城市的角角落落，而要寻找安静、祥和，却要到这样的小城来了。起初，每一个人的心里都有一座这样的小城，只是随着阅历的增长，这座小城被慢慢地丢掉了。而要重新发现这样的小城，却要静下心来，细细地去来时的路上寻找了。

王雪涛说得好："写者，心画也；意者，情趣也。"写意画就是通过独有的笔墨建构，将客观物象的神韵与主观心灵感受相撞相融而派生出以形写神的艺术形体，并赋予物象寓意丰富的联想、遐思，与观者产生共鸣、共识。《小城故事》已经做到了，直到现在，它仍然具有很强的艺术感染力。

三、歌声与微笑：快乐之源

歌声与微笑

王健　词

请把我的歌，带回你的家，请把你的微笑留下。
请把我的歌，带回你的家，请把你的微笑留下。
明天明天这歌声，飞遍海角天涯，飞遍海角天涯。
明天明天这微笑，将是遍野春花，将是遍野春花。
请把我的歌，带回你的家，请把你的微笑留下。
啦 啦 啦 啦 啦……

《歌声与微笑》是一首广为流传的儿歌。1986 年 8 月底，王健收到上海电视台的一封约稿信，请她为第一届上海国际电视艺术节创作一首主题歌歌词。信中给了"八字方针——友谊、交流、合作、发展"，并规定歌词不许超过 6 行。之后，上海电视台将包含王健所作歌词在内的多首艺术节主题歌歌词，以油印并匿去歌词作者姓名的方式寄给谷建芬，请她挑选一首最好的歌词进行谱曲。经过精心挑选，谷建芬选择了王健创作的歌词并完成了谱曲创作。

这首歌词之所以能被音乐家选中谱曲，之后又能够久唱不衰，与其简短而不失韵味的歌词有关。词作者王健抓住"歌""家""微笑"几个意象展开一段小孩过家家式的有趣对话。"请把我的歌，带回你的家，请把你的微笑留下。"这种充满童真童趣的话语，很容易引发听者对童年趣事的回忆：或是两块不同糖果的相互交换，或是两个玩具的交替玩耍……这里的"我的歌"和"你的微笑"也有如那些不看价钱只重乐趣与情谊的事物的交换，这在物欲横流的现代社会里是多么珍贵，多么与众不同，让人的心灵也随之回到那最圣洁的净土，一同享受这份纯粹的欢愉。

另外，词作者将"歌声"和"微笑"作为两个独立存在的个体来描写，使它们似乎有了外在的形，有了自己的生命，使意境变得更加鲜活起来。词中还运用了反复的手法，歌词相同而旋律上做了一定修改，这使得要表达的情感得到积累、强化，给人一种简明的快感，而副歌部分运用反复的艺术表现手法，不仅有利于情感的抒发，且符合倡导呼吁美好事物的主旨，增加了歌曲的感染力。

"歌声"与"微笑"不仅仅是指两者本身，更可以象征所有美好的东西，这些美好的事物或者情感的交换与付出，也将会使我们的"微笑"更甜，更美。正如歌中唱到歌声"飞遍海角天涯"，微笑将是"遍野春花"，歌曲承载着希望，温暖、美化着整个世界。词作者王健说："我在写这个作品时，心态沉静得就像年轻人一样，因为心理负担重是成人才有的心理状态，只有静下心，才会快乐。"心似少年时作此词，难怪《歌声与微笑》里一直在传递着快乐的内容。自歌曲创作以来，每到欢乐的场合，人们常常想到用这首歌表达情感。歌曲也多次漂洋过海，走向世界各地，传递着中国人民的友谊。特别值得一提的是，此歌曲被中国第一艘探月航天器"嫦娥一号"搭载进入月球轨道。

歌词简短，曲调活泼，充满欢乐，为人们所喜爱。在旋律方面，这首歌也是较注重押韵的，第一部分的韵脚"家"和"下"，押的都是"ia"韵，第二部分"涯"及"花"则押"a"及"ua"韵，但二者都属韵部体系中的"发花辙"，因此可划为一韵。整首歌曲在韵律上基本可以达到和谐的效果。

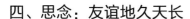

四、思念：友谊地久天长

思念

乔羽　词

你从哪里来，我的朋友，

好像一只蝴蝶飞进我的窗口。

不知能作几日停留，

我们已经分别得太久太久。

你从哪里来，我的朋友，

你好像一只蝴蝶飞进我的窗口。

为何你一去，便无消息，

只把思念积压在我心头。

你从哪里来，我的朋友，

好像一只蝴蝶飞进我的窗口。

不知能作几日停留，

我们已经分别得太久太久。

你从哪里来，我的朋友。

你好像一只蝴蝶飞进我的窗口。

难道你又要，匆匆离去，

又把聚会当作一次分手。

《思念》创作于 1986 年。1987 年在北京举办的"谷建芬作品音乐会"中由范琳琳首唱，1988 年在中央电视台的春节联欢晚会上由毛阿敏再次演唱，此后便广为传唱。乔羽先生的歌词，以轻灵、飘逸的"蝴蝶"喻友人，意象独特，以小见大，浅而不薄，淡而有味。

第一，托物言志。"蝴蝶"这个意象的使用，由来已久，本身并不新奇。在中国传统文化中，《庄子·齐物论》里，"庄周梦蝶"的故事传天下，"蝴蝶"在这里成了梦幻的象征，充满了迷离恍惚、空虚惘然的色彩。李商隐《锦瑟》中"庄生晓梦迷蝴蝶"即化用此意。后来，人们因为蝴蝶成双成对、双飞双憩的特性，以其喻夫妻，比如《梁祝》里的"化蝶"。《红楼梦》里，"宝钗扑蝶"的场面，让人记忆犹新，这里的"蝴蝶"就与宝钗生气勃勃的身影相联系。在这首歌里，"蝴蝶"作为中心意象，成了"友人"的象征。这个意象还是第一次出现，新颖，别致，令人眼前一亮。该词师法自然，用"蝴蝶"这样一个简洁、含蓄、浓缩的意象，表达了对老友深深的思念之情；加上朴实无华的语言，巧妙的构思，赋予了作品更大的张力，使作品的内涵更加丰富，意蕴隽永。

第二，思与境偕。司空图在《与王驾评诗书》中评论王驾的诗说："五言所得，长于思与境偕，乃诗家之所尚者。""思与境偕"就是要求作品中所表达的思想感情和客观情境合为一体，做到情景交融。《思念》一词，把对朋友深沉的感情深深地融入到现实生活中来，因而更容易引起听众共鸣。正如杜甫《忆昔二首》（二）里所说的："天下朋友皆胶漆。"既然志趣相投，身为同道中人，情逾骨肉，纵使天各一方，也能梦寐相连，终生不渝。爱默生说："每个人的一生都在寻找友谊中度过。"什么是真正的朋友？真正的朋友，就是在你孤独的时候，痛苦的时候，能第一个想到的人；即使两人相隔天涯，你也总会在某一个时刻，默默地思念着他，祝福着他。《思念》这首歌，描写的就是这种情到深处浓的友情，真挚，亲切，与物欲横流无关。

《思念》一词，乔羽整整构思了24年才付之成文。在乔羽的记忆中，他有过一段美妙的"遭遇"。那是1962年，乔羽住在郊外，楼房外围是农田，蝴蝶蜜蜂飞舞。那天，他一个人在家，突然，一只蝴蝶从窗外飞了进来。它自在而得意，欢快而轻柔，灵动而飘逸，就像一位老友似的绕着屋子飞了20多圈。乔羽吃惊地看着这只小生灵，丝毫没有惊动它，直到它又从窗口飞了出去。乔羽站起身来，看着这只金黄的蝴蝶飞到那一片黄色的菜花里看不见了。"莫名其妙地，我当时就产生了一种奇怪的感觉，既不是高兴，也不是不高兴，不是悲伤，也不是欢乐。"于是他记住了那种说不清楚的感觉。24年后，也就是1986年，他提笔写到咏叹友谊的歌词《思念》时，才把沉淀在心中的那一段回忆重新开启，写就了又一首经久不衰的好歌。因为融入了自己最真实的情感，这首歌才如此打动人心。而"蝴蝶"这个意象，也从此跟"友谊"联系在了一起。

与其他命题之作相比，《思念》词中并无惊人之语，是在一种自由自主、无拘束的状态下完成的，是一种完全自觉的方式，在对人性人情的开掘上，更加接近生命本体。作者用自己的文采，描画了友谊最绚烂动人的色彩，谱写了一曲震撼心灵的真情之歌！

五、军港之夜：一剂"音乐处方"

军港之夜

马金星　词

军港的夜啊静悄悄，
海浪把战舰轻轻地摇，
年轻的水兵头枕着波涛，
睡梦中露出甜美的微笑。
海风你轻轻地吹，
海浪你轻轻地摇，
远航的水兵多么辛劳。
回到了祖国母亲的怀抱，
让我们的水兵好好睡觉。

军港的夜啊静悄悄，
海浪把战舰轻轻地摇，
年轻的水兵头枕着波涛，
睡梦中露出幸福的微笑。
海风你轻轻地吹，
海浪你轻轻地摇，
远航的水兵多么辛劳。
待到朝霞映红了海面，
看我们的战舰又要起锚。

军旅歌曲给人们的印象总是激昂雄壮的。改革开放初期，一位女生用轻柔浪漫的语调描述的军港之夜，把听众带进了夜色恬静的军港，让人们感受到了阳刚背后的温情，也给人们留下了不可磨灭的印象。1980 年 9 月底，新星音乐会在北京举行，海政歌舞团决定派苏小明代表该团参演。当时苏小明准备的是外国歌曲，领导认为在这种场合演唱外国歌曲不合适，便要词作家马金星、曲作家刘诗召根据苏小明的嗓音条件，写一首带有海

军特色的新歌曲。

接到任务后，马金星忽然想起1976年中秋节，自己作为海军政治部文工团专业创作员外出采风，住在蚂蚁岛公社招待所时的情景。当时不知是思乡还是其他原因，夜已经很深了，他还没有进入梦乡，只听到下面由远而近传来的阵阵涛声，感觉自己就像睡在波浪里。"这个情景给我的印象太深了，就像压了一颗最结实的子弹。"因为有了切身的体验，他一气呵成，草就了歌词；歌词的音乐特征明显，刘诗召也一挥而就完成了谱曲。一曲歌颂辛劳驻守在军港的水兵之歌——《军港之夜》就新鲜出炉了。在新星音乐会上，经过苏小明质朴含蓄、如浓酒般醇厚的演唱，迅速流传开来。

一曲《军港之夜》，恰如摇篮一般的轻摆，轻柔曼妙的旋律如同舒缓的海浪，听着、听着，身心会不自觉地随着歌声轻轻摇荡，令人沉醉不已。而海军战士以苦为乐、甘于奉献的精神，也在音符的轻轻流动中，得到了彰显。作者用词极为节俭，线条明显，条理清晰，但是，传达出来的含义却很丰富。军港静悄悄的"夜"，轻轻摇动的战舰，轻轻吹动的海风，轻轻晃动的波涛，香甜的睡梦和甜美的微笑，这些镜头，没有一个不恬静，没有一个不温馨。情景交融，人与物相处和谐，而和谐，正是一种美的极致。虽然用词简约，形式却不呆板。一个"头枕着波涛"，生动形象，立意很高。谁都知道，在海风海浪里搏击的水兵，与大海的关系如同鱼和水，而波浪的晃动，带动战舰的晃动，因此，头枕着的非波涛也，而是战舰也。思维必须跳跃起来，才能跟得上作者灵动的节拍。同时，歌词也表达了关爱辛劳了一天的战士们之情，祈使句"海风你轻轻地吹，海浪你轻轻地摇"，仿佛让我们看到了作者在嘴边竖起的手指：嘘！风与浪要小声点儿，战士们在休息，千万别吵醒他们啊！因为"待到朝霞映红了海面，看我们的战舰又要起锚"。

六、雾里看花：真伪难辨的世界

雾里看花

阎肃　词

雾里看花，水中望月，

你能分辨这变幻莫测的世界？

涛走云飞，花开花谢，

你能把握这摇曳多姿的季节？

烦恼最是无情叶，

笑语欢颜难道说那就是亲热？

温存未必就是体贴。

你知哪句是真，哪句是假，

哪一句是情丝凝结？

借我借我一双慧眼吧，

让我把这纷扰看得，

清清楚楚明明白白真真切切！

借我借我一双慧眼吧，

让我把这纷扰看得，

清清楚楚明明白白真真切切！

1993 年，《商标法》颁布十周年，中央电视台二套经济部要办个晚会，需要一首"打假歌"。阎肃应邀创作了《雾里看花》，描绘了那种在各类真真假假的商品中无所适从的状态。后来，因为歌词包孕着多义性，而有了不同的解读方式，比如有人以为在唱爱情。总的来说，是要听众明辨生活中的是是非非。

"雾里看花"一词，源自杜甫《小寒食舟中作》："春水船如天上坐，老年花似雾中看。"指老眼昏花，看东西不清楚。在这里，"雾里看花"与"水中望月"并列，似虚似实，若有若无，鱼龙混杂，影响了你判断是非的能力，你是否还能准确地辨别自己的目标，并且跟上时代？世界万物，都在各自的轨道上行走，大自然的四时更替，也让人应接不暇。时代进步得太快，诱惑充盈着世界，你能否把握得住时代的脉搏？见惯了逢场作戏的人，即使看到笑脸和温存，也让人不由得在心里多咂摸几回。耳朵里听到的，有真话有假话，可哪一句才是肺腑之言呢？不是我们不明白，而是这世界实在变化太快。全文娓娓道来，营造出来的意境含蓄深远，韵味无穷，没有任何人工痕迹，并且具有朦朦胧胧的美感，如同严羽《沧浪诗话》："空中之音，相中之色，水中之月，镜中之象，言有尽而意无穷。"又如戴叔伦所说："蓝田日暖，良玉生烟，可望而不可置于眉睫之前也。"让人体验到无穷的言外之意、韵外之致、味外之旨。

作者先用"笑语欢颜难道说那就是亲热？温存未必就是体贴，你知哪句是真哪句是假？哪一句是情丝凝结"这种诘问把人带入一个不停反思的境地。接着，突然笔锋一转："借我借我一双慧眼吧，让我把这纷扰看得，清清楚楚明明白白真真切切。"祈使句的重复使用，表达了一种强烈的愿望：消灭假恶丑，向往真善美。而"清清楚楚""明明白白""真真切切"三个叠词的连用，也助长了这样一种感情，已经到了迫不得已的境地了。

阎肃调用了各种修辞手法为歌词创作服务。"雾里看花，水中望月"与"涛走云飞，花开花谢"等四字句的运用不仅使生活的具象富有诗意，还富有节奏、朗朗上口；"烦恼最是无情叶"起始的五句，实际上是两个排比的长句，五句排列的效果，有痛快淋漓、一泻千里之势。

七、涛声依旧：寻找回来的世界

涛声依旧

陈小奇　词

带走一盏渔火，让它温暖我的双眼；
留下一段真情，让它停泊在枫桥边。
无助的我，已经疏远那份情感，
许多年以后，才发觉又回到你面前。
留连的钟声，还在敲打我的无眠；
尘封的日子，始终不会是一片云烟。
久违的你，一定保存着那张笑脸，
许多年以后，能不能接受彼此的改变。
月落乌啼，总是千年的风霜；
涛声依旧，不见当初的夜晚。
今天的你我，怎样重复昨天的故事，
这一张旧船票，能否登上你的客船。

这首歌描写的是一个非常经典的爱情故事：在一个秋日的晚上，青春烂漫的男孩和女孩在枫桥古镇边相遇，然后相知、相恋。最后因为不得已的原因，怀着一份对对方无尽的思念和真情分手，回到了各自的世界。许多年后的一天，两个已步入中年的男女，又在枫桥边相遇，面对江枫渔火，古寺钟声，双方蕴积多年的思念一下子爆发出来。经过太多的世事沧桑、太多的荣辱沉浮、太多的感情折磨，才知道站在面前的这个人，就是自己一生中要苦苦等待的人。这份真爱已经错过一次，千万不能再次错过。那种久淤于心的祈盼、渴望，以及见到对方后的那种欣喜、对对方心思的猜度和心灵的感应，都蕴含在歌词所表达的意境中。

一种情，一种难以忘怀的情，经过多年的风雨飘零，仍旧埋藏在心底，炽热不变，忠贞不渝。歌词没有刻意去追求那份悲伤，也没有刻意去渲染那份错过的无奈。在洒脱的歌声中，如怨如诉，蕴含着一种淡淡的温婉和忧愁。这种带点古色古香味道的爱情经典歌曲非常优美，能触动我们每个人感情深处最脆弱的那根神经。"年年岁岁花相似，岁岁年年人不同"。时过境迁，青春却不能回头。相信经历了风霜之后的人们，体会得更加深刻吧？

词作者陈小奇对传统诗词有很深的领悟，《涛声依旧》便化用了唐代诗人张继的名篇《枫桥夜泊》："月落乌啼霜满天，江枫渔火对愁眠。姑苏城外寒山寺，夜半钟声到客船。"愁情别绪，韵味深远，而歌词的化用，使这首诗重新焕发了青春。曾经的一切，似乎早已成为过眼云烟，可是主人公不愿意接受这样的结局，对于他而言，过往的一切仍记忆犹新，就像发生在昨天。不管这中间发生了什么，不管时空如何变化，他都深深地怀念着。曾经一起走过的地方，曾经留下美好回忆的地方，曾经伤感流泪的地方，现在都成了一触即发的导火索。山还是那个山，桥还是那个桥，可是，人还是从前的那个人吗？世界那么大，却又是那么小，没想到的是，"许多年以后才发觉又回到你面前"，如今，他们还"能不能接受彼此的改变"？当面对那个重新寻找回来的世界时，新的问题又出现了："今天的你我怎样重复昨天的故事？"世界上，最具有不可思议的魔力的，就是感情。感情像雾像雨又像风，难以捉摸。徐志摩在《致梁启超》里曾说："我将于茫茫人海中访我唯一灵魂之伴侣，得之，我幸；不得，我命。"可真的面对那些情感纠葛的时候，徐志摩自己也束手无策。所以，当感情再次从决裂走向回归，人们做好准备了吗？

外延和内涵是诗歌语言中经常在起作用的因素，而张力就是语义学意义上的外延与内涵的协调。文学既要有内涵，也要有外延，既要有丰富的联想意义，又要有明晰的概念意义，诗歌应当是意义的统一体，优秀的诗作都是联想、暗示与明晰、概念的结合体。歌词也不例外。《涛声依旧》不仅联想丰富，把作者的审美旨趣、品格追求与自然风光融为一体，而且正是在这一体化的境界中，把苦闷、矛盾、孤独的内心世界融注在一首富有张力的古典诗歌中。乔羽先生也给予《涛声依旧》极高的评价："中国歌词界注意陈小奇这个名字，是在一曲《涛声依旧》广泛流行于全国之后。这首意蕴深厚、诗意葱茏，而且极富个性色彩的佳作，使人感到我们的词坛上出现了一位值得寄予厚望的作者。……小奇对中国古典诗词的妙处颇有领会……小奇对中国诗词就不是模仿，不是套用，而是作为自己的一种涵养，一种眼界，来酿造自己的酒浆。"

八、春天的故事：一幅中国改革开放的画卷

春天的故事

蒋开儒、叶旭全　词

一九七九年，那是一个春天，
有一位老人在中国的南海边画了一个圈。
神话般地崛起座座城，
奇迹般聚起座座金山。
春雷啊唤醒了长城内外，
春辉啊暖透了大江两岸。
啊，中国，中国，
你迈开了气壮山河的新步伐，
你迈开了气壮山河的新步伐，
走进万象更新的春天。

一九九二年，又是一个春天，
有一位老人在中国的南海边写下诗篇。
天地间荡起滚滚春潮，

　　征途上扬起浩浩风帆。

　　春风啊吹绿了东方神州，

　　春雨啊滋润了华夏故园。

　　啊，中国，中国，

　　你展开了一幅百年的新画卷，

　　你展开了一幅百年的新画卷，

　　捧出万紫千红的春天。

　　1979 年春天，邓小平同志在深圳勾画出了一幅改革开放的蓝图；1992年春天，邓小平同志南方谈话，开拓了改革开放的新局面；1994 年，又一个春天，三位投身特区的艺术工作者，有感于自己的亲身经历，写出了一首感人至深的歌。歌声中，一幅改革开放的画卷徐徐展开，一个划时代的事件和伟人重现眼前。

　　《春天的故事》用歌声记下了中国新时期发展的历史。歌词气势磅礴，意境深远，具有丰富的政治文化内涵，热情赞颂了划时代的创举，深情描绘了上升中的中国发生的翻天覆地的变化。改革开放让中国和中国人民迎来了自己的春天，抒情歌曲的基调并没有影响歌曲对主题把握的力度，同样歌词并没有因为主题而限制情感的抒发。作者没有直抒胸臆，而是将这种情感化作"春雷""春辉""春风""春雨"编织出春天的故事，委婉含蓄，深情感人。

　　从歌词的整体结构来看，其章法整洁，文理清晰。歌词前后两节在形式和内容上并没有太大的变化，从"那是一个春天"到"又是一个春天"，作者以时间为碑界将歌词分为两个部分，以时间为经线，以具体的历史事件为纬线，给人以深切的时代感，生动再现了改革开放的历史画面。歌词将具体的历史事件进行了诗化的处理，在准确把握实事反映当代问题的同时，能够和现实保持一定距离，兼顾了作品的艺术性。例如"有一位老人在南海边画了一个圈"就要比"邓小平同志在广东画了一个圈"要生动、亲切得多。此外，歌词成功地营造出了一种对话语境，不论是"啊，中国，中国"的深情召唤后，还是对"你"的描摹都让我们感受到一股浓浓的人间真情。

　　这首歌曲拥有史诗的气势，同时充满百姓的情怀。歌词风格朴素平和，亲切感人。它讲述的是大题材，大人物，用的却是百姓的家常话，真切细腻，令人倍感亲切。歌曲虽然选用的是改革开放的主题，应属政治题材，但是由于作者运用了通俗的语言，使得这样的一曲时代颂歌真正地走进了千万百姓的生活，反映了人民对改革开放的拥护和对邓小平同志的崇敬之情。可以说，它用百姓的语言记录了中国一个时代的沧桑巨变和历史风采。

九、走进新时代：歌唱新中国的领路人

走进新时代

蒋开儒　词

总想对你表白，
我的心情是多么豪迈，
总想对你倾诉，
我对生活是多么热爱。
勤劳勇敢的中国人，
意气风发走进新时代，
啊！我们意气风发走进新时代。

让我告诉世界，
中国命运自己主宰，
让我告诉未来，
中国进行着接力赛。
承前启后的领路人，
带领我们走进新时代。
啊！带领我们走进新时代。

我们唱着东方红，
当家做主站起来，
我们讲着春天的故事，
改革开放富起来。

继往开来的领路人，

带领我们走进新时代，

高举旗帜开创未来。

《走进新时代》是一首红色歌曲，谱写了爱国主义激情，旋律充满正气，歌词健康向上。这首歌以领唱和合唱的形式歌颂了我们伟大的党和人民，具有抒情歌曲的特点，深情地反映了对祖国、对人民和对一切美好事物的热爱。改革开放后，一曲《走进新时代》增加了我们建设社会主义现代化强国的决心和信念，而且也展现了一直以来我国以歌曲抒写时代的人文传统。

歌词总共分成两个部分。

第一部分可分为两小段。第一段是情感的铺垫，两个"总想"领起，写出了那份似乎积压已久、汹涌澎湃、呼之欲出的豪迈心情及对生活的热爱之情，句子直抒胸臆，曲子悠扬高亢，使听者的情绪在瞬间被点燃，随着音乐的旋律激动，接着作者道出了"走进新时代"的原因之一，即"勤劳勇敢的中国人"。正是有了"勤劳勇敢的中国人"，才有了今天的"新时代"。

第二段直接明了地说出了祖国的繁荣富强。"让我告诉世界""让我告诉未来"两句，从空间和时间上证明了中国富强的趋势是势不可挡的，"中国命运自己主宰"道出了中国始终坚持和维护独立自主的政策，任何想侵犯我国主权的行为必将遭到坚决的抵抗，这也是坚持国家主权完整的坚定决心的体现。最后一句"承前启后的领路人，带领我们走进新时代"是整首歌的中心句，体现了对承前启后的党的领导人的赞美，肯定了党的先锋队的作用，他们是中国这条船在大海上航行的舵手，是走进新时代的方向标。

歌词第二部分是整首歌的高潮，通过简短的语言，高度概括而又内涵丰富地引导我们回顾新中国的历史进程。

这首歌的歌词通俗易懂，运用老百姓的语言，直接咏唱，让受众感觉亲切、动人，乐于传唱。歌中蕴含的情感真挚，唱出了人们对党和国家的崇高敬意，也展现了新时代人们崭新的精神面貌，让人感受到国家兴旺发达的无限希望。

十、常回家看看：当代中国的伦常

常回家看看

车行　词

找点空闲，找点时间，
领着孩子，常回家看看。
带上笑容，带上祝愿，
陪同爱人，常回家看看。
妈妈准备了一些唠叨，
爸爸张罗了一桌好饭。
生活的烦恼，跟妈妈说说，
工作的事情，向爸爸谈谈。

常回家看看回家看看，
哪怕给妈妈刷刷筷子洗洗碗。
老人不图儿女为家做多大贡献，
一辈子不容易就图个团团圆圆。

常回家看看回家看看，
哪怕给爸爸捶捶后背揉揉肩。
老人不图儿女为家做多大贡献，
一辈子总操心就图个平平安安。

　　最感人的歌曲往往是最现实、最贴近生活的。《常回家看看》这首歌的情感力量有三：一是强烈的亲情呼唤，沁人心脾；二是传统美德的张扬，动人心弦；三是朴素的人生价值观，净化心灵。

　　《常回家看看》有极其鲜明的针对性和感召力。它瞄准了当前社会中一个普遍关注的话题——子女与父母的相处关系。当今社会尤其是城市中，子女与父母分居两处已成为一种相当普遍的家庭模式。年轻子女平时忙于工作，无暇照看老人，而老人退休后往往独居一处，寂寞孤单，双方都有苦与难。造成这一社会矛盾的原因十分复杂，有经济因素，有住房条件，有思想代沟等，一时很难解决。权宜之计只能是劝导子女抽时间"常回家看看"。所以，这首歌单就它提出的题旨而言具有很大的轰动效应，可谓面对现实问题开出的一剂良方，必然受到老人和子女乃至全社会的普遍欢迎。1999 年的春节晚会上，《常回家看看》唱哭了在场的观众，在阖家团圆的特别时刻，引发了千家万户的共鸣，也让这首歌成为具有时代烙印的全民流行歌曲。

歌曲只有唱到人的心灵深处，贯通大众内在真实的心理脉搏，才能撞击出共鸣的火花。这首歌在揣摩老少两代人的心理方面，可谓极其准确贴切。"老人不图儿女为家做多大贡献"，看起来好像是说老人安于现在的状况，其实渗透了父母对子女的浓浓的爱。"一辈子不容易就图个团团圆圆""一辈子总操心就图个平平安安"，几乎成为当今社会上流行的格言。"平平安安"就是幸运，"团团圆圆"就是幸福，有什么比这更重要呢？现代社会，人们的观念改变了，当代父母对儿女的期望，已不像过去那样为了"养儿防老"，为了在物质生活方面有所依靠，而主要转向了精神领域，只希望子女能经常回家团聚，图个情感安慰和热闹快乐。同时，这种心态又非常切合当代青年的愿望。他们往往把自己的爱心和精力更多地投入到自己的下一代，而对于上一辈的回报却少得多。所以这两句歌词既深刻地揭示了老人的真实愿望，也符合年轻人的内心要求，自然受到两代人的共同欣赏。

歌词从头到尾都在告诉年轻人，怎样以最方便实惠的形式来赢得父母的欢心。如回家一定要全体出动："领着孩子""陪着爱人"；一定要带上精神礼物"带上笑容""带上祝福"；到家后要手脚勤快，力所能及地帮老人做家务："哪怕给妈妈刷刷筷子洗洗碗""哪怕给爸爸捶捶后背揉揉肩"；还要针对老人的心理寻找恰当的谈话内容——对妈妈说"生活的烦恼"，彼此得到情感上的宣泄和平衡，对爸爸说"工作的事情"，表达对父亲的尊重，也能得到一些事业上的帮助。这些平常小事能营造出一种欢乐祥和的家庭氛围。实际上，它也体现了一种"家和万事兴"的伦理观念，是对我们中华民族优秀传统美德的继承和发扬。

叠词的大量使用不仅使歌词显得朴实无华，而且使歌词增加了古典诗词的意蕴，感觉更有词的味儿。感情由劝解变诉说，由平静到迫切的希望，始终用口语的方式表达，有着"如泣如诉"的效果。

十一、同一首歌：圆满和谐的大同世界

同一首歌

陈哲　迎节　词

鲜花曾告诉我你怎样走过，
大地知道你心中的每一个角落。
甜蜜的梦啊谁都不会错过，
终于迎来今天这欢聚时刻。
水千条山万座我们曾走过，
每一次相逢和笑脸都彼此铭刻。
在阳光灿烂欢乐的日子里，
我们手拉手想说的太多。
星光撒满了所有的童年，
风雨走遍了世间的角落。
同样的感受给了我们同样的渴望，
同样的欢乐给了我们同一首歌。
阳光下渗透所有的语言，
春天把友好的故事传说。
同样的感受给了我们同样的渴望，
同样的欢乐给了我们同一首歌。

　　"大道之行也，天下为公。选贤与能，讲信修睦，故人不独亲其亲，不独子其子，使老有所终，壮有所用，幼有所长，矜、寡、孤、独、废、疾者皆有所养……故外户而不闭，是谓大同。"儒家的最高社会理想是世界大同。《同一首歌》也表达了这样的一个主题。

　　从歌词的内容来看，它汇集了像鲜花、大地、高山、流水、阳光与星光这类大自然最普通的事物，以及梦想、欢聚、笑脸、童年等人们所熟悉的生命体验，描绘了一幅充满欢声笑语的温馨画面。在这种预设的场景之中，人们冲破了日常生活中的种种矛盾和障碍，彻底摆脱了语言和心灵的屏蔽。鲜花、大地、日月、星光等自然界的万事万物在此刻都可以成为交流的使者。因为即使我们听不懂对方的语言，我们也一定读得懂对方的笑脸。歌词在情感的表达上遵循大众的情感价值体系，并没有异常强烈的意识形态的介入，在遣词造句上显得波澜不惊。它以平和舒缓的节奏构筑自身的内在旋律，犹如轻轻而流的细水，仿佛温柔吹过的清风，涤净凡尘杂感，纯明透亮。歌曲开始，借用"鲜花""大地"等自然意象，引出为世界所关注的"你"，紧接着千千万万个"你"，为了同一个"甜蜜的梦"相聚在一起，纵使经历"水千条山万座"也不畏艰辛。每一个"你"都互相致意问好，铭刻彼此的"笑脸"。在这个"阳光灿烂"和谐美好的日子里，每一个"你"都有说不完的话，共同回忆童年美好的时光，共同走遍世界的角落。大家一起经历，共同感动，怀抱"同样的渴望"；"我们"一起分享，共同欢乐，吟唱"同一首歌"。

《同一首歌》中，描绘了一个大家互珍互爱的温馨画面。谛听悠扬的旋律，抚摸动人的文字，我们的心灵被激活，不再麻木冷漠。用"阳光渗透所有的语言"温暖世界的角落，友爱互助，共筑幸福美好的家园。字里行间呼吁着这种用爱团结在一起的美好世界。它撕去了这世界陈腐丑陋的面目，而露出它本真的、纯洁的美，它使万象都化成美丽，它撮合了狂喜与恐怖，快乐与忧伤，永恒与变幻。在亲切的光辉之下，它磨合了人与人、人与自然之间的差异，一切不可融合的东西最终结成一体。《同一首歌》所要告诉我们的是，爱和希望可以冲破个人狭隘的情感，甚至是种族、国家间的差异。歌词不再是局限于个人自我的情感世界，而是将思想提升到表达人类共同的理想和情感层面，正是因为"同样的感受""同样的渴望""同样的欢乐"，所以，让我们唱出了心中的"同一首歌"。

十二、难忘今宵：欢乐祥和中国年

难忘今宵

乔羽　词

难忘今宵，难忘今宵，
无论天涯与海角，

神州万里同怀抱，

共祝愿祖国好，祖国好！

共祝愿，祖国好！

共祝愿，祖国好！

告别今宵，告别今宵，

无论新友与故交，

明年春来再相邀，

青山在人未老，人未老！

青山在，人未老！

青山在，人未老！

自从《难忘今宵》于1984年春节联欢晚会上首唱到如今，30多年来，这首歌几乎是历届晚会不变的压轴曲目，在"历届春节晚会之最"上也可以写上浓墨重彩的一笔了。

《难忘今宵》的创作非常有趣。乔羽说，当年写作这首歌词，前后用了两个小时。那是1984年，在中央电视台春节联欢晚会排练现场，总导演黄一鹤突然觉得缺少一首与整台晚会相映衬的歌曲，于是匆匆地来到乔羽办公室，开口便直接要歌词："你马上给我写首歌词，春节晚会上要用。内容要有家人团聚，祖国大团圆，亲人间的骨肉之情和对未来的希望。"乔羽当时很吃惊："你说'马上'，什么概念？""就是现在，我坐在这里等，写好就拿走！"乔羽见总导演急得不行，但是又无法当场写就，于是让导演先回，答应早上5点一定交稿。但是送走导演已是凌晨3点，而且事情来得太急，导演连要写什么内容也没有交代。这时，乔羽已经顾不上询问，他联想当时的晚会，大年三十家家团圆，人人都有美好的祝福，这应该是值得人们永远纪念的日子……灵感骤来，疾如春雨。乔羽立马挥毫，难忘、告别，天涯、海角，新友、故交，祖国好、人未老，词意亲切、邃远，贴近观众的心，易于上口传唱。歌词情感深厚，道出了除夕夜所有中国人的心声，更具催动情感的张力和渗透力，既道出了盛筵将散、深情告别时的真挚祝福，又表达了对来年再相会的无限期盼和良好祝愿。两小时内一气呵成，早晨5点，这首歌词准时交到导演手中。

《难忘今宵》歌词简单凝练，一"难忘"一"告别"，把整个除夕夜的话题尽收囊下，包容性强，这也是其成为经典的原因之一。乔羽先生的作品，大至剧本小至歌词，大都能经受住时间的考验，经久不衰，代代相传。乔羽先生的豪爽、耿直是相当有名的，这缘于他的"言为心声"的文学观，他要求自己笔下的每一行词句都必须是有实感而发、有真情而抒的心血结晶，而不是矫揉造作的无病呻吟。关于歌词的创作，乔羽先生说过："我一向不把歌词看作是锦衣美食，高堂华屋。它是寻常人家一日不可或缺的家常饭，粗布衣，或者是虽不宽敞却也温馨的小小院落。"因为不喜欢"为赋新词强说愁"的无病呻吟，他又说："我不喜欢涂脂抹粉，喜欢直来直去的大白话。"因此，歌词朴实无华，却又优美深刻，是乔羽先生一贯的风格，也是《难忘今宵》的突出特点。这首歌词言简意赅、富有诗意、令人遐想，其旋律优美、婉转，颇具有抒情色彩，表达了各民族人民情同手足，共同祝愿祖国繁荣昌盛的美好意愿。

《难忘今宵》，就是他献给春晚的一个特别的礼物。如今，每当《难忘今宵》的音乐响起，我们就知道春节晚会将要徐徐地拉下大幕了。"难忘今宵"这个词，给人留下的空白却很多，难忘今晚的欢歌笑语，难忘一个个精彩的节目，难忘亲朋好友的深情祝福，难忘除夕之夜一家人围坐在一起，团团圆圆，品尝饺子等美食的幸福。这是所有中国人的节日，而且是具有中国特色的节日，不论是在中国内地的，还是漂泊在外的游子，这一晚，整个神州大地都沉浸在欢乐祥和的气氛中，整个中华民族都在为祖国、为家人祈福，祝愿我们的祖国更加繁荣富强，祝愿我们的生活更加美好。十几亿中国人，在这一刻，心心相印。在这美妙的夜晚，我们彼此祝福。天下没有不散的筵席，在"噼里啪啦"的爆竹声中，当我们对彼此说着"再见"的时候，既是告别了除夕，告别了旧历，告别了新友与故交，同时也是奔赴崭新的前程。而告别是为了更好的团聚，明年春天，我们会再一次相聚在这里，在欢快的爆竹声中，向祖国、向亲人送出自己最诚挚的祝福，交流这一年来的收获与进步，为新的起航做准备。

思考与拓展

1. 对比聆听艺术歌曲《我爱你，中国》、民歌《茉莉花》和通俗歌曲《思念》片段，谈谈通俗歌曲和艺术歌曲、民间歌曲各有哪些特点？

2. 谈谈你怎样理解歌词的"与时俱进"？

3. 你对歌曲《凡人歌》的主题思想以及演唱风格有何评价？

4. 你如何看待流行音乐中"古为今用，洋为中用"的创作手法？而对于流行音乐中"鱼龙混杂""精华与糟粕共存"的现象，你是怎样理解的？

第七章　情感飞扬：只为伊人飘香

"问世间情为何物，直教人生死相许。"自古以来，"爱"是永恒，"情"是一个不老的话题。那么，象牙塔中的学生，如何在校园中演绎他们纯洁的情，表达他们真挚的爱呢？有一个情窦初开的男孩，渴望被人注意，渴望得到女孩的爱，所以不停地唱着"对面的女孩看过来"，希望她的脚步能够停留；寻求意中人时，轻轻地吟唱："有位佳人，在水一方"，那是何等迷惘；如果要问爱情有多深，爱有几分？"月亮代表我的心"，就连梦里也是你甜蜜蜜的笑容，因为一剪梅代表我真挚的心；爱情受伤时，那场流星雨也变得昏暗暗，对着三月的小雨轻轻地诉说心愿，看见的是头顶那朵"雨做的云"，无奈地飘啊飘；花谢花飞时，葬花吟的浓浓哀伤，更让人痛惜；离别了，有花好月圆的美好祝福，也有深情的思念：教我如何不想她？流年似水，最值得珍藏的，从那一个个美丽的故事、一首首动听的歌开始，让我们感受到的不仅有温情、珍惜，还有怀念、感动。

一、本事：好一份朦胧的感觉

本事

卢冀野　词

记得当时年纪小，
我爱谈天你爱笑。
有一回并肩坐在桃树下，

风在林梢鸟在叫。

我们不知怎么困觉了，

梦里花儿落多少？

这首温暖的怀旧小诗，在作家三毛和郭敬明的《梦里花落知多少》中都被引用过，以至于被人误为是他们的作品。实际上，这是卢前（卢冀野）先生 1934 年创作的，曾经有黄自、张佩萱先后为之谱曲并且都广为流传。

歌词写得有动有静，有声有色，有人物的个性，也有想象的空间，看是一首诗，却像一幅画，诗趣、情趣都包含在这四五十个字里面，这是何等的语言功底！听着这首歌，很容易联想起古人的"郎骑竹马来，起舞弄青梅。同居长干里，两小无嫌猜。"《本事》中的你我不正是儿时的青梅竹马，两小无猜的玩伴吗？小时懵懂的心理，剪不断，理还乱，才有了这首歌。在这里童年仿佛被过滤、被洗濯过一样，是那样的清纯与明亮，给人以幻觉般的呼唤。两小无猜的纯真爱情，清新淡雅的语象表达，诗的内容与形式有着某种天然的契合，给人一种不刻意求工而自工、不刻意造境而境界出的感觉。"本事"作为词作家的感悟，既是现实的，又是历史的；既是独享的，又是与我们每个人共生的。它有所指又无所指，既实又虚，既亲切又遥远。词作家的高明在于，他含而不露地运用类似电影慢镜头的叙述手段，以画面的高度精确、动态的持续性细微变化，来透露人生历程中分泌出来的隐秘信息，由此造成自成一格的审美效果。与那些"爱你万万年"的"海誓山盟"相比，我更喜欢这种空灵的抒情。

《本事》纯粹是一首白话诗，但从旧诗词底蕴中走出的卢冀野，骨子里还是对汉语的声韵之美难以忘却，所以他写的虽不怎么自然，但是朗朗上口之余有韵味在回荡，通俗易懂之外更有浓郁的诗情在洋溢。有位先生说当下流行的"名曲"，实在找不出可欣赏的文字，反倒看到一些可笑的句子，如"不能没有你呀！"太直白了，全无韵味。想起元人小令中的一首："欲寄君衣君不还，不寄君衣君正寒。寄与不寄间，妾身千万难。"这多好！通俗易懂又含蓄温柔。而新歌曲中，《本事》才是歌词的典范！

二、花儿与少年：丰富斑斓的情感世界

花儿与少年

马步芳　王洛宾　词

春季里那么到了这，
水仙花儿开，
绣呀阁里的女儿呀，
踩呀踩青来呀，
小呀哥哥，小呀哥哥，
小呀哥哥呀，搀我一把来。

夏季里么到了这，
女儿心上焦，
石呀榴花的子儿呀，
赛呀赛过了玛瑙呀，
小呀哥哥，小呀哥哥，
小呀哥哥呀，亲手摘一颗。

秋季里那么到了这，
丹桂花儿开，
女儿家的心呀上，
起呀起了波浪呀，
小呀哥哥，小呀哥哥，
小呀哥哥呀，扯不断情丝长。

冬季里么到了这，
雪花满天飞，
女儿家的心呀上，
赛呀赛过了白雪呀，
小呀哥哥，小呀哥哥，

小呀哥哥呀，认清了你再来。

《花儿与少年》又名《四季调——花儿与少年》，由马步芳创作后经王洛宾改编而成。"花儿"是发源于青海的一种民歌，广泛流传于我国西北地区，其曲调高亢悠扬，歌词淳朴清新，歌曲表达自由率真，有"西北之魂"的美誉。作为一个流传地域广泛的具有西北特色的民族音乐，后经修改而成的《花儿与少年》使得"花儿"歌曲得到了更为广泛的传唱。

歌词每段以不同的花朵起兴，通过对四季流转的描写以及各种花朵的描绘，体现了大自然旺盛的生命力，同时也以此映衬人丰富斑斓的情感世界。踏青的少女看到美好的春光因此触景而生情，正如杜丽娘游园惊梦，由此发出"良辰美景奈何天，赏心乐事谁家院"的感叹。此处歌词运用了虚实相融合的手法，看似写景实是写情，歌词以形象化的手法展现青年女子内心情感的波澜变化。同时歌词又借自然界四季之交替写出情感循序渐进的变化，取得自然生动的审美效果。

歌词体现了青年男女自由追求爱情的生命状态，充满故事性的写作手法写出了少女春心萌动时心理的细微的变化，笔触直接而细腻，将恋爱中女性幽微细密的情感变化一一呈现出来。歌词充满了西部特有的浪漫特质和野性美，人们对情感的体验自然而强烈，对情感的表达也是豪放直接，没有矫揉造作又不赤裸庸俗。女性主动表达爱意，积极自觉地追求理想的爱情，这种爱情观冲破礼教的束缚和刻板传统的理念，却又在道德的范围之内，情理之中，同时张扬一种充满健康活力的个性生命力。

正如汤显祖所说："情不知所起，一往而深"，人对爱情等一切美好事物总是出于本能地向往之。爱情游走于情理之间却又无法用情理来解释，它建立在一定的物质基础上，却又远远超越了生活的物质层面。在现代文明社会中爱情之所以变得复杂艰难，恰恰是因为真正的爱情本身要求绝对的纯粹。这首《花儿与少年》正是向我们展现了爱情最为原始自然的状态，同时也让我们反思现代爱情所面临的困境。

三、草原之夜：甜蜜的忧愁

草原之夜

张加毅　词

美丽的夜色多沉静，
草原上只留下我的琴声。
想给远方的姑娘写封信，
可惜没有邮递员来传情。

等到千里雪消融，
等到草原上送来春风，
可克达拉改变了模样，
姑娘就会来伴我的琴声。

《草原之夜》是 1959 年八一电影制片厂拍摄的电影纪录片《绿色的原野》中的插曲。这首被称为"东方小夜曲"的歌曲，曾被联合国教科文组织定为世界著名小夜曲，也是中国民歌经典。诞生半个多世纪以来久唱不衰，并于 2019 年获得"歌声唱响中国"最美城市音乐名片发布暨表彰仪式"最美城市音乐名片优秀歌曲奖"；诞生地新疆伊犁霍城县及可克达拉市建有草原之夜风情园。"可克"是哈萨克语，意为"绿色"，"达拉"是蒙古语，意为"原野"。"可克达拉"是综合哈萨克语和蒙古语后产生的地名，意为"绿色原野"。

许多歌词是依靠意象的含蓄深奥，或蕴含的人生哲理给读者以心灵感应，而这首歌词靠的是用最简洁明了的词语传达出的一种复杂深厚的情感，无论是描绘的意境或是它所表达的情感，都是一个矛盾的混合体，赞美中有感叹，甜蜜中有忧伤，失落中有希望，而且可贵的是这种情感的起伏处理得自然融浑，天衣无缝。应当说这是歌词创作最难达到而又是最佳的一种。

"美丽的夜色多沉静，草原上只留下我的琴声"起首就给人们营造了一个充满诗情画意的境界。"美丽""沉静""琴声"三个简单的词语，能引发起人们对草原之夜的优美联想：蓝色的苍穹，繁星漫天；银色的月光，洒满大地；微风轻拂，草原上弥漫着醉人的花草芳香；这时在万籁俱寂之中，又传来阵阵悠扬的琴声……这是多么迷人的草原夜色啊！尤其是"琴声"二字，真可谓"蝉噪林逾静，鸟鸣山更幽"，起到"以静衬动"的绝妙效果，令人不禁心驰神往。然而，细细品位，就在这赞美与陶醉之中已渗入了一丝苍凉忧伤的情味："只留下"三个极其平凡的字，透露出主人公处境的孤独、草原的空旷、相思的缠绵、内心的惆怅。原来是"想给远方的姑娘写封信，可惜没有邮递员来传情。"他思念的情人离得那样遥远，而美丽的草原竟又那样封闭落后，连一个邮递员也没有。古人尚可"鸿雁传书"，我们的主人公却只能借琴自慰，真是徒有"良辰美景"，却无"赏心乐事"，多么无奈可叹！听到这里，人们关注的重心不觉已由草原美丽的景色转向了对主人公情感的共鸣。

第二段的开头又把草原的封闭、空旷推进了一步，这草原不仅闭塞，而且还很荒凉，到了冬天更是千里冰封，不见人烟。至此，歌词把人们的心绪似乎由开始时的甜蜜陶醉推向了低沉失望的边缘。然而，妙的是作者在写甜蜜时包含了忧伤，而写惆怅时却又充满希望。歌词中的主人公对草原的前途、对爱情的期望充满着那样豪迈的自信："等到千里雪消融，等到草原上送来春风，可克达拉改变了模样，姑娘就会来伴我的琴声。"歌词情调仿佛由低谷逐渐推向高峰，越发乐观高昂，使一首苦闷失望的相思词变得满怀理想。

众所周知，二十世纪五六十年代我国爱情歌曲很难摆脱"革命加恋爱"的模式，而这首《草原之夜》却将革命与爱情结合得如此密切，毫无生硬之感，让人在不知不觉中对主人公的处境和心理产生理解、同情，并对他的高尚情怀由衷感动。在如此简单平凡的词句中，表达出如此深厚复杂的情思，确实做到了"寓深刻于浅显，寓隐约于明朗，寓曲折于直白，寓文于野，寓雅于俗"。

四、甜蜜蜜：梦里见过你

甜蜜蜜

庄奴　词

甜蜜蜜，你笑得甜蜜蜜，

好像花儿开在春风里，

开在春风里。

在哪里，在哪里见过你？

你的笑容这样熟悉，

我一时想不起。

啊，在梦里，

梦里，梦里见过你，

甜蜜，笑得多甜蜜。

是你，是你，

梦见的就是你。

在哪里，在哪里见过你？

你的笑容这样熟悉，

我一时想不起。

　　一曲《甜蜜蜜》，在歌手邓丽君那甜美的歌喉和极富感染力的嗓音中，陪伴了一代又一代的年轻人，经久不衰。《甜蜜蜜》伴着同名电影的播放，再一次风靡于华人圈。朦胧的爱情文艺片《甜蜜蜜》，似乎与陈可辛导演个人颠沛流离的经历有一定关联。故事从 1986 年开始叙述一直说到1995 年，历经沧桑的男女主人公兜兜转转，终于因为那首邓丽君的老调情歌《甜蜜蜜》再次邂逅于异乡的街头。当那熟悉的旋律在耳边响起时，那不经意间转身，四目悄然相接时，时间仿佛凝滞，一切亦真亦幻，恍如隔世，在歌声响起的一瞬间，观众都泪流满面。

　　沉浸在热恋中的年轻人，看到的总是对方的优点。在情浓爱也浓的甜蜜中，觉得恋人的笑容就像"花儿开在春风里"。这是多么形象的比喻啊！春风，它和煦、柔美，人们常用"如沐春风"来形容心情的舒畅；花儿在春天开放，在春风中尽展优美的舞姿，让人赏心悦目，令人流连忘返。简单的一个比喻，道出了爱情的甜蜜。"情人眼里出西施"，对于热恋中的人来说，恋人的笑容是最美的，而在此又表明季节是在春天，"一年之计在于春"，更是暗示了美好爱情的开始。如此美丽的笑容，觉得眼前的人儿也好像在哪里见过一般。正如《红楼梦》中贾宝玉见到林黛玉时便说："这个妹妹好生眼熟，好像在哪里见过的。"是啊，莫非是前世有缘，今生才得以相见？才觉得你的笑容如此的熟悉？仔细想想，到底在哪里见过的，可就是想不起来。后边的歌词中作了回答，原来是在梦中见过的，梦中见到的恋人，笑容是那样的甜蜜。

这首歌词内容写得非常简单，以甜蜜的笑容为中心，写出了爱情的甜蜜和幸福：没有忧愁，没有烦恼，白天看到的是恋人的甜蜜笑容，晚上梦到的也是她的一颦一笑。歌词在重复中，抒发了对恋人浓烈、深挚的爱。

五、一剪梅：人间的至情至爱

一剪梅

娃娃　词

真情像草原广阔，
层层风雨不能阻隔。
总有云开日出时候，
万丈阳光照亮你我。

真情像梅花开过，
冷冷冰雪不能淹没。
就在最冷枝头绽放，
看见春天走向你我。

雪花飘飘北风萧萧，
天地一片苍茫，

一剪寒梅傲立雪中，
只为伊人飘香。
爱我所爱无怨无悔，
此情长留心间。

　　一剪梅是古代的词牌名，出自宋人周邦彦词中"一剪梅花万样娇"句，一剪梅也就是一枝梅的意思。梅花在寒冬腊月里迎风开放，其顽强的生命力让人赞叹不已。歌曲《一剪梅》最早收录于费玉清1983年4月推出的专辑《长江水·此情永不留》中，1984年，又被台湾中视用作同名电视剧的片头曲。

　　从总体上来说，这首歌词以"一剪梅"为喻，歌唱人间的至爱真情。在第一段词中，表达了真情的深广与坚韧。试问真情有几许？它如茫茫草原般广阔无边。不管风雨如晦，不管环境有多么恶劣，总有拨开乌云见青天，总有日出的时候。那时，万丈阳光照耀着你和我，因为真情能感天动地。在歌词第二段中，作者将真情比喻为"梅花开过"，它有强大、持久的生命力，任是冷冷的冰雪也无法将它淹没。在最冷的枝头，梅花依然绽放，抵挡住寒冬，迎来了春天。想一想，在那个北风呼啸、雪花飘舞的冬天，天地一片苍茫，万物隐藏了行踪，使人眼前一亮，最感动人的是什么？是那傲立风雪中的一枝梅花。只为伊人开放，只为伊人飘香，只为那份真诚的、无怨无悔的爱，这是歌词第三段的含义。这份真爱，这份真情，经得起寒冬的考验，经得起时间的考验，它将长留人间，长留心间。

　　此词中以"雪花""北风"比喻外界环境的残酷，突出表现了梅花不畏风雪，在冰天雪地中傲然独放的风姿，写出真情经受住了种种考验，尤为感人。"不经一番风霜苦，哪来梅花扑鼻香"？这种感情正如梅花一样经受了严寒风霜的考验，来之不易，所以更值得人珍惜。古有笛曲《梅花三弄》，赞美梅花傲雪凌霜的质性；今有歌曲《一剪梅》，它永远傲立雪中，永远为了真诚的心，为了真诚的爱而绽放。情感表述虽直接，却依然令人感动。那种温暖、细腻的真情不能使人遗忘，而真情、真爱却永远长存于每个人心中。

六、流星雨：雨中的回忆

流星雨

许建强　词

一场雨淋湿我头发，
又触动乱的思绪。
秋风里回到相约地，
怀念你需要勇气。
流星雨划过长夜里，
一瞬间渺无痕迹。
不想做无谓的寻觅，
就随他留在回忆。

不想让你，去看到我，
曾淋雨，曾哭泣，曾死去。
就让他去，就让风起，
吹走那场昏暗暗的流星雨。
不该相遇，偏偏遇见你，
一场雨啊，迷失了自己。

女歌手卓依婷用她那甜美的歌声，在《流星雨》中演绎了一场逝去的爱情。

这首歌词讲述了一个爱情故事，男女主人公在一场雨中邂逅。他们一见钟情，开始了一次甜蜜的爱情之旅。正如词中女主角所说的"一场雨，迷失了自己"，恋爱中的一切都是美好的。每个人都想拥有地久天长的爱恋，可是未来是不可测的，谁又能预知未来？这场轰轰烈烈的爱情也以最终的分离结束。究竟是什么原因造成两人分离的，词中没有点明，留给读者去猜测。也许是疾病，也许是意外，也许是误会……总之，一切皆有可能。在一般人看来，流星雨是最美的，而在这首词中的女主角眼里，它却是昏暗暗的，因为那场转瞬即逝的流星雨，似乎预见了爱情的最终结局。

"情随境迁"，的确，环境、心境的不同，人们的感受也就千姿百态。在这里，流星雨不再是心情愉悦时所认为的最唯美、最动人的风景，而是痛楚的开端。歌词中又写道："流星雨划过长夜里，一瞬间渺无痕迹"，是的，流星雨很快就消失了，而逝去的爱情，能一瞬间消失得无影无踪吗？不，那种伤痛，那种心痛，难以消失，难以抹平。在又一个下雨天里，女孩没有撑伞，在雨中漫无目的行走，任雨打湿她的头发，不知不觉又走到了以前他们相约的地方，想起初次相识的那一刹那，女孩的心一下子又乱了。这里的一草一木，曾经是多么的熟悉，这里有他们牵手走过的足印，有他们曾经留下的气息，而今，物是人非，到哪里去重拾往昔，重温旧梦？想忘记他，却又不由自主地想起。就这样，一个人孤零零地徘徊，希望能看到他熟悉的身影。明知这是不可能的，却还在苦苦寻觅，为什么？清醒之后，才渐渐明白，昔日不会再来，才会对自己说：不要去做无所谓的寻觅，就把他留在回忆中吧。是的，过去的日子里，有许多值得我们珍惜的人和事，而将来，还有许多重要的事情等着我们去做。既然不该遇见那个人，那就让一切随风而去吧。今后，再也不想让他看到自己的脆弱，看到任雨水淋湿自己，看到自己绝望的哭泣，看到自己的心碎……

　　这首歌词以"雨"为感情的触发点：雨中相识，那是浪漫的开始；雨中独行，那是孤独凄楚的结局；而"流星雨"则是贯穿全词感情的关键与转折，流星雨的美丽终不能永恒，那只是一瞬间的璀璨，犹如爱情瞬间光芒全失。全词写出了爱情的短暂和失去后的酸楚，情感抒发真实、自然。细细品味，虽不是惊天动地的荡气回肠，却同样令人感动。

七、花好月圆：从古到今的美好祝愿

花好月圆

刁寒　词

春花和秋月它最美丽，
少年的情怀是最真心。
人生如烟云它匆匆过呀，

要好好地去珍惜。

时光它永远不停息，

把我们年华都带去。

天上的风云它多变幻，

唯有情义地久天长。

好花美丽不常开，

好景宜人不常在。

不要问我从哪里来，

我是春风化丝雨。

鲜花它只能赠佳人，

真情它送给心上人。

又是一个艳阳天，

花好月圆唱今朝。

　　花好月圆，花儿开得正鲜艳，月亮正圆满，多么美好的一幅图景！从古到今，人们表达自己美好的祝愿时总会用到这个词语。

　　此歌词共分两段。第一段由花好月圆引申到情义的地久天长。古人云："春花秋月何时了？"虽是对逝去往昔的留恋与追念，但同样认为春花和秋月是美好的，此词开头直接点出春花秋月的美丽宜人。春天，百花竞相开放，五彩缤纷，姹紫嫣红，那是最美不过了；秋月，月到中秋分外明，中秋之月，象征团圆，这也是人生美好的境界。在这最美的时节里，少年的情怀也是真心真意的，人生如白驹过隙，转眼间就匆匆而逝，所以要懂得珍惜，珍惜每一个人，珍惜每一种物。词中又感叹道，岁月的车轮滚滚向前，它一刻也不会停留，正如子在川上曰："逝者如斯夫"，流逝的时光就如河水一样，它不会休息，更不会等待，我们的青春年华也随之悄悄溜走。既然如此，那更要珍惜人生的分分秒秒。虽然风云突变，天有难测之风云气象，而人间的情义却永远长存。在这里，作者以"变"衬托"不变"，更强调了情义的永恒。

　　第二段由自然界万物的多变想到了情义的真诚永远。再美丽的花朵，也有凋谢的时候，最美好宜人的景色，也有消失的一天。而那份真诚的情义，就如春风，让人心旷神怡；花就如春雨，滋润一切，使万物重获新生。一份真诚的情义送给心上人，等待我们的是一个艳阳高照的晴天，那时，花开得正艳，月，也正圆满。

这首歌词旋律轻快、明朗，感情热烈、奔放，是一首易于传唱的好歌。

八、在水一方：寻求意中人的迷惘与感伤

在水一方

琼瑶　词

绿草苍苍，白雾茫茫，
有位佳人，在水一方。
绿草萋萋，白雾迷离，
有位佳人，靠水而居。

我愿逆流而上，依偎在她身旁，
无奈前有险滩，道路又远又长。
我愿顺流而下，找寻她的方向，
却见依稀仿佛，她在水的中央。
我愿逆流而上，与她轻言细语，
无奈前有险滩，道路曲折无已。
我愿顺流而下，找寻她的足迹，
却见仿佛依稀，她在水中伫立。

《在水一方》是琼瑶 1975 年为她同名小说改编的电视剧填词的同名主题歌。灵感来源于《诗经·秦风·蒹葭》，琼瑶将原诗中的"蒹葭"改为"绿草"，将"伊人"改为"佳人"，其他处也作了些许改动，使歌词更加通俗易懂。

歌词刚开始，用"绿草""白雾"起兴，写秋天河边的景色，同时引出了水那边的一位佳人。深秋的早晨，秋水淼淼，绿草茂盛，白雾茫茫，此种意境清虚寂寥，感情色彩略显凄凉哀婉。在这种气氛渲染之下，预示

了爱情的可望而不可即。开头这四句可视为歌词的第一段。接下来的内容为第二段，写追求意中人的艰难。水边是一个感情的触发点，有的人对着水，会想起意中人，如宋代秦观词中曾写道："碧野朱桥当日事，人不见，水空流。"这是一种怅惘的心情。如果思念得更深，眼前就好像出现了意中人的身影，这首词表达的正是此意。一个痴情的人在河边徘徊徜徉、凝望追寻，隐隐约约，他看见河对岸好像有一位"佳人"，怎样才能追寻到她呢？他逆流而上去寻找"佳人"，那道路是艰难险阻，又远又长，终究不能到达；他又顺流而下去寻找，道路虽然通畅了，那佳人仿佛就在水中央，可如梦似幻，就是难以接近她。用逆流、顺流的多次重复叙写，可见追寻意中人的次数之多，亦见其情之执着。但最终不是险阻无穷，难以到达，就是依稀仿佛，难以靠近。他想依偎在意中人身边，与她轻声细语，却找不到她的足迹，也看不到她的方向，这种无可奈何的心绪和空虚怅惘的情感尽显其中。

本歌词共分两段，每段句式结构相同，第一段连用四个四字句，第二段连用八个六字句，音节整齐，读来亦是朗朗上口。其中有的地方只换简单的几个字，中间有重复，有叠句，达到了反复吟咏、一唱三叹的艺术效果，又将全词意境不断向前推进。在时间方面，由"绿草""白雾"的状态变化，表明时间的推移，可见凝望追寻佳人时间之长。从"逆流而上"到"顺流而下"，体现出地点的变化，点出佳人的缥缈难寻，更显出主人公执着不已的精神。

这首歌词以"在水一方"为题，表现了抒情主人公望眼欲穿、望穿秋水、执着追寻佳人的艰难。本歌词中，秋景寂寥，秋水漫漫，水面上一片苍茫，什么也没有，可由于牵肠挂肚的思念，主人公似乎遥遥望见意中人就在水的那一边，于是苦苦追寻，想和她欢聚，却怎么也找不到她。整首词把恋爱中一个痴情者的心理感受，十分真实、曲折、动人的反映出来。尤其是1980年邓丽君版的《在水一方》，柔婉清丽的嗓音，更让此词显得朦胧，让听者更加痴迷心醉，从此，《在水一方》红透了大江南北。

九、三月里的小雨：一颗寂寞的心

三月里的小雨

小轩　词

三月里的小雨，淅沥沥沥沥沥，
淅沥沥沥下个不停。
山谷里的小溪，哗啦啦啦啦啦，
哗啦啦啦流不停。
小雨为谁飘，
小溪为谁流，
带着满怀的凄清。
请问小溪，
谁带我追寻，
追寻那一颗爱我的心。

三月里的小雨，淅沥沥沥沥沥，
淅沥沥沥下个不停，
山谷里的小溪，哗啦啦啦啦啦，
哗啦啦啦流不停。
小雨陪伴我，
小溪听我诉，
可知我满怀的寂寞。
请问小溪，
谁带我追寻，
追寻那一颗爱我的心。

三月里的小雨，淅沥沥沥沥沥，
淅沥沥沥下个不停，
山谷里的小溪，哗啦啦啦啦啦，
哗啦啦啦流不停。

小雨陪伴我，

小溪听我诉，

可知我满怀的寂寞。

请问小溪，

谁带我追寻，

追寻那一颗爱我的心。

请问小溪，

谁带我追寻，

追寻那一颗爱我的心。

《三月的小雨》这首歌节奏明快，抒情性较强，用小雨和小溪那种画面的流动感，带活了一个寂寞的身影，使一首简单作品的意境，在一种情与景的对照间，跃然纸上。情感丰富的人听完此歌，仿佛也能感受到歌词中主人公那一颗伤感的心。

这首歌词以三月的小雨为抒情线索，分三段来表述主人公的情感变化。第一段内容简单，三月里淅淅沥沥的小雨下个不停，雨不仅是打在地上，更是打在人的心上。眼前不仅有小雨的声音，更有小溪流个不停，词作者在此连用象声词"淅沥沥"和"哗啦啦"分别形容雨落和溪流的声音，更衬托出主人公内心世界的不平静。雨自落它的，水自流它的，与外人何干？古人云："以我观物，而物皆着我之色彩"，主人公看雨落，听溪流，觉得它们和自己有相同的心境，而自己内心的迷惘无处倾诉，所以就对小雨和小溪发出了询问："小雨为谁飘？小溪为谁流？"此段末尾又给出了答案：因为有满怀的凄清、满怀的心事，所以雨飘落，水流走。而实际上，这是主人公自身苦闷情怀的吐露。

第二段中，作者继续重复第一段开头两句，以雨水和溪流引出抒情者自我，因为自己孤独、寂寞，所以让小雨来陪伴，对着小溪诉说自己的心情，可是小雨、小溪能听懂他那么多的寂寞与孤独吗？他自己也问自己："谁能带我去追寻那一颗爱我的心？"是小雨吗？小雨已经飘落地下；是小溪吗？小溪已经哗啦啦地流走。此段是抒情者孤独、寂寞心理的真实写照。

第三段是对第二段的重复，在失意、怅然中，抒情者不停地寻觅，希望有一份真情、一份真爱存在，由此可见失意者的苦闷。美好的东西一旦失去后，就很难再得到。这里的主人公，他失去了那份真爱，他满腹心酸，他郁闷、失望，因此对小雨和小溪发问，对小雨小溪诉说，希望它们理解自己，为自己排忧解难，这看似无理，实际上又是合理的，可以称之为情感转移法。自古知己难觅，知音难寻，如果没有亲身经历，主人公内心的苦闷不是一般人能理解的。歌词结束部分在对前句的又一次重复中，体现了对知己的渴求。

总之，这首歌词虽然词句简单，但意蕴深远，细细品味，方能体会到其中内在的含义。

十、月亮代表我的心：爱的誓言与承诺

月亮代表我的心

孙仪　词

你问我爱你有多深，
我爱你有几分？
我的情也真，
我的爱也真，
月亮代表我的心。
轻轻的一个吻，
已经打动我的心，
深深的一段情，
叫我思念到如今。
你问我爱你有多深，
我爱你有几分？
你去想一想，
你去看一看，
月亮代表我的心。
轻轻的一个吻，
已经打动我的心，
深深的一段情，

叫我思念到如今。

　　《月亮代表我的心》是孙仪根据翁清溪的曲谱填的词，1973 年由陈芬兰首唱，收录在专辑《梦乡》中。1977 年经邓丽君重新演绎后，成为华人社会和世界范围内流传度最高的中文歌曲之一。歌词极度口语化，朗朗上口，通俗易懂，表达的方式有些可爱，但也许有人会问，为什么只有月亮能代表我的心？而不是星星，不是太阳呢？这源自中国自古的诗词传统。嫦娥奔月的故事大家耳熟能详；苏轼的"但愿人长久，千里共婵娟"，李白的"举杯邀明月，对影成三人"等等，一再显示出月亮在中国诗词文学中的浪漫地位，它甚至成为描述男女爱情中的一个图腾，一个象征。

　　在这首歌中，既直接地将月亮和爱情划上等号，又隐约透露着一丝含蓄。歌词采用问句的形式表达情意。处于热恋中的人，总爱问对方这个问题："你爱我吗？有多爱？"正如歌词中唱的："你问我爱你有多深，我爱你有几分？"接着又肯定地回答："我的情也真，我的爱也真。"主人公对恋人是直接表白，不必担心爱的深浅，不必担心情的浓淡，"我"的情和爱都是发自内心真实情意的流露，并指着天上的月亮说："月亮代表我的心"，请你去看看天上的月亮吧，那就是它的答案。月亮是纯洁美好的象征，以月亮来比喻爱恋对方的真心，请恋人相信自己的爱。接着又重复首句歌词，询问中带有疑惑，而答案却是肯定的：此情不渝，此爱不变。因为那纯洁的月亮代表这一段感情的深厚。歌词中又唱道："轻轻的一个吻，已经打动我的心"，从此，一切都不用问，一切都不必说，那轻轻的一个吻，那深深的一段情，叫人永远回味无穷，叫人思念不已。如果说还有疑惑，还不放心的话，那就想一想，两个人相识、相知、相恋的经过，想一想两人一起度过的美好时光，再抬头看看天上的那轮明月，就会相信"我"的真心、"我"的真爱。歌词后半部分，在对前文的重复中，唱出了对恋人的痴心与真情，让人感动。

　　有人说，在这个瞬息万变的社会，爱情如同快餐，今日来，明天去，恋爱中的人总是对爱的持久性产生怀疑，而这首歌，就是一首爱的誓言，它给快节奏的现代生活吹入一股清新的风，让人们更加珍惜爱情。

　　《月亮代表我的心》旋律虽然简单，但形式优美恬静，配乐轻淡，曾被上百位中外歌手翻唱或演唱。不管歌手知名度如何，听过的人定会在心底留下一丝印象，特别是在你闲暇的时候，它那简易的旋律会突然出现盘旋于你的脑海中，就算你忘了歌词，也总能哼上几句，它如同细水，不着

痕迹地流入你的心坎中，当你听到有人在演唱或播放时，便会唤起你心中本已存在的潜意识，而为之泛起共鸣，久而久之它将占据你的心。

十一、对面的女孩看过来：青春少男渴望爱情的自白

对面的女孩看过来

陈庆祥　词

对面的女孩看过来，
看过来，看过来，
这里的表演很精彩，
请不要假装不理不睬。
对面的女孩看过来，
看过来，看过来，
不要被我的样子吓坏，
其实我很可爱。
寂寞男孩的悲哀，
说出来，谁明白，
求求你抛个媚眼过来，
哄哄我，逗我乐开怀。
（嘿嘿嘿，没人理我，嘿！）

我左看右看，上看下看，
原来每个女孩都不简单；
我想了又想，我猜了又猜，
女孩们的心事还真奇怪。
寂寞男孩的苍蝇拍，
左拍拍，右拍拍，
为什么还是没人来爱。
无人问津哪，真无奈！

对面的女孩看过来，

看过来，看过来，

寂寞男孩情窦初开，

需要你给我一点爱。

（嗨——嗨——！）

我左看右看，上看下看，

原来每个女孩都不简单；

我想了又想，我猜了又猜，

女孩们的心事还真奇怪！

我左看右看，上看下看，

原来每个女孩都不简单；

我想了又想，我猜了又猜，

女孩们的心事还真奇怪。

爱真奇怪！唻唻唻……

喔哎噢！唻唻唻……噢——！

（唉！算了，回家吧！）

　　《对面的女孩看过来》是一首节奏轻快的流行歌曲。歌词写情窦初开的男孩对心目中女孩表达自己的爱意，希望对方明白自己的心意，同时从侧面也表现了男孩的幽默个性和心情的寂寞。此歌词可以分为三段来理解。

　　第一段是男孩对女孩的真情表白。男孩试图用各种表演来吸引女孩的注意力，他盼望女孩从他旁边走过时，能够停留下来，给他一个表达爱的机会，让女孩明白他的爱恋。也许女孩不理解，因此脚步不曾为他停留；也许女孩明白他的心思，却假装不理睬他。男孩又一次说："不要被我的样子吓坏，其实我很可爱。"男孩想也许是自己的表演吓坏了女孩，所以说自己不可恶，其实是很可爱的，只是女孩不了解他。自己的寂寞、悲哀想说出来，可惜没人能明白，他希望女孩看看他，让自己也高兴一下，可是最终还是无人理睬。男孩只好自嘲地一笑："嘿嘿嘿，没人理我。"

　　第二段中，这个男孩自我分析为什么没人理他。他仔细观察每个女孩，觉得她们都不简单，想有所发现可最终还是一无所获。因为每个女孩的心事都很奇怪，根本看不明，猜不透。也许有人说男孩追女孩就像一个人手里拿着苍蝇拍左拍拍右拍拍，所以男孩就自嘲说自己的苍蝇拍左拍右拍怎么没有拍中一个目标，为什么还是没有人来爱他。最后在"嗨、嗨"的叹气声中让人仿佛看到了一个情窦初开的男孩渴望爱情而不能有所得的无可奈何。

第三段基本上是第二段的重复。男孩多次地观察，不停地猜测女孩的心事，最终还是不能明白，所以他说："女孩的心事真奇怪，爱真奇怪。"的确，爱，真是一个奇怪的东西，它让男孩坐立不安，心神不宁，想尽办法去吸引女孩，结果没有人理他。在结束时，这个寂寞的大男孩只好失望地说：唉，算了，还是回家吧。

总的来说，这首歌词节奏明快，语言通俗明白，唱词中夹杂着独白，句式富于变化，采用心理、语言、行动等多种描写方式，刻画了一个寂寞男孩由乐观到无奈最后到失望的情感变化，线索清晰，描写逼真。

十二、风中有朵雨做的云：淡淡的忧伤和浓浓的深情

风中有朵雨做的云

李安修　词

风中有朵雨做的云，
一朵雨做的云，
云的心里全都是雨，
滴滴全都是你。
风中有朵雨做的云，
一朵雨做的云，
云在风里伤透了心，
不知又将吹向哪儿去。
吹啊吹，吹落花满地，
找不到一丝丝怜惜；
飘啊飘，飘过千万里，
苦苦守候你的归期。

每当天空又下起了雨，

风中有朵雨做的云，

每当心中又想起了你，

风中有朵雨做的云。

　　1993 年，《风中有朵雨做的云》一上线，就受到了听众的广泛喜爱，并有了众多翻唱版本。1995 年，台湾歌手孟庭苇在中央电视台春节联欢晚会演唱了该曲目。

　　听到《风中有朵雨做的云》这首歌，眼前浮现的是这样一幅画面：一片阴暗却又柔和的天空中轻轻地飘落丝丝细雨，天空中的云是白色的，却很脆弱，因为有时候它会被风吹散，一个美丽的女孩在雨中慢慢地走着，她在忧伤地吟唱着……

　　每一首歌都是一个或忧伤或喜悦的动人故事。这首歌婉转清丽，唱出了一个女孩在爱情中受伤后的感觉，凄清伤感。一朵雨做的云飘在空中，悄悄地哭泣，为什么？因为云的心中装满了雨，而雨却悄然离她而去。可以想象，也许这个女孩深爱着男孩，男孩却离她而去，剩下女孩在雨中黯然伤神，想想，雨做的云该是多么的脆弱，而雨却离云而去，支撑云的主体轰然倒塌，云还能够生存下去吗？这朵雨做的云在风中伤透了心，任风随意地吹，不知要将她吹到哪里去，女孩如此伤心，所以任自己的心随意漂泊，也不知哪里是停泊的港湾？就这样吹啊吹，从早到晚，从春到秋，吹落了花满地，还是无人理解，无人怜惜她，正如黛玉在《葬花吟》中所唱："花谢花飞飞满天，红消香断有谁怜？"谁来安慰一颗受伤的心，一个孤独、寂寞的灵魂？所以就这样，那片居无定所的云随风飘啊飘，飘过千山万水，飘过大漠荒原，只为寻找心爱的人，只为等候他的归期。就这样苦苦地等，痴痴地望，"何日君再来"，女孩一遍一遍地想，一遍一遍地问，可是谁能给她答案，谁能给她结果？于是每一个下雨天，都能勾引她纷繁的思绪，就如那雨做的云，随风飘，每当心中想起了心爱的人时，仿佛又看到了天空中飘着那雨做的云……

　　这首歌清新，自然，抒情直接，表达含蓄，词中将一个爱情中受伤的女孩比作雨做的云，将她心目中的男孩比作雨，比喻新奇而又形象生动，在不经意的重复中，让人听到心无杂念，让人的心变得纯净，明晰，真是一朵云，一场雨，一滴泪，一段情。真是淡淡的忧伤唱不尽，浓浓的深情唱不尽！

十三、爱的代价：心灵的成年礼

爱的代价

李宗盛　词

还记得年少时的梦吗？
像朵永远不凋零的花，
陪我经过了风吹雨打，
看世事无常，看沧桑变化。
那些为爱所付出的代价，
是永远都难忘的啊，
所有真心的痴心的话，
永在我心中，
虽然已没有她。
走吧，走吧，人总要学着自己长大。
走吧，走吧，人生难免经历苦痛挣扎。
走吧，走吧，为自己的心找一个家。
也曾伤心落泪，也曾黯然心碎，
这是爱的代价！

也许我偶尔还是会想她，
偶尔难免会惦记着她，
就当她是个老朋友啊，
也让我心疼，也让我牵挂。
那些为爱而付出的代价，
是永远都难忘的啊，
所有真心的痴心的话，
永在我心中，
虽然已没有她。
走吧，走吧，人总要学着自己长大。
走吧，走吧，人生难免经历苦痛挣扎。

走吧，走吧，为自己的心找一个家。

也曾伤心落泪，也曾黯然心碎，

这是爱的代价！

　　《爱的代价》是台湾电影《哥哥的情人》的主题曲。歌词的第一句就让记忆回到过去，回到年少时候对未来的憧憬之中，回到电影的相关场景——一群少男少女有趣而快乐的青春和生活，也包括他们各自来了又走的初恋。不停地重复演唱"走吧，走吧……"这样简单却又很直白的词句，带着一种无奈和眷恋，带着对逝去爱情的怀念，同时，也带着对未来爱情的一种期盼，这是非常"李宗盛式"的创作手法，字字句句就这样边唱边说，走到你的心里去。歌曲旋律的抒情性也很强，对感情的表达是温柔的、娓娓述说的方式，让所有听过它的人都难以忘怀。带着淡淡的感伤和对过去的爱的怀念，带着对现实的正视，也带着对寻求未来的爱的希冀，给人的心灵以营养，给人的心灵以宽释，给人的心灵以慰藉。虽然歌曲是依附于电影而产生的，但是随着时间的推移，电影本身渐渐为人们所淡忘，这首《爱的代价》却流传了下来，久经传唱。

　　结构很简单，歌词也通俗易懂，以一个疑问句开始，询问的对象却是不确定，不只是不确定甚至是虚无，而这种虚无却又指向了询问者自身。歌词中透露着淡淡的伤感和无奈，通过前后两段的情感对比，体现了随着时间的推移所呈现出的两种不同的心境。"还记得年少时的梦吗？像朵永远不凋零的花"一下子将歌词的叙事时空推移到过去。虽然是一种回想，但是歌词并没有完全摆脱现在的情境，情感的轨迹并没有完全陷入过去而不可自拔，而是站在现实的制高点上俯瞰过往的生命历程，所以虽然有悲伤但却隔着时间的距离，更多的是一种成长后的洒脱。一句"走吧走吧"是无力解脱的叹息，"所有真心的痴心的话永在我心中"，所有的不舍和委屈，永远都倾吐不尽，但是情感终究找到了一个新的出路。一句"就当她是一个老朋友啊"，很是释怀，虽然一切都已经成为过去，也已经不可能再有爱的火花，但是友谊终究还是给那段无果的爱情寻找了一个归宿，为自己的心找到了一个家。

　　爱让人成长，让人学会了什么是真正的珍惜和拥有，然而唯有经历过痛苦与失败才能真正体会到成长的真谛。"也曾伤心落泪，也曾黯然心碎，这是爱的代价"，歌词不是一味地诉说失爱的痛苦，一味地沉溺在自怜自艾中不可自拔，而是在超越这种痛苦之上做了一次人生的回眸，以一

种"行至水穷处，坐看云起时"的释然的姿态来观照"世事无常""沧桑
变化"。"那些为爱所付出的代价"虽然刻骨铭心，但是这里没有怨恨，没
有自我抛弃，而是以一种豁达的人生观来对待这种失意，把这种失意当作
人生的一次成长。"人总要学着自己长大""人生难免经历苦痛挣扎"歌词
从一次爱的失败之中体会到生活的本质和人生的真谛，并且以此来寻找一
种高尚的处世和生活态度。

十四、中学时代：藏在百合日记中的爱

中学时代

卢庚戌　词

穿过运动场，

让雨淋湿，

我羞涩的你。

何时变孤寂？

躲在墙角里偷偷地哭泣。

我忧郁的你，

有谁会懂你？

爱是什么？我不知道，

我不懂永远，我不懂自己。

爱是什么？我还不知道，

谁能懂永远？谁能懂自己？

穿过运动场，

让雨淋湿，

我羞涩的你。

何时变孤寂？

躲在墙角里偷偷地哭泣。

我忧郁的你，

不需谁懂你。

爱是什么？我不知道，

我不懂永远，我不懂自己。

爱是什么？我还不知道。

谁能懂永远？谁能懂自己？

把百合日记，藏在书包。

我纯真的你，

我生命中的唯一。

《中学时代》于 2001 年 9 月上线，之后，获得"2006 香港新城国语力颁奖礼"新城国语力歌曲的奖项；2007 年，又获得"第十四届东方风云榜十大金曲奖"。歌里有操场、日记、书包，浓浓的书卷气和青春的味道。什么时候开始憧憬爱情？是在朦胧的中学时代。闭上眼睛，仿佛又看到那年雨后的操场上，穿着白衬衫笑靥如花的她，还有孤独迷茫的自己。可是还不知道爱是什么，青春就要散场。"爱是什么？我不知道"，简单又打动人心。

有人说，中学时代是人一生中最幸福、最美好的黄金时代。那时的我们，是如此单纯明净，如此天真烂漫。那时的生活，是无忧无虑、自由自在的。那时的世界，少了世俗，少了世故，多了真诚，多了纯洁。那时展现给人的，是最真实的自我：想哭就哭，想笑就笑。那的确是生命中不可忘记的一段岁月。

当《中学时代》这首歌那轻柔的音乐、柔和的旋律轻轻响在耳边的时候，我们仿佛也感受到了一种淡淡的忧伤、淡淡的哀愁。是的，在那个朦胧、忧郁的雨季里，有一份青涩的回忆：一个男孩默默地注视着被细雨淋湿的女孩，她走过运动场躲在墙角偷偷地哭泣，男孩也是偷偷地注视她。何时变得孤寂？情窦初开的季节里，男孩暗暗地喜欢上了女孩，他心里想：我的忧郁，有谁会懂？我的心思，有谁会知？爱是什么？谁能懂自己？男孩在心里问自己，却没有回音。在第二段歌词的重复中，似乎又有了答案：我忧郁的你，有谁会懂你，男孩也许知道女孩为何会哭泣，但是他不敢去安慰她，也不知道如何去安慰，却又说不需别人懂她。最终在纯正的旋律中，一直在问：爱是什么？我不知道，是的，在那个纯真、懵懂、朦胧又忧郁的年龄段里，谁能懂这些，谁又能给出答案？也许答案就藏在书包的百合日记里，也许藏在男孩、女孩的心中……

从另一面来说，歌中所唱的那个忧郁女孩，在她忧郁与孤寂的背后，有着一双温暖、柔和的眼睛，一颗默默关注她的心。也许，她并不曾感到身后的温暖，但她依然幸福。

这首歌唱出了青春的彷徨，情感细腻，忧伤，一遍又一遍地听，总会有一种莫名的感动。是的，那时我们正年少，我们无法理解爱，不敢接受爱，也不敢面对爱。我们是那么迷茫，那么敏感，却又坚信自己与众不同，故作坚强，以为自己已经长大。直到有一天，我们才发现：在生活面前，其实我们都是孩子，我们还未长大，正如歌中说的："爱是什么？我还不知道，谁能懂永远，谁能懂自己……"其实，这样的感叹，岂只是我们的中学时代？

十五、菊花台：为时已晚的感叹

菊花台

方文山　词

你的泪光，柔弱中带伤，
惨白的月儿弯弯，勾住过往。
夜太漫长，凝结成了霜，
是谁在阁楼上冰冷的绝望？

雨轻轻弹，朱红色的窗。
我一生在纸上，被风吹乱，
梦在远方，化成一缕香，
随风飘散，你的模样。

菊花残，满地伤，
你的笑容已泛黄，
花落人断肠，
我心事静静淌。

北风乱，夜未央，
你的影子剪不断，
徒留我孤单在湖面成双！

花已向晚，飘落了灿烂，
凋谢的世道上，命运不堪！
愁莫渡江，秋心拆两半，
怕你上不了岸，一辈子摇晃。

谁的江山马蹄声狂乱？
我一身的戎装呼啸沧桑。
天微微亮，你轻声的叹，
一夜惆怅，如此委婉。

菊花残，满地伤，
你的笑容已泛黄，
花落人断肠，
我心事静静淌。

北风乱，夜未央，
你的影子剪不断，
徒留我孤单在湖面成双！

　　《菊花台》是古装电影《满城尽带黄金甲》的片尾曲。这是一首描写外出征战的将军与独居家中的妻子互相思念的歌曲，写的是夫妻双方在不同时空情境下的状态和感受，视角之独特，想象之瑰丽都令人惊叹。整首歌词如同在月色如水的夜里，娓娓道来一段为时已晚的感叹，一种恍若隔世的惆怅。

　　"你的泪光——冰冷的绝望"表达的是：在你压抑的泪水中，谁都看得出来带着一丝柔弱无助的伤。窗外惨白凄冷的月光，勾起我那段不堪回首的旧时光，夜色为何如此漫长，让这等待的地方都慢慢地布满了霜。此时此刻，又是谁独自在阁楼里一个人不胜唏嘘感叹！弯弯的月牙"勾"起了男主人公的思念与回忆，并想象着妻子可能正因思念他而在阁楼上彻夜守望，最后却只能收获一腔的绝望。此情此景怎能不让人感到凄凉。

"雨轻轻弹——你的模样"写的是：门外的雨轻轻地拍打在朱红色的窗棂上，想我这一生的际遇就像写在纸上的文章，屡屡被风随意翻页打乱。曾经寄托过的梦想，总在遥不可及的地方化身为一缕无法捉摸的熏香。最后，所有的过往，跟你那楚楚动人的模样，也只能随着风远远地飘散。"我一生在纸上"的"纸"，含义丰富：其一，男主角连年在外征战，夫妻无法相聚，只能以鸿雁传书，互通消息。所以他们那本应相互厮守、相亲相爱的青春年华都只能在信纸上流逝了；其二，男主角征战一生功名事业何在？一是皇帝的圣旨，一是排兵布阵的作战地图。这些纸耗尽了男主角的一生；其三，男主角一夜无眠，可能坐在窗前写作，写下他对往昔的点滴柔情的回忆，对悲伤旧梦的重温，也记下他一生的传奇。而"乱"字既是实写夜风吹乱的事物，也是在写男主角的心境。

"菊花残——徒留我孤单在湖面成双"是说：象征着哀吊怀念的菊花，已经随着季节的逝去而残破散落了满地，就好像是我俯拾皆是的悲伤。而你那惹人怜爱的微笑模样，也在我记忆里逐渐老去，像黑白照片一样泛黄。菊花一去不回地飘散，犹如我们人无从挽回的悲伤，我的心情已如同死去般无声无息地平躺。凄冷的北风狂乱地呼啸而过，漫长的夜却仍然没有要结束的境况。我对你的思念就像如影随形的影子一样，而影子又到底要用什么方法才能斩断？如今剩下我一个人孤孤单单跟水中倒映出的影子配成双。这里"你的影子剪不断"化用了李清照词中名句"剪不断，理还乱，是离愁"，把相思之苦写得淋漓尽致。"徒留我孤单在湖面成双"与李白的诗句"对影成三人"有异曲同工之效。

一夜之间，思心中爱人，想前尘往事，到"天微微亮你轻声的叹，一夜惆怅如此委婉"。一切苦痛、思念都化为一声叹息，尽是无奈。

短短百余字《菊花台》，有情有景，虚虚实实，情景交融，时空交错。非常富有想象力，叙事手法也很有特点，很好地展示了作者的文学功底。

思考与拓展

1. 在古典诗词中，寻找描写爱情的相关材料，体会其内涵。
2. 选一首自己喜欢的校园情歌并作赏析。

第八章 校园歌谣：梦中的橄榄树

岁月如歌，每一段岁月都是一首动听的歌，让人慢慢地弹奏，轻轻地吟唱，细细地回味。学生时代是人一生中最难忘的时光，一首首校园民谣伴随着我们走过了多少个日日夜夜？逝者如斯，一切都已模糊，一切都已远去，而不老的，却是往昔的真诚与纯洁。现在是和曾经是学生的人，或许都能在校园民谣中找到往日的丝丝回忆：是否还记得，中学时代，我们无忧无虑，却将心事偷偷地写进那本藏在书包里的日记本？是否会想起，平日里为高考忙碌备战，却也有忙里偷闲的时候，那个过得轻松而又幸福的文科生的下午？是否又会想起，在花开花谢的青春里，我的心为一个姑娘在轻轻地绽放？旧日里一起上课下课的同桌，是谁为你做了嫁衣？睡在我上铺的兄弟，猜不出我手中硬币的你，如今再没人问起你曾经问我的那些问题了！那冬季的校园，是否还如往昔一般安详宁静？

二十世纪八十年代，校园歌曲如同一阵春风，为歌坛带来一股年轻的活力。田园牧歌般的《清晨》《乡间小路》《外婆的澎湖湾》《赤足走在田埂上》，天真活泼的《童年》，浓郁深沉的《橄榄树》，表达深切思念的《兰花草》，不甘平庸的心灵挣扎的《我是一只小小鸟》等，歌曲自然清纯，色调明媚，通俗流畅，在动情的浅吟低唱里，无不充满着对人生的赞美与向往。说到这些歌曲，不得不说到它们的出处以及它们的创作者。这些烂熟于心的歌曲，均来自我国宝岛台湾，当时，三三两两的年轻人坐在草地上抱着吉他轻声弹唱的景象，在台湾校园中蔚为风尚。正是他们的不懈努力，才让我们的童年、少年时代不寂寞，校园的上空飘荡着的优美的旋律，让我们终生难忘。一批批优秀的歌手层出不穷，他们是年少轻狂的罗大佑，大器晚成的张艾嘉，歌声真纯的潘安邦，音色苍凉的齐豫，唱出了人性美的刘文正，以及发自心里深处呐喊的赵传；而创作了这些歌曲的词作者，更是功不可没，他们是：叶佳修、罗大佑、三毛、李宗盛等。我们现在听着、唱着这些歌曲的时候，轻轻松松地寻找失去的青春，可想当年，在这些歌曲创作的时候，却没有这么简单、随意，甚至曾经引发了规模宏大的"校园民歌运动"。

二十世纪七十年代的台湾年轻人普遍以收听演唱欧美歌曲为主，听国语歌被认为跟不上潮流。1976年12月3日，刚刚从国外旅行归来的菲律宾侨生李双泽，拿着一瓶可口可乐上台问大家："不论欧洲美国还是台湾，喝的都是可口可乐，听的都是洋文歌，请问我们自己的歌在哪里？"然后他在一片惊诧之中，拿起吉他唱起了《补破网》，此即著名的"淡江事件"。正是在这样的背景下，一部分年轻人喊出"唱自己的歌"的口号。此次引发的音乐风潮，台湾音乐界称之为"民歌运动"。李双泽代表所有热爱音乐并且极富社会责任感的年轻人，喊出了台湾流行音乐史上最有力的声音。音乐的变革首先从校园开始了，从这个意义上说，正是校园里的歌曲才带动了台湾音乐发展。运动初期的作品首先是向名人"借刀"的：有新文学史上的巨匠胡适、徐志摩，也有正当其时的名家余光中、郑愁予等，在音乐上打破了以往旧上海和传统台湾歌谣的限制，突出作品简单平实、朗朗上口的曲风，还借鉴了大量西洋乐器，融会贯通，创造出一种全新的台湾国语民谣形式，唱自己的歌。《兰花草》的歌词源自胡适的诗作《希望》。这首早年曾流传北大的诗歌，随着胡适先生的暮年也漂泊到了台湾，它那偏重小女生的单纯语气，凭着清新和诗意，更带着几分童趣与童真，很快被流传开来。

由新格唱片和海山唱片举办的系列面向校园的歌唱比赛，使民歌运动达到鼎盛时期。这些比赛挖掘出许多优秀的民歌手，李宗盛、罗大佑、张艾嘉、童安格等人就是在这一时期崭露头角的。1977年，新格唱片公司举办面向大学的青年歌谣演唱大会，鼓励年轻人自己创作、演唱，被称作"金韵奖"。《再别康桥》《雨中即景》《兰花草》等歌曲，都在校园中风靡一时。1979年，中央人民广播电台播放了一个半小时的专题节目，名为《台湾青年演唱的歌曲》。其中叶佳修创作的《乡间的小路》《赤足走在田埂上》一夜之间在内地大学生中传唱。音乐天才叶佳修是台湾校园歌曲的先驱，他尤其喜欢写有关乡间生活的校园歌曲。他在评价自己的作品时说："我的歌曲显得乡村味十足，那是因为我的成长背景就是乡村。我在乡下长大，直到上了大学才到了城市。到了城市之后，我觉得城市太紧张，这里面的人生活得都不松弛。我就很怀念我的家乡的那种生活状态。所以就写了很多描写田园风光的很乡土的歌。"叶佳修的创作思想，可以说代表了那一代人的想法。

校园歌曲以"技巧趋于现代、精神走向中国"为创作原则，因而也被称为"现代的民歌"。它从我国的民间歌曲中汲取了丰富的营养。并将西方乡村歌曲的音乐元素融会其中，形成了一种独特的"通俗歌谣体"体裁。音乐结构短小精悍，旋律简洁朴实、清新爽朗，具有浓郁的乡土气息和时代感。它不论写景物，还是写爱情，在文字意境方面都给人以美感，散发出淳朴的乡土气息，是台湾青年学生求新、求变和热爱祖国传统文化艺术的生动表现。谁说青春是绝版的？校园民歌中有太多的美妙旋律从我们的耳边流过，在这个值得纪念的时刻，让我们看看那些曾经被翻唱过的、被广泛传唱的，还有那些被忽略遗忘的永远的未央歌，希望文字能够抓住青春，让岁月暂且停留。

一、清晨：一日之计在于晨

清晨

赵树海　词

清早听到公鸡叫喔嗬，
推开窗门迎接晨曦到，
花香鸟语春光好喔嗬，
今天又有一个艳阳照。
青青的草原对我笑，
那绿油油的秧苗在山脚，
葱葱的山林在身旁，
那白茫茫的云雾在山腰。

早晨空气真是好喔嗬，
高高兴兴骑着单车跑。
奔驰在那晨雾道喔嗬，
我们相约在那小木桥。

青青的草原对我笑，
那绿油油的秧苗在山脚，
葱葱的山林在身旁，
那白茫茫的云雾在山腰。

早晨运动真是好喔嗬，
身强体健智慧也增高；
奉劝大家要起早喔嗬，
美好时光不要辜负了。
青青的草原对我笑，
那绿油油的秧苗在山脚，
葱葱的山林在身旁，
那白茫茫的云雾在山腰。

　　《清晨》词作者是谁？有说是台湾校园歌曲领军人物叶佳修的，有说是台湾集歌手、演员、词曲作者、主持人于一身的赵树海的，也有说是香港歌手和演员刘美君的，莫衷一是。这里采用的是赵树海填词、王梦麟谱曲的版本。歌词内容清新，亲近泥土，亲近自然，远离尘嚣，远离尘世间的纷纷扰扰，思想健康向上，这些都是深受学子们青睐的原因。
　　首先，《清晨》使用了文学作品上的白描手法。它不写背景，只突出主体；不求细致，只求传神；不尚华丽，务求朴实。白描手法原是中国绘画的传统技法之一，它要求画家只用白线勾描，不着颜色，不加渲染地勾画出物体的特征。后来人们把这种写意的技法引进写作，描写景物采用白描法，是指以简洁、质朴的语言，粗线条地勾画景物轮廓的方法。采用这种方法绘景，往往能取得以少胜多的艺术效果。鲁迅在《作文秘诀》说："白描却没有秘诀。如果要说有，也不过是和障眼法反一调：有真意，去粉饰，少做作，勿卖弄而已。"不去过分渲染、铺张辞藻，它不但简练，而且传神。优秀的文艺作品之所以感人，就在于作者抒发的是真实感情；感情愈真淳，愈能震撼读者的心灵。清晨听到鸡鸣，推窗看到晨曦，花香鸟语阳光明媚，清新的空气让人心情极好，单车在早晨的余雾里奔驰，因为小木桥上有自己约好的小伙伴。原野上、山腰下的美丽风景，都在主人公的心里活了起来，心情也随之飞扬起来。罗丹说："世界上并不缺少美，而是缺少发现美的眼睛。"只要心情好，一路上都是好风景。在这首词作中，作者直抒胸臆，感情真率细腻，用语朴素流畅，无造作之态，有自然之美，虽着墨不多，却余味无穷。

其次，这首歌词思想健康。俗话说："早起的鸟儿有虫吃。"一日之计在于晨，一年之计在于春，一生之计在于勤。认认真真，努力干好一件事情，不怕吃苦，踏实工作。勤奋是成功的基础，是传统的美德。文学家说，勤奋是打开文学殿堂之门的一把钥匙；科学家说，勤奋能使人聪明；政治家说，勤奋是实现理想的基石。这首歌，是奉劝年轻人坚持早起读书、做运动，通过一个个清新的意象，用白描的手法勾勒了一幅美丽的春日图，让我们在体验到美感的同时，也不要忘了肩上担负的责任，实在受益匪浅。

二、童年：最初一念之本心

童年

罗大佑 词

池塘边的榕树上，知了在声声叫着夏天；
操场边的秋千上，只有蝴蝶停在上面。
黑板上老师的粉笔，还在拼命叽叽喳喳写个不停。
等待着下课，等待着放学，等待游戏的童年。

福利社里面什么都有，就是口袋里没有半毛钱；
诸葛四郎和魔鬼党，到底谁抢到那只宝剑？
隔壁班的那个女孩，怎么还没经过我的窗前？
嘴里的零食，手里的漫画，心里初恋的童年。

总是要等到睡觉前，才知道功课只做了一点点；
总是要等到考试后，才知道该念的书都没有念。
一寸光阴一寸金，老师说过寸金难买寸光阴。
一天又一天，一年又一年，迷迷糊糊的童年。

没有人知道为什么，太阳总下到山的那一边；

没有人能够告诉我，山里面有没有住着神仙。

多少的日子里，总是一个人面对着天空发呆。

就这么好奇，就这么幻想，这么孤单的童年。

阳光下蜻蜓飞过来，一片片绿油油的稻田；

水彩蜡笔和万花筒，画不出天边那一道彩虹。

什么时候才能像高年级同学，有张成熟与长大的脸？

盼望着假期，盼望着明天，盼望长大的童年；

一天又一天，一年又一年，盼望长大的童年。

《童年》是电视剧《走过夏季》的片尾曲，由罗大佑作词作曲，收录在1982年发行的《之乎者也》专辑中。当无情的岁月把杂沓的往事拉得越来越远，一曲《童年》却把我们带回到那种轻松、快乐、单纯天真、无忧无虑的年代，让人回忆起最灿烂、最美好的一段时光。

作品以天真可爱的儿童视角，对自己的童年进行了回顾。在已经出版的《童年》一书中，罗大佑写道："《童年》这首歌描写的时间是从幼儿园到小学六年级左右，以宜兰医院那棵大榕树作为场景的开展，歌词里头写的都是我真实的生活记忆。"虽然作者说是自己的生活记忆，却因为贴近现实生活而让很多人产生共鸣。全文包括对仗工整的五层。第一层，池塘、榕树、知了的枯叫，操场、秋千、蝴蝶，这两组意象描写的都是校园里的景物，镜头由远而近，一点点地往回拉，再往后看才知道，等着"下课""放学"去"游戏"的小学生，原来正坐在教室里看老师板书。正在板书的老师背朝着他，才使他有了可乘之机：眼睛、耳朵纷纷出逃，一心只想出去玩。一个在课堂上三心二意的孩子形象，被活灵活现地刻画出来。接下来，他的思想信马由缰，肆意地驰骋起来。第二层描写了物质匮乏的年代，孩子们的口袋空空如也，看着商店柜台上琳琅满目的商品只有艳羡的份儿。孩子们最喜欢的零食和漫画，也在其中，因为没有钞票而只能眼巴巴地看着，在自己的心里凭空想象诸葛四郎和魔鬼党抢藏宝图的结果（叶宏甲的《诸葛四郎》，是20世纪60年代红极一时的漫画，诸葛四郎和魔鬼党抢的其实不是宝剑，而是藏宝地图，许是为了押韵，说成是"宝剑"。）思想早熟的主人公，在迷恋零食和漫画的同时，也有了自己似是而非的、纯纯的初恋。隔壁班上的那个女生，每天在他的窗前走来走去，引起了他的注意，像很多学生时代的初恋一样，这种朦胧的好感，很快就没有了下文。第三层主要描写读书的情况。学生时代，多以成绩论英雄，老师关于珍惜光阴、好好读书的那些教导，却很难让贪玩的人落实到行动中去。于是，游戏耽误了功课，考试成绩也让人心虚。很多孩子都有这样的劣根性，一面答应着好好用功，一面却又管束不住自己而跑出去玩，上课开小差也是常事。第四层，表现了孩子们爱幻想的心理。儿童的心里总是对世界万物充满了憧憬和好奇，太阳为何西落，山里有没有住着神仙，成人不再在乎的现象，孩子们依然兴趣盎然。最后一层，"阳光下蜻蜓飞过来，一片片绿油油的稻田"，蜻蜓的飞舞，与绿色稻田的静相结合，一动一静，和谐自然的美被和盘托出。"水彩蜡笔和万花筒，画不出天边那一道彩虹"，说明小孩子开始学着欣赏身边美丽的景物，并尝试去绘画。就这样，在盼着自己有一天也可以拥有高年级的成熟，盼着假期，盼着长大的过程中，童年岁月渐渐地远去了。句尾意味深长：当时是如此"盼望"，而现在唱这首歌的时候，作者已是成人了，并且在怀念那会儿"对未来的期盼"。

　　罗大佑以朴实、轻快的旋律，通俗的语言，生动地唱出了他那一代的孩童生活。从歌词的内容上看，一切景物皆是情语，在真实、自然的景物当中渗透着孩童时代美丽、快乐的真实情感。李贽《童心说》写道："夫童心者，绝假纯真，最初一念之本心也。""童心"是天真无邪的儿童之心，它没有虚假的成分，是最纯洁最真实的，没有受过社会上带有某种偏见的流行观念和传统观念的影响。

　　这首歌在整个流行文化上有着重要的价值和意义。罗大佑在写过去的童年时，也暗示着对成人世界的一种控诉和担忧。通过写童真童趣来洗涤心灵的污浊，唤醒麻木的生命。在童年与成年的对比之中，深层次地凸显了童年的真、善、美，对现实的丑陋面进行了间接的批判。

三、乡间小路：夕阳牧归图

乡间小路

叶佳修　词

走在乡间的小路上，
暮归的老牛是我同伴；
蓝天配朵夕阳在胸膛，
缤纷的云彩是晚霞的衣裳。
荷把锄头在肩上，
牧童的歌声在荡漾，
喔喔喔喔他们唱，
还有一只短笛隐约在吹响。
笑意写在脸上，
哼一曲乡居小唱，
任思绪在晚风中飞扬；
多少落寞惆怅，
都随晚风飘散，
遗忘在乡间的小路上。
荷把锄头在肩上，
牧童的歌声在荡漾，
喔喔喔喔他们唱，
还有一只短笛隐约在吹响。
还有一只短笛隐约在吹响。

《乡间小路》是台湾校园民谣的代表人物之一叶佳修创作的，他的作品乡村气息浓郁。他自己也评论过自己的创作风格：“我的歌曲显得乡村味十足，那是因为我的成长背景就是乡村。我在乡下长大，直到上了大学才到了城市。到了城市之后，我觉得城市太紧张，这里面的人生活得都不松弛。我就很怀念家乡的那种生活状态。所以就写了很多描写田园风光的很乡土的歌。”因为用“乡下人”的眼光来观照生活，歌曲便多了一份温情，多了一些随意。

　　第一，恬静的乡村意象。"乡村生活"其实是与一个潜在的"都市生活"相对照而写的。远离世俗尘嚣的乡下人，傍晚做工回来，悠闲地走在乡间的小路上。这时，很多恬静的意象，同时涌入了他的视野。主人公并不寂寞，因为他旁边走着的，还有一头忠实的老牛，如同一个老伙伴，不离不弃地跟着。夕阳是簪在蓝天上的一朵胸花，晚霞披上了色彩绚烂的云彩，如同美丽的衣衫，这个比喻生动、形象。为了使歌曲听起来更有情节感，这里还使用了很多倒叙手法。如"暮归的老牛是我同伴""荷把锄头在肩上"，本来都是和主人公一起的，却分开来写。以上描写的景色都是静态的，当牧童们的歌声和短笛一齐响起来的时候，动静结合，情景交融，顿时生出勃勃生机。在动与静的鲜明对比中，倍加感受到整体环境的幽静。面对此时此景，主人公不由自主地微笑，嘴里轻轻哼着小调，在这样恬静的安宁的环境中，谁还会把那些不如意的寂寞惆怅放在心上呢？

　　第二，优美的意境。作者在创作中融入了自己的生活体验，描画了田园牧歌般的生活。这样一幅美丽的"夕阳牧归图"，着实让人喜欢。这些独自活动的客观景物，是以幽静的环境为参照物出现在人的视野中的，因而可使人由点上的动联想到整体的静。声音的响动，诉诸于人的听觉，较之于视觉想象，有着更大的空间自由。静中有动，则愈觉其静。在这里，人与自然、人与人、人与物之间，是和谐的，神与物游，情与景达到了妙合无垠的完美境界。

　　《乡间小路》语言清新，以自然圆融的意象、浑然一体的意境美与悠扬的旋律，打动了无数听众的心，是当代歌坛佳作，也是当代文学佳作，故而被选入苏教版五年级教材中。

四、外婆的澎湖湾：童年生活的纯真回忆

外婆的澎湖湾

叶佳修　词

晚风轻拂澎湖湾，

白浪逐沙滩，

没有椰林缀斜阳，

只是一片海蓝蓝。

坐在门前的矮墙上，

一遍遍怀想；

也是黄昏的沙滩上，

有着脚印两对半。

那是外婆拄着杖，

将我手轻轻挽，

踩着薄暮走向余晖，

暖暖的澎湖湾。

一个脚印是笑语一串，

消磨许多时光；

直到夜色吞没我俩，

在回家的路上。

澎湖湾，澎湖湾，

外婆的澎湖湾，

有我许多的童年幻想，

阳光、沙滩、海浪、仙人掌，

还有一位老船长。

《外婆的澎湖湾》这首歌是叶佳修根据潘安邦的经历写的。潘安邦童年时期曾和外婆生活在台湾的澎湖县。他每天放学后的第一项工作就是跑到菜市场去帮外婆卖菜。陪外婆卖完菜后，潘安邦就搀扶着外婆，来到澎湖湾散步……。1979年，叶佳修以这个祖孙情深的故事写下这首歌。当时潘安邦立刻从台北打长途电话到澎湖给外婆。当时他在电话里唱了这首歌，可是电话的那一头在他唱完后没有任何声音，他可以感觉到外婆在啜泣、流泪。这首歌不刻意追求声音的圆润和共鸣，强调吐字的清新和口语化。有人这样评价这首歌："潘安邦的故事，叶佳修的代表作，校园民歌运动的纪念碑，乡土情怀的音乐写真，童年生活的纯真回忆，影响一代人的不朽之作。"

斑斓的色彩，美妙的声音，祖孙之间的亲密，使这首歌听起来灵动优美。白色的浪花，蓝色的大海，看起来清新宜人，可以消除视觉疲劳。浪花像一个可爱的孩子，在沙滩上追逐，拟人的手法增加了无限童趣。在这一片空旷的沙滩上，椰林和斜阳没有连成一片，看到的是整片蓝蓝的大海。在这里，大自然的各个要素之间不再是一种对立，而是显得协调一致。晚风轻轻地抚摸着澎湖湾的面颊，海浪温柔地亲吻着沙滩的嘴唇，这里没有强台风袭击之下的战栗，没有滔天巨浪冲击之下的坍塌，外婆拄着拐杖，轻轻地挽着膝下的外孙，在余晖暖暖的澎湖湾消磨着时光；老船长则款款地迎送每一位过客。这里人与人间之间是和谐的，人与自然之间也是和谐的。

《外婆的澎湖湾》清新活泼，语言通俗流畅，旋律朴实优美，以充满激情的抒怀笔调表达了作者对美丽的外婆澎湖湾的赞美之情，同时也勾起了对童年美好时光的怀想。宜人的晚风，白色的浪花，金黄色的沙滩，蓝色的大海，和外婆一起踩出的脚印，温暖的夕阳，仙人掌，老船长，这美丽的海边生活，都在少年的回忆里鲜活起来，并一点点发酵。尤其是祖孙的欢歌笑语，饱含了人情味，这淳美的人性，在静谧的夕阳余晖里熠熠闪光。这一组画面，意象生动，活力十足，有静有动，动静咸宜。优美的文笔，灵动的表达，难怪会影响一代又一代人。

五、我是一只小小鸟：不甘平庸的心灵挣扎

我是一只小小鸟

李宗盛　词

有时候我觉得自己，
像一只小小鸟，
想要飞却怎么也飞不高。
也许有一天我栖上了枝头，
却成为猎人的目标。
我飞上了青天才发现自己，
从此无依无靠，
每次到了夜深人静的时候，

我总是睡不着。

我怀疑是不是只有我明天，

没有变得更好，

未来会怎样究竟有谁会知道？

幸福是否只是一种传说，

我永远都找不到。

我是一只小小鸟，

想要飞呀却怎么也飞不高，

我寻寻觅觅寻寻觅觅，

一个温暖的怀抱，

这样的要求不算太高。

所有知道我的名字的人啊，

你们好不好！

世界是如此得小，

我们注定无处可逃。

当我尝尽人情冷暖，

当你决定为了你的理想燃烧，

生活的压力与生命的尊严，

哪一个重要？

我是一只小小鸟，

想要飞呀却怎么也飞不高，

我寻寻觅觅寻寻觅觅，

一个温暖的怀抱，

这样的要求算不算太高，

这样的要求算不算太高。

　　1990年，李宗盛创作了歌曲《我是一只小小鸟》，他用诚恳而具有人文关怀的歌词，道出了自己从小李成长为老李的心路历程，恰如其分地表现了小人物的无奈而又卑怯的心态。赵传悲凉的歌声赋予了它崭新而经久的生命，不甘平庸的心灵挣扎，在歇斯底里的呐喊中，清晰地呈现在我们面前。

　　信息时代，社会发展的脚步越来越快，有一种"乱花渐欲迷人眼"的困惑，人在里面拼命地挣扎，拼命地努力，却似乎没有看到成效。这时，我们觉得自己彷徨，孤独，无依无靠，想要飞，却没有方向，没有力气。即使有一天我们乘风而上，做出了成绩，可是"枪打出头鸟"的厄运也会随之而来。一个人孤军奋战到底没有什么同盟，于是，"高处不胜寒"的悲哀让人觉得无比凄凉。夜深了，很多人做着酣梦的时候，警醒的主人公却无法入眠，他在思考着自己的明天，自己的未来，却又茫然无措，没有多少把握。到底什么才是幸福呢？"幸福"的含义很宽泛，有的人认为有车有房有工作是幸福的，有的人认为精神上得到满足是幸福的，流浪汉与乞丐能吃饱喝足也会觉得是幸福的。而主人公觉得达到了自己的目标，实现了自己的理想就是幸福的。而正在寻找自己的方向的主人公，只想在钢铁水泥一般的城市找到一个有共同理想的人，寻觅到一个温暖的港湾，可以让自己在迷茫痛苦的时候，暂时栖息。世界说大就大，说小就小，当我们饱经风霜，看遍了世态炎凉的时候，我们的心，是否还能重新生机勃勃起来？在理想与现实之间，你选择为理想而奋斗不息，还是选择妥协于现实，放弃自己的目标？人性的挣扎，不甘平庸的个性，都在这里得到彰显。

　　"想要飞却怎么也飞不高"透露出面对生活的无力感，把生活压力下我们每一个人的无奈的心态诠释得淋漓尽致。个体的渺小感越强烈，也就越容易与歌中的情绪产生共鸣。实际上，听这首歌曲却可以让人在最消沉的时候激起励志火花。这或许就是艺术的张力。对生活苦难的呐喊，也是我们每一个普通人的挣扎和奋斗。成功很难，因为成功从来不是一蹴而就的，在奔向成功的路上，苦一点、累一点、委屈一点，那又怎样！只要我们还燃烧着梦想，任现实冷如冰，我依然张开翅膀努力飞翔。对于未来，我们也许会彷徨无助，张开翅膀，划过黑夜，就能够尽情地翱翔。

六、橄榄树：生活在别处

橄榄树

三毛　词

不要问我从哪里来，

我的故乡在远方。

为什么流浪？

流浪远方，流浪。

为了天空飞翔的小鸟，

为了山间清流的小溪，

为了宽阔的草原，

流浪远方，流浪！

还有，还有，

为了梦中的橄榄树，

橄榄树！

不要问我从哪里来，

我的故乡在远方。

为什么流浪？

为什么流浪远方？

为了梦中的橄榄树！

不要问我从哪里来，

我的故乡在远方。

为什么流浪，流浪远方，流浪⋯⋯

《橄榄树》是由三毛作词、李泰祥作曲、齐豫演唱的一首歌曲，收录在齐豫1979年7月发行的同名专辑《橄榄树》中。同年，《橄榄树》获得香港第2届十大中文金曲奖；2010年，又入选"30年30歌""华语金曲奖"。不过，最早三毛的词写的是"小毛驴"，只是因为唱起来不够好听，所以李泰祥才跟三毛商量改成"橄榄树"。无论是"小毛驴"还是"橄榄树"，整首作品都散发出一种很纯朴的泥土气息，凝聚了三毛对自由奔放的流浪生活的一种怀念。

很多人骨子里都有漂泊流浪的幻想，幻想能抛开传统的一切，游走于数不清的街市和原野，但是，很多人只是想想而已，最终并未付诸行动。而三毛这个小女子，却用她的足迹，丈量了万水千山，用她的实际行动告诉我们：生活在别处。这个穿越了撒哈拉沙漠的公主，并非为了流浪而流浪，而是带着自己的方向，向自己的目的地坚定地走去⋯⋯一首深情忧伤的《橄榄树》，道出了"流浪"这一主题复杂的人生况味。

三毛的一生漂泊不定，足迹遍及世界各地，作品丰赡，计二十余种。

如果你读过她的《撒哈拉的故事》《雨季不再来》《哭泣的骆驼》《万水千山走遍》等作品，一定能明白她对人生的那份深沉的爱从何而来。敏感、坚韧、聪慧的她，一生都在追求完美。骨子里迸发的那种"流浪"的情结，牵引着她的足迹，一直不停地奔走。而她的旅行，不是盲目的，茫然的，而是带着自己的方向，在任何时候，她都不会迷失她自己。橄榄树被台湾人视为省树，它耐旱，耐寒，生命力顽强。在歌曲《橄榄树》里，它跟"流浪"这个主题有关系。歌词很简单，内涵却很深厚。作者开篇就说："不要问我从哪里来，我的故乡在远方。"这里的"故乡"具有不确定性，不是特指，而是泛指，或许跟三毛的身世有着某种的联系。《孟子·万章下》："颂其诗，读其书，不知其人，可乎？是以论其世也，是尚友也。"知人才能论世，只有经常流浪的人，才能明白四海为家的感受，那种漂泊在外的荒凉，达到目标的欣悦，不是一般人所能体会到的。齐豫在接受采访时曾说过："流浪和橄榄树有关系，就是跟三毛有关系。《橄榄树》里最重要的一个词就是流浪，这是三毛赋予我的一笔颜色，也是我唱的第一支歌，那时候也正好是三毛她自己在流浪的时候。"而后面排列的一组意象，"天空飞翔的小鸟""山间清流的小溪""宽阔的草原"，寥寥几笔，勾勒了一幅天然山水画，大大拓展了听众的想象空间。

这首《橄榄树》，寄寓了那么多的人生惆怅，让人回味无穷，感伤不已。但单看歌词，会让人觉得不畅快，不尽兴，不过瘾。因为太简洁，作者要说的话还有很多很多，如人生的目的是什么，生命的意义何在，哪里是我们灵魂的归属，哪里是我们精神的家园。人一生都在寻找，在路上，屈原说是"上下求索"，李清照说是"寻寻觅觅"，对一颗漂泊不定的心来说，无所谓远方，也无所谓故乡，故乡只是祖先漂泊途中最后一个驿站，就像天上飞翔的小鸟，那个巢对它并没有多大的意义，就像山间轻流的小溪，它不知道自己要去向何方，还有那地平线上隐约浮现的那棵橄榄树。其实，我们很多人并没有见过橄榄树，也许有点异国情调，也许有点前世之缘，想必不同于村口的老槐树，就为那点不同，便让我们魂牵梦绕。如果不厌其烦，可写成上百行，可作曲家的乐思没了立锥之地，听众也不胜其烦。然而，三毛只用寥寥七八行，含不尽之意，见于言外，把表现的空间留给了音乐，也把想象的空间留给了听众。

三毛的灵魂，借她手中的笔，告诉我们："生活在别处。"

七、蜗牛与黄鹂鸟：童真与寓意

蜗牛与黄鹂鸟

陈弘文　词

阿门阿前一棵葡萄树，

阿嫩阿嫩绿地刚发芽。

蜗牛背着那重重的壳呀，

一步一步地往上爬。

阿树阿上两只黄鹂鸟，

阿嘻阿嘻哈哈在笑它。

葡萄成熟还早得很哪，

现在上来干什么？

阿黄阿黄鹂儿不要笑，

等我爬上它就成熟了。

中国的童谣发展历史悠久，而真正反映儿童生活的童谣却是从明代开始才产生。由吕坤编写的《演小儿语》是我国现存最早的儿童歌谣集，全书收集山西、河南、山东、陕西等地流传的儿歌 46 首。其文字浅近，内容生动，便于口头传诵，为现代歌词创作提供了有效的借鉴。

《蜗牛与黄鹂鸟》是一首创作于二十世纪七十年代末八十年代初的台湾校园民谣，也是一首儿歌。歌词通篇由口语写成，形成了通俗明了、自然流畅的语言特点。歌词节奏紧凑，多一字一音，语言富于跳跃性和节奏感。歌词中频繁使用语气词"呀""哪"字，使一个词组具备意义和音响的双重效果，同时也营造出一种活泼憨厚的意味。

歌词表现的内容也取材于日常生活，讲述了蜗牛在葡萄树刚发芽的时候就背着重重的壳往上爬，而黄鹂鸟在一旁讥笑它的有趣情景。内容浅显，思想单纯，但歌颂了蜗牛坚持不懈的进取精神。其质朴纯粹的风格、活泼纯真的意趣继承了童谣的艺术特点。歌曲旋律兼有抒情和叙事的特点，歌词采用一段式结构，前后连贯为一个完整的故事情节。歌词以第三者旁观的角度，结合自身的想象，将日常生活中的景物串联成极具故事性的场景。儿童以自己独特的想象力和视角来观察世界，并且以此来建立自身与外界的关系。歌词通过黄鹂鸟和蜗牛的简单对白刻画出了两个性格各异的形象，对话之间却带着思辨的色彩，它突破了人们对蜗牛笨拙迟钝的成见，塑造了一个深谋远虑、沉着稳重的艺术形象。这不由让人联想到龟兔赛跑中那自负冲动的兔子和坚韧执着的乌龟，而故事发展的结果往往也是出乎意料。歌词内容浅近却具有深厚丰富的寓意，它启发人们对反面事物的积极思考，正如老子所说的"知其白，守其黑"的辩证态度来观照事物，具有一定的启示性。

八、踏浪：天真的意趣

踏浪

庄奴　词

小小的一片云呀，
慢慢地走过来。
请你们歇歇脚呀，
暂时停下来。
山上的山花儿开呀，
我才到山上来；
原来嘛你也是上山，
看那山花开。

小小的一阵风呀，
慢慢地走过来。
请你们歇歇脚呀，
暂时停下来。
海上的浪花开呀，
我才到海边来；
原来嘛你也爱浪花，

才到海边来。

　　庄奴说，《踏浪》是属于仓促赶出来的作品。那天，唱片公司给他一纸通知："庄老：对不起，非常对不起，电影的片名出来啦，片名《踏浪》，完整的剧本还没有赶出来，可是歌却要先赶出来。主题曲及插曲，背景是海边，歌词的内容自由发挥，要点是词和曲今晚要赶出来，庄老，辛苦啦，剧务组敬上。"自由发挥，对庄奴来说是常态，在没有剧本没有剧情的状况下"编"歌，早已自然。台湾省，好多地方依山傍海，有山有水，才透着美。蓝天白云，衬托着大海更辽阔，于是，他就从云写起："小小的一片云呀……"第一段出来了。海边，通常是有风的，有风必有浪，所谓无风不起浪。海上有浪，浪涌成花，浪花层层，触景生情，"小小的一阵风呀……"第二段又出来了。唱片公司经理一看就预感这首歌日后必会走红，立即派人盯着，必须把这首歌拿到手。果然，由歌林公司灌制的《踏浪》一炮而红。

　　庄奴长于写景，其词多情感委婉朴实，情景交融充满诗情画意。这首《踏浪》形式短小喜人，词境活泼灵动，富于浪漫气息。歌词构思巧妙，想象奇特，以天边慢慢飘来的一片云起兴，用拟人的手法将云朵人性化，赋予它们生命，并且与之对话，充满天真的意趣。

　　歌词采用了一种对话式的结构，然而这种对话并非一般意义上的语言交流，而是一种精神和情感的互动。作者以自己的心境为参照，觉得自然界万物皆有款款深情，曼妙非常。一片片白云，在山谷间自由飘荡，和游人一起观赏绚烂的山花开放；一缕缕微风，徐徐吹来，和游人一起踏着海水，激起朵朵浪花。白云、微风、游客为什么来到山间，来到海边？原来都是为了观赏山花、浪花。白云、微风也成了游客。词人将无形之物化为有形，无情之物也都变得情趣盎然，甚至觉得自己与自然界的事物原本就是志趣相投的同类。歌词从表面上看热闹生动，而事实上却是在抒写一种寂寞情怀。作者与云为友，与风为伴，以一种超脱了人群的嘈杂和日常琐碎的姿态，将自我与自然相融为一，空灵而自由。正如同李白《独坐敬亭山》中写的那样："众鸟高飞尽，孤云独去闲。相看两不厌，唯有敬亭山。"人唯有在内心极度静寂的情况下才能与自然平和地交流。而作者正是通过这种交流来超度孤独感，虽然寂寞但内心却充实丰满。

　　王国维在《人间词话》中曾将境界分为"有我之境"与"无我之境"，谈及"无我之境"时他认为："无我之境，以物观物，故不知何者为我，何者为物。"也就是说，要达到无我之境就必须超越日常的交流方式，在人与景物之间进行着一种超越语言之上的心灵对话与精神交流，而情感主体正是在这种平等对话之中达到与自然和谐统一的境界。物与我相与为一，体现了词人对自然的喜爱与敬畏，同时也实现了对日常生活的一种超越。

九、轻舞飞扬：难忘昔日纯真的爱恋

轻舞飞扬

卢庚戌　词

我曾经深爱过一个姑娘，
她温柔地依偎在我肩上，
她的屋里洒满了月光，
我的心儿轻轻为她绽放。
轻轻飞舞吧，轻轻飞舞吧，
青春随着歌声在飞扬，
我忍不住把爱恋对她讲。
我以为她会一直在我身旁，
我以为爱像永远那么长，
在一个月光淡淡的晚上，
她去了一个我不知道的地方。
轻轻飞舞吧，轻轻飞舞吧，
忧伤随着歌声在飞扬，
忍不住想把思念对她讲。
我是爱你的孩子静静成长，
直到脸上写满了沧桑，
每当夜空洒满了月光，
我的心里就丝丝痛的慌。
轻轻飞舞吧，轻轻飞舞吧，
生命随着歌声在飞扬，

你永远在我柔软的心房。

也许每一个人，心中都尘封着一段往事，其中有甜蜜，有苦涩，有快乐，也有忧伤，故事中总有一个主角，那个温柔的姑娘，那个昔日的恋人。歌手水木年华《轻舞飞扬》唱出了那段纯真的爱恋。

这首歌词内容真率、直白，给人的感觉好像是在诉说一段曾经的恋爱故事，故事中的女主角温柔、美丽，令"我"一直念念不忘。"情人眼里出西施"，在"我"的眼中："她的屋里洒满了月光，我的心儿轻轻为她绽放"。月光都特别眷顾她，可见女主角的温柔、美丽。花前月下，"我们"曾一起牵手散步，"我"曾经为她歌唱，对她讲述心中的爱与恋。本来以为爱情会地久天长，"我们"会永远长相厮守。可是一场突如其来的变故，也许天灾，也许人祸，作者在这里未点明原因，只是讲述在"一个月光淡淡的晚上，她去了一个我不知道的地方"，曾经相爱的两个人分离了，留给"我"的，只有忧伤和思念，为什么甜蜜的日子总是那么短暂？无尽的思念只有在歌声中对她诉说？不知远方的她能否想到"我"的歌声，是否也一样思念着"我"？岁月之河静静地流逝，直到"我"脸上写满沧桑，"我"还是忍不住想起你，看到夜空洒满月光时，"我"的心也会丝丝痛的慌，人的生命中有数不清的匆匆过客，有的随着时间的推移渐渐淡忘，而"我"深爱的姑娘，却永远在"我"柔软的心房。

这首词不像其他词一样热情、激烈，给人的总体感觉是平静、从容。写爱过的姑娘，不说她如何漂亮，如何光彩夺目，一句"温柔"概括了她所有的美，用词虽然平淡，却给人无限的遐想空间。写爱恋，一句"深爱"，写出了感情的深挚、深沉，那不是肤浅的、盲目的爱，而是深入骨髓的挚爱。写爱情的美好，以柔美的月光为衬，写爱情的长度，用永远来衡量，写思念的深度，从年轻时候一直到脸上写满沧桑，历经磨难，痴心不改，此情此心，的确感人。总之，透过平实的歌词，我们可以看到，这首词中蕴含着炽热、浓烈的感情，所以词中唱道："你永远在我的心房"。

这首歌之所以受到不同年龄阶段人的喜爱，就因为它唱出了每个人的心声。不管沧海桑田，世事如何变迁，年轻时代那一段纯洁的爱恋，总是让人心醉，让人难以忘怀。也许那是第一次如此投入、如此认真的爱恋，它纯洁，明净，没有一丝丝杂质掺杂其中，所以才如美酒，历经岁月的酝酿，弥久愈醇，愈香。虽然时光已逝，斯人不再，可那一段情怀却永远珍藏在心底深处。

十、同桌的你：学生时代那一段朦胧的情愫

同桌的你

高晓松 词

明天你是否会想起，
昨天你写的日记，
明天你是否还惦记，
曾经最爱哭的你。
谁娶了多愁善感的你？
谁看了你的日记，
谁把你的长发盘起？
谁给你做的嫁衣？

老师们都已想不起，
猜不出问题的你，
我也是偶然翻相片，
才想起同桌的你。
谁娶了多愁善感的你？
谁看了你的日记，
谁把你的长发盘起？
谁给你做的嫁衣？

你从前总是很小心，
问我借半块橡皮，
你也曾无意中说起，
喜欢跟我在一起。
谁遇到多愁善感的你？
谁安慰爱哭的你？
谁看了我给你写的信？
谁把它丢在风里？

那时候天总是很蓝，

日子总过得太慢。

你总说毕业遥遥无期，

转眼就各奔东西。

谁遇到多愁善感的你？

谁安慰爱哭的你？

谁看了我给你写的信？

谁把它丢在风里？

从前的日子都远去，

我也将有我的妻。

我也会给她看相片，

给她讲同桌的你。

谁娶了多愁善感的你？

谁安慰爱哭的你？

谁把你的长发盘起？

谁给你做的嫁衣？ 啦……

每个人的学生时代，总有难以忘记的老师、同学。同桌是一个熟悉的名词，两个年少的学生，共同坐在一张桌子旁，一起上课，一起下课。多年以后，回首往事，不管是高兴，抑或是悲伤，心中总有那么一丝感动。

聆听《同桌的你》，那些沉在心底的种种总会突然涌上心头，模糊了的面孔开始清晰，陌生了的声音渐渐熟悉，于是人们的青春记忆便在歌声中被唤醒。成为二十世纪九十年代标志性文化符号之一的《同桌的你》，填补了中国内地优秀校园歌曲的空白，校园民谣这一流派从此正式进入人们的视野。

《同桌的你》唱出了学生时代少男少女们之间那种朦胧的情愫，是友情，还是爱情，抑或兼而有之，总之，那是一段纯洁的感情。简单的木吉他和口琴的前奏带来了那首经典之作《同桌的你》："明天你是否会起，昨天你写的日记。明天你是否还惦记，曾经最爱哭的你……"，老狼那磁性十足的声音似乎就是这样不经意间轻轻地飘入每个人的耳际。

歌词中的同桌，是一个爱哭的女孩子，她多愁善感，有心事会写入日记；她悄无声息，少有言语，甚至老师们也都想不起沉默不语的她。要不是翻起以前的旧相片，也许，"我"也会将她慢慢遗忘。那一张张老相片，又使往日在一起学习的情景一幕幕浮现于眼前：那时候仰望有蓝天白云，那时候生活无忧无虑，可却总觉得日子一天天过得太慢，等到毕业是那么漫长，还记得你小心地问"我"借过半块橡皮，聊天时你也无意中说过，喜欢和"我"在一起……，可转眼间大家各奔东西，不知你在何方？有没有看到"我"给你写的信？歌词的最后，作者又回到现在，述说自己的生活，使整首词前后内容衔接紧密，浑然一体，为数不多的字，概括了学生生活中的苦与乐。

　　这首歌词，从时间上讲，有昨天、今天，还有明天（未来），时间跨度大；从人物上讲，有不同年龄层次不同性格的我，你，老师；从情节上讲，有生活中的点滴细节，简短的两段，记录了一段难忘的时光，一个忘不了的人。

十一、文科生的一个下午：走出课本后的轻松

文科生的一个下午

赵节　词

扔掉了疲惫忧愁沮丧伤心的感觉，
缓缓地骑上车子驶出家门，
把自己放入一个轻松的世界里面。
再缓缓睁开朦胧的双眼，
商场里两个人在义务演出，
只因为被对方弄脏了衣服。
诅咒的声音在此起彼伏，
我赶紧逃也似的慌忙跑出。
忘掉了作业太多的英语算数，
走进了文学我的乐土。
从荷马史诗到鲁迅全集，
这个下午我好舒服。

然后我走出书店，

来到了阳光里面，

看到了马路旁边的咖啡屋，

听到了那里传来抒情浪漫的曲子，

我的心就随着那音乐跳舞。

地铁门口有一位盲人歌手，

唱着那李春波的一封家书，

翻遍身上褪色的牛仔服，

我向他包裹里扔进了两毛五。

拐进了我家住的那一条胡同，

每一个人都忙忙碌碌，

做着自己该做的事情。

走着自己该走的路，

闻着那路旁甜美的烤红薯，

回到家中我还得读书，

文科生的美丽的下午，

这个下午我很幸福。

　　由赵节作词作曲并演唱的《文科生的一个下午》，收录于《校园歌谣2》专辑中。这首歌有点二十世纪八十年代台湾校园歌曲的韵味，一片年轻的阳光普照下，虽然有一点生活、学习、爱情的小烦恼，但文科生的世界里总是充满了诗和远方。

　　每一首歌都有一个真实的故事，赵节这首歌也一样。赵节曾经说过："《文科生的一个下午》是高三那年写的。那是高三时的一个下午，因为要高考了，感觉特别疲惫。有一天坐在窗前，透过玻璃窗，看着阳光那样射进来，忽然特别兴奋，也不知道大街小巷的自己要去哪，听到了咖啡屋里放着的一些欢快的舞曲，我还见到一些东西，包括红绿灯啊，商店里吵架的人啊……"艺术源于生活，细节激发灵感，看似不经意的生活琐事，在赵节笔下，娓娓说来，仿佛能使人感到自己当年的高中生活。

　　高三是高中时期最为关键也最为紧张的一年，学校大搞题海战术，考试接二连三，学生疲惫不堪。作为一个文科学生，其感情本来就细腻敏感，外界的一草一木、风云雨雪都可能触发心弦，生发感动。故事中的主人公就是这样的。她背了一上午的书，做了一上午的题，倍感疲劳。也许是因为做错题而沮丧，也许是为没背会书而忧愁，所以就想给自己放个假，出去放松放松。她骑车走出家门，睁开朦胧的眼睛，饶有兴趣地看着周围的一切。琳琅满目的商品让人眼花缭乱，同时又看到了两个人的义务演出，一点小事让那两人争得不可开交。她赶快逃离。来到外面的世界，她忘记了要背太多的英语单词，要做更多的数学习题，一头钻进了一家书店。在文学的乐土里，在古今中外的典籍中，她自由地翱翔。不知不觉一下午快过去了，信步走出书店，在夕阳中听到了咖啡屋里传出来动听的音乐声，让人陶醉。马路边那盲人歌手沧桑的演唱，又令人伤感。不觉间又快到家了，忽然感叹："这个世界每个人都在忙忙碌碌，做自己该做的事。"想想自己的身份，还是回家读书吧。整首歌曲在轻快的旋律中以"我很幸福"的心理感受结束。

歌词的主要内容，是一个走出书本后的高中生眼中所看到的尘世，借用齐秦的一句歌词来说是"外面的世界很精彩，外面的世界很无奈"。的确是异彩纷呈中的纷纷扰扰：一点琐碎的小事就让两个人争得不可开交，让她不忍再睹；只有在知识的海洋中，才让她的心灵获取充实和放松；咖啡屋里传来抒情的曲子，里面一定是宁静浪漫的，那真是休闲的好去处；而地铁门口流浪歌手的演唱，却是如此的沧桑。两相比较，感情色彩鲜明，作者也没有明显地表露自己的观点，而其中所蕴含的深意，却给听众留下广阔的思考空间。

这首歌词表现方式以叙述为主，间有抒情，简短的文字中，描述了一个中学生一下午的经历，有室内有室外，有所见所闻所思所感。语句虽平实，内容却很丰富，既有一个学生在书本内的烦恼疲惫，又有放下书本后的轻松快乐，感情变化跌宕起伏，却是如此真实感人。

十二、冬季校园：物是人非事不休

冬季校园

小柯　词

我亲爱的兄弟，
陪我逛逛这冬季的校园，

给我讲讲，

那漂亮的女生白发的先生，

趁现在没有人，

也没有风。

我离开的时候，

也像现在一般落叶萧瑟，

也像现在，

有漂亮的女生白发的先生。

几个爱情诗人，

几个流浪歌手。

记得校门口的酒馆里，

也经常有人大声哭泣；

黑漆漆的树林里，

也有人在叹息；

那宿舍里的录音机，

也天天放着爱你爱你。

可是每到假期，

你们都仓皇离去。

这冬季的校园，

也像往日一般安祥宁静；

也像往日，

有漂亮的女生白发的先生。

只是再没有人来，

唱往日的歌。

我亲爱的兄弟，

陪我逛逛这冬季的校园，

给我讲讲，

那漂亮的女生白发的先生，

趁现在没有人，

也没有风。

《冬季校园》收录在 1994 年《校园民谣 2》之中，歌词写道，在那异彩纷呈的校园里，四季风光各不同：春天，万物复苏，那是生命的色彩；

夏天，是热情如火的季节；秋天，果实累累，象征收获；而冬季的校园，又是一番怎样的场景？聆听小柯笔下的冬季校园，无论是现在为学生还是曾为学生的人，总会产生一种莫名的感动，那一声声的叹息，是否又勾起了对往事的回忆？

歌词刚开始，出现的是一个略显伤感的抒情主体，他已经毕业离开往日的学校，踏入社会，走上工作岗位。某一个冬日，也许是办事途中经过母校，也许是散步到了母校门前。看着熟悉的校门，往事一幕幕、一桩桩浮现于眼前。情不自禁地，他想进去走一走，看一看。于是对身边的朋友说："我亲爱的兄弟，陪我逛逛这冬季的校园。给我讲讲，那漂亮的女生、白发的先生，趁现在没有人，也没有风……"走进熟悉的校园，路，还是原来的小路；两边的树木，依旧高大；教学楼、图书馆依然高高耸立……迎面走来长发的女生，恍若昔日的她，却已物是人非；看到那白发的先生，那昔日的老师，您还好吗？"不思量，自难忘"，那些已逝的快乐忧伤，又如何能够忘记？我们在宿舍的录音机里天天放着的爱你爱你，可是现在却没有人再唱了；还有这边草地上，有几个爱情诗人，每日作诗吟诵，吸引了好多人的目光，如今，他们去了何方？那边亭子里，有几个流浪歌手，边弹边唱，让许多人驻足，你还记得当时的情景吗？在这略显冷清的冬季校园里，我亲爱的兄弟，请再陪我走一程，让我重温旧事，让我不再孤单。你看见那片黑漆漆的树林了吗？那里总是有人在叹息，还记得吗？想起每年毕业分别的时候，校门口的酒馆里，总是有人在发泄，有人在大哭，现在，他们都还好吗？想起我离开的时候，也像现在一般落叶萧瑟，让人心生伤感，也像现在一样，没有人也没有风，也像现在一般，安详宁静……

这首歌词，画面感非常强烈，每一句都是一幅动人的图画，画中的人、物、事活灵活现。在时间安排方面是现在过去交替出现，却不显紊乱，而且空间转换自然。所有这些，都围绕着一个感情主线，那就是：对那如梦如烟的往事的怀念与留恋。听了这首歌，让现在是学生的人，学会珍惜；让经历过学生生涯的人，回忆那份往日的美好。

思考与拓展

1.查找资料，了解民谣的特点。

2.比较不同年代校园民谣的异同之处。

3.阅读书目：《校园民谣志》。

第九章　中外名歌：八千里路云和月

　　歌曲是三度创造的艺术，作词作曲为第一度创造，演唱表演为第二度创造，而听众的欣赏接受，则是第三度创造。只有听众透彻地欣赏了歌曲，那么歌曲作为一种文化创作才算是真正完成。在中外歌词史上，留下了许多名曲佳作，这些歌曲有的依旧词度新曲，使歌曲具有了新的生命力；有的根据原曲改编，从而更加广泛地传播和深入人心。这些歌曲自诞生以来，受到不同时代不同年龄人们的接受与喜爱，历久弥新，获得了永久的艺术生命力。

　　无论是壮怀激烈的爱国之情，还是得失之间的人生感慨；无论是依依送别的忧伤不舍，还是韶光易去的伤逝叹息；无论是追求爱情的憧憬咏叹，还是款款思乡情的深情吟唱，中外名曲展现的都是人生在世所必须经历的历程。爱国情怀、人生得失、生命感喟、爱情经历、思乡情意，都是艺术表现的永恒母题，中外名曲中呈现的正是人类历史长河中的反复性行为，它具有社会性、文化性、经验性与审美性。

　　这些普适性文化是古往今来的人们已经形成的相同或相似的审美体验。听众听到这些吟诵着人类普遍情感的歌曲时，心境自然跟随歌曲开始旅行，去品味人生，细读爱情，回首往事，只争朝夕。跨越"八千里路云和月"，名曲穿越时空带给人们的享受是审美的愉悦、情感的共鸣与心灵的震撼。经典在流传中成就，在成就中实现永恒。

一、满江红：催人奋起的爱国心与报国情

满江红

岳飞　词

怒发冲冠，凭栏处，潇潇雨歇；
抬望眼，仰天长啸，壮怀激烈。
三十功名尘与土，八千里路云和月。
莫等闲，白了少年头，空悲切！

靖康耻犹未雪，
臣子恨何时灭？
驾长车，踏破贺兰山阙。
壮志饥餐胡虏肉，
笑谈渴饮匈奴血。
待从头收拾旧山河，朝天阙。

　　一曲悲壮而又豪迈的《满江红》，真实、充分地反映了民族英雄岳飞精忠报国、一腔热血的英雄气概，同时也激励着中华儿女的爱国心。岳飞的《满江红》词早已深入人心，1925 年，杨荫浏先生又将其配以浑厚有力，节奏稳健，抒发了激愤、昂扬和壮烈情绪的曲调，词曲十分贴切契合，取得了良好的艺术效果。自此，人们便传唱起这首岳飞作词的《满江红》。

　　岳飞工诗词，虽留传极少，但每到国难当头，这首《满江红》往往成为催人奋起的动力之一。词的上片，一句"怒发冲冠"，表明这是不共戴天的深仇大恨。《史记·廉颇蔺相如列传》记载："相如因持璧却立，倚柱，怒发上冲冠"。此处化用而来，足见英雄的愤恨之深。何以如此？"凭栏处，潇潇雨歇""抬望眼，仰天长啸，壮怀激烈"，主人公独上高楼，倚阑而望，满目疮痍，山河破碎，不禁心潮汹涌澎湃，满腔热血沸腾。此时秋雨亦止，水天一色，风景动人，而英雄的郁闷却不得舒展，只有仰天长啸：何时才能赶走外寇，收复失地，还我山河的完整无缺？开头抒凌云壮志，似破空而来，写得气势磅礴。接下去，以"三十功名尘与土，八千里

路云和月"十四个字，主人公自述平生壮志：功名如同尘土，虽未立也不足求；"我"追求的是八千里路的征战，以报国为念，虽然辛苦，但有云月相伴，也不会寂寞。歇拍处，"莫等闲，白了少年头，空悲切"之语，作者收复国土的心情急切，激励自己珍惜时光，既是自勉，也勉励了无数后来者。词的下片，词人的满腔壮怀喷薄而出："靖康耻犹未雪，臣子恨何时灭？"靖康之耻，指徽钦两帝被掳北地，不得生还；所以臣子抱恨无穷，这是古代君臣观念，而此恨何时才能得以消除？之后又以奇语作答："驾长车踏破贺兰山阙，壮志饥餐胡虏肉，笑谈渴饮匈奴血"，我要驾着战车踏破敌人的巢穴，肚子饿了，吃敌人的肉；口渴了，喝敌人的血；笑谈之间就可以攻克敌人。用夸张的手法表达了与外敌不共戴天的切齿仇恨，同时又表现了英雄的自信和无畏的乐观精神。南宋初的爱国词作很多：克敌制胜的抗金名臣赵鼎在《花心动》词中言："西北欃枪未灭，千万乡关，梦遥吴越"；忠义慷慨的张元干在《虞美人》中也说："要斩楼兰三尺剑，遗恨琵琶旧语"！这些与岳飞此句有异曲同工之妙。最后以"待从头，收拾旧山河，朝天阙"收尾，表明岳飞"还我河山"的决心和信心：等到收复了山河的时候，再向朝廷皇帝报功吧！岳飞在这里不直接说凯旋、胜利等，而用了"收拾旧山河"，显得有诗意又形象。可惜英雄未等到头白，就因"莫须有"的千古奇冤，葬身秦桧等"主和派"手下，悲哉！

　　总之，此词如雷火般一气而下，英雄的耿耿之心，拳拳之意，尽见于字里行间，展现了其"精忠报国"的壮志胸怀。而它撼人心魄的艺术魅力，更是不断激发着后人的爱国心与报国情。抗战期间，这首词曲以其低沉但却雄壮的歌音，感染着中华儿女奋起反抗，拯救祖国于水深火热之中。

二、苏武牧羊：永葆气节的英雄赞歌

苏武牧羊

蒋荫堂　词

苏武留胡节不辱，
雪地又冰天，

苦忍十九年，

渴饮雪，饥吞毡，

牧羊北海边。

心存汉社稷，

旄落犹未还。

历尽难中难，

心如铁石坚。

夜坐塞上时闻笳声，

入耳痛心酸。

苏武留胡节不辱，

转眼北风吹，

雁群汉关飞。

白发娘，望儿归，

红妆守空帏。

三更同入梦，

两地谁梦谁？

任海枯石烂，

大节总不亏。

宁教匈奴惊心丧胆，

共服汉德威。

　　《苏武牧羊》是产生于"学堂乐歌"时期的一首歌曲。传说曲谱作者是北京的一位中学教师，有人说是辽宁省盖县的田锡侯先生，也有说此曲是流传在关外的一首城市小调。歌词是蒋荫堂先生根据苏武牧羊的故事改编的。此曲音乐具有明显的北方音乐风格，音调流畅，感情深切。虽用古代题材，却明显地寄托了人民群众反帝爱国的精神。

　　内容取自苏武被拘匈奴、终不辱节的故事。《汉书·苏武传》载：汉武帝天汉元年（公元前 100 年），中郎将苏武奉命出使匈奴被扣，因不屈于匈奴贵族的威胁利诱而受尽折磨，先是囚他于冰窟，苏武饮雪吞毡，坚决不投降；后来又将他送到北海（今西伯利亚贝加尔湖）边上牧羊 19 年；始元六年（公元前 81 年），因匈奴与汉和好，方被遣回朝。苏武 19 年受尽磨难而终得归汉的传奇经历，不知激励了多少中华民族的热血男儿。在那个风雨飘摇、山河破碎的社会环境下，以坚贞不屈的苏武作为主体，向人

民宣扬爱国主义精神，可以说是对当时社会的一种冲击。近代以来，中国内忧外患不断，割青岛，失台湾，军阀混战，一时天昏地暗，真可谓："山河破碎风飘絮，身世浮沉雨打萍。"可是，统治者却是"山外青山楼外楼，西湖歌舞几时休"，他们看不到人民的疾苦，国家的苦难。多少仁人志士在彷徨，在探索，中国向何处去？因为歌曲寄托了人民反帝反封建的爱国热情，所以在当时没有任何传播工具的情况下，短短几年就传遍了大江南北，几乎渗透到中国每一个角落，乃至农村翁媪、童子亦会唱。

　　歌词分为两段，每段开头以"苏武留胡节不辱"作为引子，赞扬主人公的英勇不屈。"雪地又冰天，苦忍十九年。渴饮雪，饥吞毡，牧羊北海边"，语句简练凝重，写出了环境的恶劣和时间的漫长。在如此艰难的处境中，支撑他活下去的是什么？下文回答："心存汉社稷"，即使"旄落犹未还"，他还是"心如铁石坚"。只是在塞外听到阵阵胡笳声传来，思念故国的心变得更为强烈。第一段歌词深沉悲壮，激愤坚定，刻画了苏武在风雪中昂然挺立的形象，而最后两句，在思汉怀乡空旷凄凉的背景上，又变得迟缓凝重，流露出苏武欲归而不得的痛苦。第二段紧承前段："转眼北风吹，雁群汉关飞"，北风吹，又一个冬天来临，大雁也飞回汉地，而"我"何日得以归乡？苏武思念故土，思念亲人，所以唱出了"白发娘盼儿归，红妆守空帏，三更同入梦，两地谁梦谁？"白发老娘19年的望子之痛，新婚妻子19年空房思夫之苦，可是胡汉相隔如此遥远，也只能在梦里相见了。"两地谁梦谁"给人留下了非常广阔的想象空间，但是，似乎相见后又不是儿女情长，而是"任海枯石烂，大节总不亏。"作者先用细腻的笔法把读者带入一个缠绵的感情世界里，不容人沉醉又立刻用豪放的笔法塑造了英雄的高大形象。这种一张一弛、一远一近、一强一弱的方法，撞击着读者的心灵，淋漓尽致地表现着作者的情感，旨在叩醒沉睡已久的雄狮。

　　歌词立意深刻，语言精练，朴实生动，表达了坚定诚挚的爱国决心及深沉悲壮的思想感情。苏武牧羊之歌，其悲壮空前绝后，亘古未有；其意境惊天地，泣鬼神，催人泪下。苏武的赤诚令人肃然起敬，苏武的苦难令人心酸。多少仁人志士赞颂苏武，多少英雄豪杰仰慕苏武。这首歌在二十世纪广为传唱，贯穿了中国历史的不同阶段。它蕴含的不朽精神激发了一代又一代人们的爱国情怀，鼓舞着一代又一代人们前赴后继，披荆斩棘。

三、大江东去：人生失意后的感慨与超脱

大江东去

苏轼　词

大江东去，浪淘尽，千古风流人物。
故垒西边，人道是，三国周郎赤壁。
乱石穿空，惊涛拍岸，卷起千堆雪。
江山如画，一时多少豪杰。

遥想公瑾当年，小乔初嫁了，雄姿英发。
羽扇纶巾，谈笑间，樯橹灰飞烟灭。
故国神游，多情应笑我，早生华发。
人生如梦，一樽还酹江月。

　　《大江东去》是依据苏轼的名作《念奴娇·赤壁怀古》谱曲的。作为中国"艺术歌曲"的开山之作，这是我国著名的音乐家青主1920年在德国完成谱曲的作品。青主借用了西方的作曲技法，把苏轼的词意用音乐的表现手法进行了艺术的创作，"使作品既具有淳朴、宽广的气息，又富有舒展、潇洒的格调，还有幻想式的浪漫主义意味，是作者抒发对世事感慨之佳作。"

　　《念奴娇·赤壁怀古》写于元丰五年（1082年），此前苏轼因被人诬告"作诗诽谤朝廷"而入狱，最终被贬黄州，苏轼在词中抒发自己的人生失意和壮志难酬的感慨。词作开篇从长江起笔，气势雄浑如太白的"黄河之水天上来"，同时又展现出一幅"滚滚长江东逝水"的壮观画面。以长江显示空间，以"千古"点明时间，在这广阔悠远的时空背景中，大浪淘沙，淘尽了多少英雄人物！此处江山、历史、人物一一涌出，表明怀古主题。下边三句，作者站在古战场上，不直接肯定此地是赤壁战场，而用"人道是"表明这是人们传说中赤壁大战的地方，表述很有策略，也为下阕周瑜的出场作了准备。接下来写眼中赤壁雄奇壮阔所见之景："乱石穿空，惊涛拍岸，卷起千堆雪"，陡峭的石壁直插云霄，汹涌的波浪猛烈地搏击着江

岸，激起的浪花好似千万堆白雪。从不同角度写出视觉、听觉感受，把人带进一个惊心动魄的奇险境界。歇拍二句"江山如画，一时多少豪杰"，收束上文，领起下文。如此江山美景，定是英雄人物辈出，苏轼笔下的英雄又是何人呢？下阕作了回答，"遥想"领起五句，极力渲染年轻将领周瑜的儒雅风度，人物形象栩栩如生：他，从容镇定，不着战袍，谈笑间就将曹操的八十万大军搞定，真是人生得意，爱情事业双丰收，而自己呢？作者在此以周郎反衬自身，写自己人生的失意。苏轼选取周瑜来写，也许希望宋廷能有如此的英雄改变国家军事上的软弱，应对异族的侵扰。接着，词人从"故国神游"回到现实，想想自身的处境，不免苦笑"多情"，年纪不大，华发却早染双鬓。由此慨叹"人生如梦"一般短暂，虚度了多少光阴？"何以解忧？惟有杜康"，拿起一杯酒来，祭奠江月，且去与清风、明月为伴，寻求解脱。

纵观此词，看似消极，其实并非如此。苏轼能想起周瑜，羡慕周瑜的功业，说明他自己也渴望如同周瑜一样作出丰功伟绩，此其一。第二，"人生如梦"初看消极，但意识到人生如梦一样短暂并不可怕，关键是采取什么态度，苏轼并没有就此消沉下去，他早就清醒意识到"人有悲欢离合，月有阴晴圆缺"，所以并没有绝望，而是以旷达的态度乐观地面对人生。

从写法上说，这首词多用入声韵，短促有力，气势磅礴；从音乐旋律上看，亦是变化多姿：由高昂到低回，转入慷慨激昂，又到热烈奔放，最后由沉郁到平静、旷远；整体来看，其气势磅礴，意境阔大，不愧被音乐界誉为中国艺术歌曲的"开山之作"。它深受歌唱家与听众的喜爱，也是高等音乐艺术院校重要的教学曲目和声乐比赛的规定曲目，特别是被确定为中国国际声乐比赛的规定曲目。

四、葬花吟：一朝春尽红颜老

葬花吟

曹雪芹　王立平　词

花谢花飞飞满天，红消香断有谁怜？

游丝软系飘春榭，落絮轻沾扑绣帘。

一年三百六十日，风刀霜剑严相逼。

明媚鲜妍能几时，一朝漂泊难寻觅。

花开易见落难寻，阶前愁煞葬花人。

独倚花锄偷洒泪，洒上空枝见血痕。

愿侬胁下生双翼，随花飞到天尽头。

天尽头，何处有香丘！

天尽头，何处有香丘！

未若锦囊收艳骨，一抔净土掩风流。

质本洁来还洁去，强于污淖陷渠沟。

尔今死去侬收葬，未卜侬身何日丧。

侬今葬花人笑痴，他年葬侬知是谁？

天尽头，何处有香丘！

天尽头，何处有香丘！

试看春残花渐落，便是红颜老死时。

一朝春尽红颜老，花落人亡两不知！

花落人亡两不知！花落人亡两不知！

　　《葬花吟》是古典文学名著《红楼梦》中女主人公林黛玉所吟诵的一首诗，出自小说第二十七回。此诗通过丰富而奇特的想象，暗淡而凄清的画面，浓烈而忧伤的情调，展示了黛玉在冷酷现实摧残下的心灵世界，表达了她在生与死、爱与恨的复杂斗争过程中，所产生的一种焦虑体验和迷茫情感。曹雪芹借这一曲哀音，塑造黛玉这一艺术形象，表现其与众不同的性格特性。后来这部小说改编成电视连续剧，《葬花吟》是其中的插曲，曲作者王立平对曹词作了些许改动。

　　无论是歌唱还是诵读，《葬花吟》都能让人感受到蕴含于其中浓浓的哀伤与抑郁不平。一个心思细腻的人，总能在大自然的变化中找到情感的触发点，感受到不同于常人的况味。多愁善感的林黛玉就是如此，春天到了，她伤春，所以有《葬花吟》的抑郁与傲世；秋天来了，她又悲秋，故有《秋窗风雨夕》的苦闷与颓伤。这首葬花词在风格上模仿初唐的歌行体，在抒情上淋漓尽致。全词以葬花始，以感怀终，可分为三段来理解。

　　第一段可谓是一幅绝美的暮春之景，以落花起兴，抒发了葬花人的春愁。飘零的落花撒满天空，在乐观者眼里，"落红不是无情物，化作春泥更护花"，而在悲观者眼里，却是"红消香断有谁怜"，却是"泪眼问花花不语，乱红飞过秋千去"，真是心境不同，感受各异。柳枝轻拂着水榭，漫天飞舞的柳絮随风飘入绣帘，惹起闺中人的惜春之情。"落花有意，流水无情"，由此引发出闺中人的浓浓春愁。

第二段由落花的漂泊写到葬花人的满腹悲痛，葬花人由花的生存环境"风刀霜剑严相逼"之残酷想到了花的明媚鲜艳能有几日？最终是"一朝漂泊难寻觅"，由花的命运引发愁思，继而流泪，继而"杜鹃啼血"洒上空枝，由此可见闺中人愁苦之深。接着，闺中人想像自己能如鸟儿般展开翅膀，自由自在飞翔，随着花儿一直飞到天尽头，这是对自由的向往，这是对幸福的幻想，可天的尽头，真的有理想的乐土吗？主人公对自己的身世、对命运的不可捉摸产生了怀疑。所以就想到，不如用锦囊将花儿收藏，让那一抔净土来保全花儿的高洁，以此表明自己绝不同流合污的心志。落花飘零有人收葬，而自己他日也终将离去，他年将会是谁来埋葬自己？这是触景生情的迷惘，更是对自身命运的哀叹。歌词在重复"天尽头，何处有香丘"中，传达出身世的飘零无依、命运的不可捉摸。

第三段由花落想到春残，想到红颜老死的悲剧命运，想到花落人亡两不知的悲惨结局，这是黛玉对自己命运的沉痛预言，结束时重复"花落人亡两不知"句，使这种感情更加强烈深刻。一个悲观的人，总是在现实中难以求得解脱，所以才有"一语成谶"之说。宋人秦观在仕途中沉沉浮浮，作词言"春去也，飞红万点愁如海"，不幸此语成真，词毕不久，他便"醉卧古藤阴下，了不知南北"，在失意中离去。而黛玉这首伤心的葬花词，似乎也是其命运的谶语。她也如一朵绝美的春花，轻轻地绽放，最终在寂寞孤独中悄然逝去。

整首歌词，字里行间吐露出黛玉的情感变化：从伤春到感怀，从感怀到控诉，从控诉到自伤，从自伤到向往，从向往到失落，从失落到绝望。感情奔涌直下，描写酣畅淋漓，更使《葬花吟》有了感天动地的力量。歌手陈力对其主体内容有着深刻而恰到好处的理解与把握，她投入心灵和生命的演唱，进一步把黛玉的感春伤春、自悲自怜、凄苦凄凉传达给世人，从而产生强烈的情感震撼。

五、喀秋莎：爱情与爱国相结合的经典之作

喀秋莎

（苏联）伊萨科夫斯基　词

正当梨花开遍了天涯，
河上飘着柔漫的轻纱；
喀秋莎站在竣峭的岸上，
歌声好像明媚的春光。
喀秋莎站在竣峭的岸上，
歌声好像明媚的春光。

姑娘唱着美妙的歌曲，
她在歌唱草原的雄鹰；
她在歌唱心爱的人儿，
她还藏着爱人的书信。
她在歌唱心爱的人儿，
她还藏着爱人的书信。
啊这歌声姑娘的歌声，
跟着光明的太阳飞去吧；
去向远方边疆的战士，
把喀秋莎的问候传达。
去向远方边疆的战士，
把喀秋莎的问候传达。

驻守边疆年轻的战士，
心中怀念遥远的姑娘；
勇敢战斗保卫祖国，
喀秋莎爱情永远属于他。
勇敢战斗保卫祖国，
喀秋莎爱情永远属于他。

正当梨花开遍了天涯，

河上飘着柔漫的轻纱；

喀秋莎站在竣峭的岸上，

歌声好像明媚的春光。

喀秋莎站在竣峭的岸上，

歌声好像明媚的春光。

　　1938 年，苏联诗人伊萨科夫斯基创作了诗歌《喀秋莎》。诗中描绘了春回大地时，在一个景色美丽的地方，有一位名叫喀秋莎的姑娘，对离开故乡去保卫边疆的情人的思念。苏联著名作曲家勃兰切尔看到这首诗歌后，马上把它谱成了歌曲，迅速唱遍了苏联，在苏维埃社会主义共和国联盟中顿时掀起了一次爱国主义的热潮。

　　这是一首意境优美的爱情歌曲，歌词描写了这样一个让人心醉的画面：在一个梨花开满地的季节，在那山环水绕、薄雾轻笼的梦幻之地，有一位伊人在这水的一方，深情歌唱着"心爱的人儿"。她将对"他"的爱，告诉给大自然的每一个生灵，宣示着"喀秋莎爱情永远属于他"的忠贞不渝。这一声声绝唱，不仅像明媚的春光温暖了整个大地，更温暖着"心上人"的心。

　　虽然歌词中并未明确提出喀秋莎到底唱了些什么，但是我们不难想象，其中必定交织着两人爱恋的点点滴滴。从喀秋莎歌唱心上人这一点，我们还可以看出她是一个对爱情执着热情、大胆追求又小心守护的可人儿。她把心爱的人与草原的雄鹰相比，足以见得那个"他"也必定是一个鹰击长空、有理想有抱负的英雄人物。他们的恋爱是如此炙热，令人无限向往。然而，在这个过程中，男主人公始终是缺席的，他只存在于姑娘的思念中。这不禁让人们猜测他们之间发生的另一段故事。是什么让他们分离并不是最重要的，最重要的是姑娘的深情让听者不得不为之感动。

　　这首歌曲没有一般情歌的委婉、缠绵，而是节奏明快、简洁，旋律朴实、流畅，因而多年来被广泛传唱，深受欢迎。而且这首歌还因为它在战争中的流行而被赋予了更深刻的意义，在它的背后拥有很多感人的故事。其中最著名的就是它在苏联卫国战争期间起到过的非同寻常的作用。1941 年7 月中旬的一天，莫斯科城里，新编的红军近卫军第三师仓促开赴前线，莫斯科一所工学院的一群女生唱起了这首歌："正当梨花开遍了天涯……"姑娘们用这首爱情歌曲为年轻的战士送行，这无疑在小伙子们的心里引发了强烈的震撼。他们虽然最后几乎全部阵亡，但是却发挥了很大的阻击作用，为苏军组建保卫莫斯科的最后防线赢得了宝贵的时间。还有一次，德军在战争间隙时放起了这首《喀秋莎》，这一举动触怒了俄国军人，他们怒吼"怎么能让肮脏的法西斯侮辱我们的《喀秋莎》？"于是他们趁德军不备，突发进攻，夺回了那架唱机和唱片……。《喀秋莎》的歌声就是这样伴着浓浓的战争硝烟，顺着战壕一路飞扬。歌声从莫斯科流传开去，一时间变得几乎家喻户晓。这歌声使美好的音乐和正义的战争相融合，这歌声把姑娘的爱情和士兵的英勇报国联系在了一起，这包含着少女纯情的歌声，使得抱着冰冷的武器、卧在寒冷的战壕里的战士们，在难熬的硝烟与寂寞中，感受到那情与爱的温存和慰藉。可以说，恰恰是战争使《喀秋莎》这首歌曲体现出了它那不同寻常的价值，而经过战火的洗礼，这首歌更是获得了新的甚至是永恒的生命。

六、今夜不能入睡：相信爱情能够获胜的咏叹调

今夜不能入睡

（意）朱塞佩·阿达米　词

不许睡觉！不许睡觉！
纯洁美丽的公主，
在你冰冷的房中，
抬头看星星，
为了爱情和希望，
星星在颤动！
可是我的秘密我不说，
没有人知道我是谁！
可是等太阳升起，
我对你会轻轻说出我是谁！
用我的亲吻解开我的秘密，
你将会爱我！

黑夜快消散，星光将变黯淡！
等到明天早晨，胜利就属于我！

　　三幕歌剧《图兰朵》是意大利作曲家普契尼的最后一部歌剧。写的是发生在中国元朝都城北京的故事。公主图兰朵拒绝了各国的求婚者，并出了三个谜语，许诺猜中者可娶她，猜不中者则处死。鞑靼王子卡拉夫不顾众人劝告，终于将谜语猜中，但美丽而冷酷的公主图兰朵不肯认输，不愿承认他为驸马。卡拉夫就对她说，如果天亮之前公主能够猜出他的名字，他情愿放弃当驸马的机会。于是公主下令，当晚全城的人不许入睡，她一定要把这个陌生人的名字和来历查个水落石出。这首《今夜不能入睡》就是男主人公卡拉夫当夜所唱的咏叹词。

　　歌曲短小而又简单，开头连用两个"不许睡觉"，道出了图兰朵公主对全城人的命令。透过这四个字，仿佛可以看到整个京城灯火通明，所有的人马不停蹄，到处搜寻有关卡拉夫这个陌生人的线索。卡拉夫看着全城人忙碌的身影，唱出了对公主的思念："纯洁美丽的公主，在你冰冷的房中，抬头看星星，为了爱情和希望，星星在颤动！"男主角眼中那纯洁美丽的姑娘，她现在在做什么呢？卡拉夫想象公主在那冰冷的房间中徘徊、思考，时而仰望星空，星星在眨眼，在颤动，可爱的星星啊，可否告知那个陌生人的名字和来历？为了爱情和希望，也许卡拉夫希望公主猜不到他的名字，这样，公主就要履行自己的诺言了；可是公主呢，也许她在向星星祈祷、许愿：赶快告诉她那个年轻人的身份。这真是"一句歌词，两种心思"，平静中有起伏，星星的颤动，不也是两个年轻人不同心态的展示吗？一个动用全城的物力、人力，查找陌生人的来历；一个心儿在颤动，冒着生命危险战胜的公主，最终会属于我吗？

　　接下来的歌词又有所转折："可是我的秘密我不说，没有人知道我是谁！"可能卡拉夫想：我从我来的地方来，我去我要去的地方，这里没有一个人认识我，除非我说出我姓甚名谁，来自何方，别的人谁能知道我的秘密！语气自信、肯定，其后又是一转："可是等太阳升起，我对你会轻轻说出我是谁！"卡拉夫心想：美丽的公主，只要今天晚上过去，明天太阳升起的时候，你猜不出我的名字，你就会成为我的妻子，那时我将会告诉你我是谁。"用我的亲吻解开我的秘密，你将会爱我！"这句唱出了男主角对爱的眷恋和美好憧憬。结句中，他唱道："黑夜快消散，星光将变黯淡！等到明天早晨，胜利就属于我！"漫漫长夜快过去，这是卡拉夫的期盼；也许图兰朵公主希望时间的脚步慢慢行，给她更多的时间打探陌生人的来处。可是时间最公正，不会为任何人停留。卡拉夫也在等待：时间一分一秒地走过，黑夜快点消散，星光也在变黯淡，黎明也快到来，太阳又会升起，那时我就是胜利者。卡拉夫的演唱唱出了对爱情的希望和对幸福的自信，将整个歌曲的感情也推向了高潮。

整首歌词节奏明快，情感跌宕起伏又扣人心弦，自信勇敢的卡拉夫，最终也征服了美丽的公主，赢得了爱情。这首出色的咏叹调，最能表现男高音声音特色，常被中外男高音歌唱家选作演唱主要曲目。

七、饮酒歌：为爱情干杯

饮酒歌

（意）皮阿维　词

男：让我们高举起欢乐的酒杯，
　　杯中的美酒使人心醉。
　　这样欢乐的时刻虽然美好，
　　但诚挚的爱情更宝贵。
　　当前幸福莫错过，
　　大家为爱情干杯。
　　青春好像一只小鸟，
　　飞去不再飞回。
　　请看那香槟酒在酒杯中翻腾，
　　像人们心中的爱情。

合：啊，让我们为爱情干一杯再干一杯。

女：在他的歌声里充满了真情，
　　它使我深深地感动。
　　在这个世界最重要的欢乐，
　　我为快乐生活。
　　好花若凋谢不再开，

青春逝去不再来。

在人们心中的爱情，

不会永远存在。

今夜好时光请大家不要错过，

举杯庆祝欢乐。

合：啊！今夜在一起使我们多么欢畅，

一切使我流连难忘！

让东方美丽的朝霞透过花窗，

照在狂欢的宴会上！

女：快乐使生活美满，

男：美满生活需要爱情。

女：世界上知情者有谁？

男：知情者唯有我。

男女合：今夜使我们在一起多么欢畅，

一切使我们流连难忘。

让东方美丽的朝霞透过花窗，

照在那狂欢的宴会上。

啊，啊。

《饮酒歌》是歌剧《茶花女》中第一幕的唱段，1853 年由意大利作曲家威尔第谱曲。

歌词分为三段，采用男女对唱及合唱的形式表达感情。第一段中，首先是男主角阿尔弗雷多在宴会中举杯祝贺，用歌声表达对女主人公薇奥莱塔的爱慕之心：召开宴会是欢乐的时刻，举杯祝福，共庆美好时光，但"酒不醉人人自醉"，眼前有美丽可爱的姑娘，"欢乐虽美好，爱情更宝贵"，所以男主角说"为爱情干杯"。在这里，他把青春比作"一只小鸟"，比喻独特，"天高任鸟飞"，小鸟自由自在，一旦飞走，便不会再回来；而青春也是一去不复返，这是两者的相同之处。他说："请看那香槟酒在酒杯中翻腾，像人们心中的爱情"，香槟酒与"快乐、欢笑"同义，象征爱情的甜蜜和地久天长，男主人公用香槟酒来表达他对女孩的爱慕。接下来是合唱表达欢乐的心情，为爱情干杯。在第二段中女主角薇奥莱塔也借祝酒巧妙地做了回答。真情难得，让人感动，女孩从对方的语气中感受到了真诚和快乐，所以她觉得好时光不要错过，爱情来了，就要珍惜它。中国有歌曲《花好月圆》：好花美丽不常开，好景宜人不常在……此段的表达与其有异曲同工之妙。接下来是合唱，既然是难得的良辰美景、赏心乐事，那我们就尽情地玩个痛快，直到"东方美丽的朝霞透过花窗"，暗点要通宵狂欢。虽没有正面描写宴会上的热闹场面，但那种气氛已包含其中。中国古典诗词中有"舞低杨柳楼心月，歌尽桃花扇底风"（宋人晏几道《鹧鸪天·殷勤彩袖捧玉钟》），两处描写虽有通俗与含蓄之分，但那种画面和情绪却是相似的。第三段是男女主人公简短的对唱及合唱。采用顶真的对答方式，由快乐的心情联想到美满的生活，两人的对唱表达了互相爱慕之情。最后男主人公不失时机地说出"知情者唯有我"，希望对方接受自己的爱。结束时，两人在合唱中表达了流连忘返的欢乐心绪。

　　整首歌旋律明快，感情热烈、奔放，表现了主人公对真诚爱情的渴望和赞美，充满了青春的活力，同时也从另一面描绘出宴会上的热闹和欢乐。特别是歌中多次出现"欢乐""快乐""欢畅""狂欢"等表述心情的词语，相信听众也会受此感染，沉浸在欢乐的氛围中。

八、野玫瑰：美丽引发的灾难

野玫瑰

（德）歌德　词

少年看见红玫瑰，
原野上的玫瑰，
多么娇嫩多么美，
急急忙忙跑去看，
心中暗自赞美。
玫瑰，玫瑰，红玫瑰，
原野上的玫瑰。

少年说我摘你回去，
原野上的玫瑰！
玫瑰说我刺痛你，

使你永远不忘记，

我决不能答应你。

玫瑰，玫瑰，红玫瑰，

原野上的玫瑰。

粗暴少年动手摘，

原野上的玫瑰，

玫瑰刺痛他的手，

悲伤叹息没有用。

只得任他摧残。

玫瑰，玫瑰，红玫瑰，

原野上的玫瑰。

1770 年，歌德 21 岁，去斯特拉斯堡学习法律，又对"原始民歌"风格的诗歌产生了兴趣，并尝试写作这种风格的抒情诗。《野玫瑰》就是他为牧师的女儿弗里德里柯·布里翁所写的民歌。《野玫瑰》属于典型又简单又隐晦，又明快又黑暗的民歌。在 35 年后的 1805 年，奥地利音乐家舒伯特（Franz Schubert），某日在教完钢琴课的回家路上，在一个旧货店的门口，看见一位衣着破旧的小孩手持一本书及一件旧衣服欲出售。舒伯特见状起了同情心，虽自己生活上并不富裕，却将身上所有的钱拿出来，与小孩交换了那本书。他接过来一看，是德国作家歌德的诗集，随手一翻就看到了这首《野玫瑰》。那盛开的野玫瑰浮现在他眼前，使他忘记了周围的黑暗和寒冷。一段清新而又动人的旋律立刻浮现在他的脑海，缭绕在他的心扉，促使他赶快回家，把这美丽的旋律写下来。那颗善良仁慈的心，激发了舒伯特的灵感，使他给后人留下一首一直传唱至今的歌曲。

这首歌分为三段，原野上绽放的红玫瑰，如同晨曦般娇嫩而又美丽，特别惹人注目，吸引了少年的目光，心中暗自赞美："好迷人的玫瑰花。"赶快走上前去细细观赏她。这是第一段的内容。第二段采用对话的形式表述，少年为玫瑰驻足留步，就想把玫瑰摘回家，独自欣赏。玫瑰坚决不答应，并说如果谁摘，就要刺痛他，使他永远不忘记，对少年也是一样的态度。可是少年能放过可爱的玫瑰花，让她自由生长在原野上吗？第三段有了答案。可恶的少年并没有听玫瑰的劝阻，粗暴地动手要摘她，玫瑰的刺果然刺痛他的手。虽然是刺了他，但这可能减轻被折断的痛苦吗？何况那少年心意已决，怎肯就此罢休？他还是我行我素，任意摧折玫瑰。可怜的玫瑰"悲伤叹气没有用，只好任他摧残去"，结局竟是如此的悲惨！

　　美好的事物往往容易被毁灭，这真是一个悲剧。美丽的玫瑰花难逃此劫，它的悲惨是什么原因造成的？是少年的无理与粗暴，抑或是玫瑰的"天生丽质"给自身招来了灾祸？不得而知，给人留下了无限的思考空间，这也是词作者的高明之处。表面看来，歌词简单明了，而细思下去，却又觉其隐晦难解。看起来是明快直接的，可似乎又有一丝黑暗隐藏其中。总之，不同情境下有不同的诠释，只能留给听众思考了。

九、乘着歌声的翅膀：浪漫的异域爱情憧憬曲

乘着歌声的翅膀

（德）海涅　词

乘着歌声的翅膀，心爱着的人，我带你飞翔，
向着恒河的原野，那里有最美的地方。
一座红花盛开的花园，笼罩着寂静的月光，
莲花在那儿等待，它们亲密的姑娘。

紫罗兰轻笑调情，抬头向星星仰望，
玫瑰花把芬芳的童话，偷偷地在耳边谈讲。

跳过来暗地里倾听，是善良聪颖的羚羊，
在远的地方喧闹着圣洁的河水的波浪。

我们要在那里躺下，在那棕榈树的下边，
吸饮着爱情和寂静，沉入幸福的梦幻。

　　这首歌词是德国诗人海涅（Christian Johann Heinrich Heine，1797—1856年）于1822年前后所写的一首诗（Auf Flügeln des Gesanges）。当

时诗人已从波恩大学毕业。在大学读书期间，他听过自己老师教授的梵语课，对印度文化充满了向往和热爱，以此为契机，他在诗歌中描绘了一幅温馨而又浪漫的图景：歌声的翅膀将他和亲爱的人一起带到了恒河岸边。在花开的宁静月夜，仰望星空，俯视田野，有羚羊作伴，有涛声伴奏，可以憧憬幸福的梦幻……在这里，没有爱情的失意，只有和心上人享受爱情的甜蜜……后来此诗被著名音乐家门德尔松谱成了歌曲，广为传唱。

海涅虽未曾到过印度，但是诗人特有的敏感和热情，让他展开丰富的想象，奏出了优美动人的乐章。乘着歌声的翅膀，一对相亲相爱的人在空中自由自在地遨游，终于到了一个最美的地方：恒河的原野。这是歌词首段的内容。

既然是让人驻足、流连忘返的地方，那定有它的迷人之处。在接下来的小节中，作者将我们带到了一个美丽的世界。花园里，鲜艳的红花绽放；寂静的月光笼罩之下，小池中的莲花，也在含情脉脉地等待它们亲爱的姑娘。侧耳细听，紫罗兰在轻轻地笑着，时而抬头向星星诉说着什么。那象征爱情的玫瑰花，也好像在悄悄讲着那美丽的童话。常人眼中所见的静态之景，在作者的生花妙笔下，赋予了它们人类的生命和灵性，写出了它们的动态，更激起了人的无限向往之情。作者选取动态之景也是别具一格，那善良聪颖的羚羊，也跳过来倾听恋人的亲密私语；在远处，那恒河的波涛声在跳荡，在喧闹……"以我观物，而物皆着我之色彩"，和心上人在一起，主人公的心情无比舒畅，于是他眼中的一草一木，一景一物，也处处洋溢着欢乐的色彩。如此迷人的景色中，一对相爱的人躺在棕榈树下边，在这个寂静的世界里，尽情享受爱情的欢悦，畅想美好幸福的未来……

听着这首美妙的歌，我们也仿佛到了古老的印度，看到了恒河原野那美丽迷人的景色，淡淡的月光笼罩之下的花园，紫罗兰、白莲花、红玫瑰的阵阵香气扑鼻而来，小水池中，波光闪闪，还有那高大的棕榈树，善良的羚羊，恒河的波涛，美丽的姑娘……所有的一切，在歌声中一一展现在人面前，如梦似幻，月光就如一层轻轻的薄纱，笼罩着和谐而又宁静的万物，笼罩着那个迷人、充满诗意的异国他乡。词人的笔，创造了一个神奇的世界，一个温馨的港湾，一片恬静的天地，一种甜蜜的气氛。整篇歌词，就如一幅水墨画，意境淡雅，作者的满腹衷情亦是蕴含其中。

值得一提的是，作者的设色选景也是别具匠心。红花盛开，象征浓情蜜意；月光是纯洁的象征，在古老的东方，月亮即月老，代表美好的姻缘；紫罗兰是高雅的，莲花是高洁的，玫瑰代表爱情，恒河是印度的圣河，象征纯洁，代表永恒。种种剪裁，不露声色而又构思别致，也许作者当时没想到这些，但是"作者未必然，读者何必不然"，我们不妨可以作这样的联想与深思。

　　总之，这首对美好爱情的憧憬之曲，温馨而又浪漫，让人心生神往；它远离了城市的喧嚣和纠缠，如一股清新的风，轻缓、舒畅、轻轻地、不经意之间拨动人的心弦……

十、莫斯科郊外的晚上：爱之咏唱调

莫斯科郊外的晚上

（苏联）米海伊尔·马都索夫斯基　词

深夜花园里，四处静悄悄，
只有风儿在轻轻唱。
夜色多么好，心儿多爽朗，
在这迷人的晚上。
小河静静流，微微泛波浪，
水面映着银色月光。
一阵清风，一阵歌声，
多么幽静的晚上。
我的心上人坐在我身旁，
默默看着我不作声。
我想对你讲，但又难为情，
多少话儿留在心上。
长夜快过去，天色蒙蒙亮。
衷心祝福你好姑娘，
但愿从今后，你我永不忘，
莫斯科郊外的晚上。

《莫斯科郊外的晚上》由米海伊尔·马都索夫斯基作词，瓦西里·索洛维约夫·谢多伊作曲。

歌曲题目就点明了时间和地点。形式短小，内容简单，没有生离死别的大肆渲染，也没有荡气回肠的豪情壮语。词作者选取一个特定的时间，在一个静谧的晚上，一对相爱的青年男女即将离别。歌曲中年轻人真诚激动的心声、萌生的爱情、黎明前依依惜别的深情和俄罗斯大自然的淳朴之美交融在一起，让人在感受旋律美的同时，也为歌词的内在魅力所吸引。

歌词共分四小节，前两节注重景物的描写与烘托，以此突出环境的清幽。后两节写人物的心理活动及分别前的祝福。可以想象，也许是战争，也许是意料不到的原因，一对相恋的人不得不分离。临别前的晚上，他们相约在花园里见面。在那个迷人的晚上，花园里四处静悄悄的，万物隐藏了行踪，好像怕惊扰了他们。只有晚风在轻轻地为他们歌唱。夜色是如此美好，让人心情舒畅。远处，河水静静地流淌，在月光的映照之下，波光粼粼，闪闪发亮。在这清风相伴歌声的幽静之夜，临别前的两个人是否有许许多多的话儿说不完？第三节有了答案。"我想对你讲，但又难为情，多少话儿留在心上"，心中的姑娘也许是太难过、伤心，有话说不出来，只是"默不作声"，男主人公又难为情，要说的话很多，最终却又留到了心上。就这样默默地坐着，直到深夜。心里一方面希望时间能够停留，两个人永远在一起；另一方面又盼望"长夜快过去"。这里的长夜既指时间上的夜晚，又暗喻两个人不得不分离的日子就如漫漫长夜，希望它快快过去。许多要说的话最后汇成了一句话，天色蒙蒙亮时，男主人公说："衷心祝福你好姑娘，但愿从今后，你我永不忘，莫斯科郊外的晚上。"是的，虽然分别了，但不要忘记这个美好的晚上，不要忘记我们之间的情谊，想着这些，就有希望来日重聚。歌词在重复"但愿从今后，你我永不忘，莫斯科郊外的晚上"中结束，既有留恋，又有对美好未来的向往……

这首歌曲在当时被作为电影《在运动大会的日子里》中的插曲之一，并没有得到有关专业人士的肯定，但很受年轻人的欢迎，很快成为一首脍炙人口的抒情歌曲。词作者曾说过："我始终认为：歌曲复杂或简单，是并不重要的。终究不是因为这点才受人喜爱。只有当人们在歌曲里寻找自己生活的旅伴、自己思想和情绪的旅伴，这样的歌才会受人欢迎。"正是由于它唱到了人的心里，触动了人内心深处那根最柔软的心弦，从而产生共鸣，发自内心地认同并接受了它。随后在 1957 年，此歌曲参加在莫斯科举行的第六届世界青年联欢节歌曲大赛，一举夺得金奖。来自世界各地的青年唱着"但愿从今后，你我永不忘，莫斯科郊外的晚上"登上列车，告别莫斯科的。自此，这首令人心醉的歌曲飞出了苏联国界，开始它的全球旅行，而且在世界各地越传越广，这在世界音乐文化史上也是罕见的。

这首抒情歌曲半个多世纪来的魅力，不仅仅在于它的艺术上的成功。当时的苏联评论界认为："杜纳耶夫斯基的《祖国进行曲》中的爱国主义主题在索洛维约夫·谢多伊的《莫斯科郊外的晚上》中借另一种形式、以新的面貌出现。"这首歌曲的内涵在传唱过程中被大大延伸了，它已不是单纯的爱情歌曲，也不仅仅是歌唱莫斯科近郊夜晚的景色，它已融入了俄罗斯人民对祖国、对亲友、对一切美好事物的爱。

十一、北国之春：游子思乡的深情吟唱

北国之春

井出博正　词

亭亭白桦，

悠悠碧空，

微微南来风。

木兰花开山岗上，

北国之春天，

啊北国之春已来临。

城里不知季节变换，

不知季节已变换，

妈妈又在寄来包裹，

送来寒衣御严冬。

故乡啊故乡，我的故乡，

何时能回你怀中？

残雪消融，

溪流淙淙，

独木桥自横。

嫩芽初上落叶松，

北国之春天，

啊北国之春已来临。

虽然我们已内心相爱，

至今尚未吐真情。

分手已经五年整，

我的姑娘可安宁？

故乡啊故乡，我的故乡，

何时能回你怀中？

棣棠丛丛，

朝雾蒙蒙，

水车小屋静。

传来一阵阵歌声，

北国之春天，

啊北国之春已来临。

家兄酷似老父亲，

一对沉默寡言人。

可曾闲来愁沽酒？

偶尔相对饮几盅。

故乡啊故乡，我的故乡，

何时能回你怀中？

　　1977年初，词作家井出博正接受唱片公司的委托，为男歌手千昌夫创作一首歌曲。当时千昌夫正在电视上为家乡岩手县做广告，为了突出他所具有的这种北方色彩，歌曲名被定为《北国之春》。井出没有去过岩手县，但他认为长野县和岩手县都是严寒地区，对春天的渴望心情是相同的，于是很自然地想起了小时候度过的乡村生活：八岳山上吹下来的北风突然变成南风后，庭院里的白玉兰就绽放了大朵的鲜花，白桦林里的水车小屋和圆木制成的小桥浮现在晨雾中。这一切全都自然地变成了井出笔下的歌词。他还想起到东京读大学后，看到同学们的宿舍里，有他们的母亲寄来的乡下特产。井出的父亲去世早，他是靠在大阪工作的哥哥寄来的生活费度过大学生活的，于是情不自禁地想象，如果父亲还活着，一定会和哥哥一起围坐在火炉前默默对饮。对家乡和亲人的万千思念极其自然地化成了歌词。

　　歌词写完后，井出找到曲作家远藤实，远藤在走廊里站着读完歌词后，转身上楼，仅用时五分钟便完成了曲子的创作。在这五分钟里，远藤的脑中鲜明地浮现出故乡新潟的春天景色，因为儿时家里贫穷，冬天的寒冷使他对春暖花开格外期盼，正因为有着这样的经历，所以曲子的创作一气呵成，只是把歌词的"北国之春"改成了"北国之春天，啊，北国之春天"，以便能够更加强调迎春的喜悦心情。另外，就是把"故乡啊故乡，我的故乡，我要回你怀中"改成了"故乡啊故乡，我的故乡，何时能回你怀中"，把返乡的意志改成了返乡的愿望，突出了想返回故乡而实际不可能返回故乡的那种惆怅的心情，增强了现实感。

　　初听《北国之春》，便为它优美的旋律、迷人的境界而陶醉。尤其对那些久离家乡在外漂泊的人来讲，更是有一种说不出的沉迷。再加上歌唱家动情地演唱，又将人带入一个如诗如画的境界：山上的春雪渐渐消融，从石缝中渗出，慢慢流淌，轻轻地流入人的心底，使人的心也一点一点地融化……三段歌词朴素自然，感情深挚真诚，抒发了游子对祖国山川的热爱，对故乡、亲人的思恋，感染了一代又一代人。

　　第一段中，词作者选取最具有代表性的事物：白桦、碧空、南风、木兰花来写北国春天的美丽风光。叠词的运用，更增加了这种宁静之美的别样韵味。南风轻轻地吹着，寒冬已经过去，北国的春天来临了。悠悠碧空之下，满眼都是亭亭玉立的白桦林。还有那洁白的木兰花，随风飘来阵阵幽香，沁人心田，真是一幅色彩鲜明的山水画。当一个年轻人背井离乡、远离亲人，去为事业而奋斗拼搏时，只有亲人时时刻刻在关心他。所以接下来作者笔锋一转，由于妈妈"不知城里季节已变换"，在春天已经来临时，还邮寄来自己亲手缝制的棉衣给孩子以"抵御寒冬"，真是"儿行千里母担忧"啊。看着寒衣，眼前仿佛出现了白发母亲在灯下一针一线缝制棉衣的情景，不由得勾起了游子的思乡之情："故乡啊故乡，我的故乡，何时能回你怀中"？

　　第二段与第一段采用句式相同，前面三句都是用"四、四、五"字句的形式，来描写北国之春的景物。不同于第一段的是表达方式略有差异，先将表述主体提前，修饰语置后，这样更能突出主体。冰雪消融，汇成淙淙的溪流，流过那小小的独木桥下；初上嫩芽的落木松，显示出春天的勃勃生机，真是一幅静谧而又流动的画面。此情此景，不由得令人想起了相爱五年的姑娘，她可否安宁？是否也在思念着"我"？而身处异地的"我"何时才能回到故乡，何时才能回到心爱的姑娘身边，向她吐露浓浓的爱意？

第三段文字更富有情感：丛丛棠棣之花已开放，在那轻雾迷蒙的早晨，不时传来一阵阵儿歌声，与那古老的水车、别致的木屋之安静互相映衬，动静结合，富有乡村特色。这些与喧嚣的都市相比，真是一个静谧的世外桃源！情不自禁地又想起了沉默寡言的兄长，想起了往昔两人沽酒相对的日子……不由轻声自问："故乡啊故乡，我的故乡，何时能回你怀中？"

这首歌曲中，一遍又一遍地吟唱："故乡啊故乡，我的故乡，何时能回你怀中？"音乐无国界，思乡的情感是人人共有的，真实感情的自然流露，唱到人心底深处的歌，最有震撼力，能引起强烈的共鸣，所以也备受人们喜爱，不管是中国人，还是日本人。

思考与拓展

1. 选取具体歌曲为例，比较艺术歌曲与通俗歌曲的不同。
2. 以艺术歌曲与审美为题，写一篇小短文。
3. 比较中外歌曲的异同。

后　记

　　2004 年，文学院要我开设一门以提升大学生文化素质为宗旨的艺术欣赏选修课，目的是唤醒学生的审美意识，培养学生的审美能力、人文精神和道德情操。我自己的定位是：雅俗共赏、深入浅出、通俗易懂。力求做到思想性与艺术性的结合，即思想上有启迪作用，艺术上有熏陶、愉悦作用；历史与现实的结合，即既有丰富深厚的历史内涵，体现传承，又有现代特色，体现发展、进步；普及与经典的结合，即以普及为主，通俗易懂，又要兼顾经典、精品的推介；东方与西方的结合，即既有民族的、本土的，又有西方的、外来的。

　　《礼记·乐记》云："诗言其志也，歌咏其声也，舞动其容也。三者本于心，然后乐器从之。"文学本创始于歌谣，而最早的歌谣又往往与音乐舞蹈合而为一。随着文化的进步，文字及乐器产生，三者才分化成独立的艺术。就文学与音乐而言，即使各自成为独立的艺术，在许多层面上，两者依旧有着相依相扶、密不可分的关系。尤其是歌曲，音乐表情有余，而达意不足；歌词满载意涵，却不如音乐渲染情绪那么富有感染力。选定富有生活气息、具有健康主题思想和形象化语言，并富有音乐美能打动自己心灵的歌词，做具体分析，对学生来说非常必要。歌词被音乐包装，被演唱者的音质包装，人们往往对歌词的理解，只能停留在词句的表面，这样就把握不住歌曲的精气神韵。分析结构、遣词和音节等外形特征，分析与题材有关的环境、风格特征，深入挖掘歌词词句中丰富的内容，有助于更深刻地理解和把握住歌曲的文化内涵。因此，开设现代经典歌词赏析课，不仅有助于学生了解艺术同源，可以彼此借镜取法之道，亦可以培养学生从多元角度欣赏音乐与文学的能力。该课程最初命名为"音乐文学鉴赏"，取材多为当时流行歌曲的歌词。

　　由于这门课比较受学生喜爱，教务处建议改为通识课，对全校开放。

要求选取的篇目宽泛一点，时间的跨度尽量长一点，不要太专业化，要照顾到全校各专业学生的特点，以普及性为主，定课程名称为"百年校园歌曲赏析"。

因开课在即，只好请李梅、刘丽两位青年教师帮助收集歌曲，并编写了部分章节。在3年通识课的讲授过程中，根据学生的要求和建议又做了适当的修改和调整。在这次的调整过程中，张修敏、李屹两位研究生做了大量的工作。后来，出版社要求以励志、爱国为主，我们又做了一次调整，最终呈现出来的就是本书的内容。